W0029125

ullstein

Das Buch

Ein kleines Mädchen wird entführt. Zwei Morde geschehen. Ein verbindender Hinweis sind Fotos in den Briefkästen der beiden Toten, auf denen sich noch andere Personen befinden. Sind auch sie bedroht?

Kommissarin Verena Irlenbusch muss für diesen harten Fall alle Kraft zusammennehmen. Denn neben der Jagd nach dem Mörder kümmert sie sich um ihre an Alzheimer erkrankte geliebte Großmutter. Da macht es die Situation nicht gerade leichter, dass sie auch noch den anstrengenden Kollegen Christoph Todt zur Seite gestellt bekommt.

Verena gibt alles und wird sich bald bewusst, dass sie einen hochintelligenten Psychopathen jagt, der ein böses Spiel mit ihr spielt. Hat sie wirklich alles richtig interpretiert, oder wird ihr ein fataler Irrtum zum Verhängnis?

Die Autorin

Elke Pistor, geboren 1967, schreibt Kriminalromane, arbeitet als Seminartrainerin und leitet Schreibworkshops. Sie lebt mit ihrer Familie in der Nähe von Köln.

ELKE PISTOR

VERGESSEN

KRIMINALROMAN

ULLSTEIN

Besuchen Sie uns im Internet:
www.ullstein-taschenbuch.de

Originalausgabe im Ullstein Taschenbuch
1. Auflage August 2014

Umschlaggestaltung: ZERO Werbeagentur, München
Titelabbildung: © Carmen Gonzalez/Trevillion Images
Satz: LVD GmbH, Berlin
Gesetzt aus der Galliard
Papier: Pamo Super von Arctic Paper Mochenwangen GmbH
Druck und Bindearbeiten: GGP Media GmbH, Pößneck
Printed in Germany

ISBN 978-3-548-28610-5

Der Mensch ist erst wirklich tot,
wenn niemand mehr an ihn denkt.

Bertolt Brecht

Prolog

»Das ist unfair!« Mia stemmt die Hände in die Hüften und dreht sich einmal um sich selbst. »Wir haben gesagt, nur auf dem Weg!« Sie läuft ein Stück zurück und schaut hinter die Mauer. Nichts. Die Tür zum Fahrradschuppen des Mietshauses ist nur angelehnt. Sie legt ihre Hand darauf, drückt dagegen und blinzelt durch den Spalt. Ihre Augen brauchen einen Moment, um sich an die Dunkelheit in dem kleinen Raum zu gewöhnen. Ein Gestell für die Fahrräder steht an der Seitenwand, zwei Räder sind dort angekettet. »Paula?«, fragt Mia leise und lauscht. Auf ein Atmen oder ein Kichern. Stille. Sie zuckt mit den Schultern, tritt einen Schritt zurück und verschließt die Tür zum Schuppen. »Mäusedreck!« Wenn sie zu spät nach Hause kommt, wird es Ärger geben. Nicht rumbummeln, hat Oma ihr eingeschärft, weil ich mir sonst große Sorgen mache. Nein, wir trödeln nicht, hat Mia versprochen, und es stimmt ja auch. Sie trödeln nicht rum. Sie und Paula spielen Verstecken. Trotzdem muss sie jetzt weitergehen. Aber sie kann Paula auch nicht einfach sitzenlassen. Vielleicht ist ihr ja etwas passiert, vielleicht ist sie umgeknickt? Hockt im Gebüsch und kann nicht mehr laufen? Aber dann würde sie doch um Hilfe rufen? Oder sie ist gefallen, mit dem Kopf auf einen Stein geschlagen und liegt ohnmächtig da. »Paula?«, ruft Mia, diesmal lauter, legt eine Hand an ihr Ohr und horcht wieder. Nichts. »Paula, ich muss nach Hause. Komm endlich. Auf der Stelle.« Langsam wird sie wütend. Paula kennt ihre Oma doch und weiß, wie streng sie sein kann. Es ist schon so spät, dass sie heute Nachmittag sicher nicht mehr zum Spielen raus darf. »Okay, du hast gewonnen«, schreit sie so laut, wie es geht, damit Paula sie auf jeden Fall hören kann, egal, an welchem Ende der Straße sie ist. Sie schiebt die Daumen unter die Schulterriemen ihres Ranzens. »Ich gehe jetzt, Paula!«, droht sie, geht ein paar Schritte auf dem Weg und blinzelt. Hat sich in den Sträuchern dort hinten etwas bewegt? Etwas Rotes zwischen den Blättern? Paulas Jacke ist rot. Mia kneift die Augen zusammen und versucht, mehr zu erkennen. Dann schüttelt sie den Kopf. Nein, so schnell kann ihre Freundin nicht laufen. Das Gebüsch ist zu weit weg von der Stelle, an der sie mit geschlossenen Lidern an die Hauswand gelehnt, sich die Hände über das Gesicht gehalten und bis hundert gezählt hat. Sie hat nicht geschummelt. Das tut sie nie, auch wenn sie weiß, dass die anderen es manchmal machen. Aber wenn man pfuscht und deshalb ein Spiel gewinnt, ist es ja kein echtes Gewinnen, und man kann sich nicht richtig darüber freuen. Noch einmal schaut Mia auf das Gebüsch. Der kleine rote Fleck ist verschwunden. Sie hat sich sicher getäuscht. Obwohl: Die Stelle liegt hinter der Einfahrt zu dem Haus, in dem Paula wohnt, und sie müsste an ihrem eigenen Zuhause vorbeilaufen. Das wäre ja eine ganz gemeine Art, Mia in die Irre zu führen. Ob Paula auf so eine Idee kommt? Zuzutrauen ist es ihr. Paula ist schlau. »Ha, gleich hab ich dich«, murmelt Mia, grinst bei der Vorstellung, noch schlauer zu sein, und geht weiter auf das Gebüsch zu, als ob nichts wäre. Paula soll denken, dass sie auf ihren Trick reingefallen ist. Erst im letzten Moment wird sie zuschlagen und sie aus ihrem Versteck ziehen. Ein paar

Meter noch bis zu Paulas Einfahrt. Wieder blitzt das Rote durch die grünen Blätter. Bewegt es sich? Mias Herz klopft so laut, dass sie es in ihren eigenen Ohren hören kann. Jetzt nur nicht verraten, dass sie weiß, wo Paula sich versteckt hat. Vor Paulas Haus ist alles leer. Die beiden Sträucher sind zu klein, um sich dahinter zu bücken und unsichtbar zu machen. Sie pfeift ein Lied und lockert die Riemen ihres Ranzens. Vielleicht wird sie ihn ausziehen müssen, um schneller zu sein und Paula zu erwischen, bevor sie an der Laterne ankommt, die sie zum Anschlagen bestimmt haben. Mia hält den Atem an. Die Blätter im Gebüsch sind dicht und grün, und sie sieht das Rot nicht mehr. Es verbirgt sich vor ihr. »Ich weiß, dass du da bist«, murmelt sie und macht sich bereit. Sie springt auf das Gebüsch zu, teilt es mit beiden Händen und bleibt stehen. Eine Plastiktüte fällt von dem Zweig, an dem sie sich verfangen hat. Sie ist rot und ganz neu. »Mist!«

»Ha!« Eine Hand schlägt ihr von hinten auf die Schulter. Mia fährt herum. Paula dreht ihr eine lange Nase, wendet sich um und rennt so rasch, wie sie kann, auf den Anschlag zu. Mia reagiert blitzschnell und folgt ihrer Freundin. Kurz bevor Paula ihre Hand an der Laterne anschlagen kann, erwischt Mia sie am Arm.

»Hab dich!«, ruft Mia triumphierend und bleibt, nach Luft ringend, stehen. Lachend halten die beiden sich fest.

»Da hab ich dich aber super drangekriegt«, meint Paula. »Du hast neben mir gestanden und mich nicht bemerkt.«

»Nie im Leben!«

»Doch. Im Fahrradschuppen. Ich hab mich hinter der Tür versteckt. Und du hast nicht mitbekommen, wie ich dir nachgeschlichen bin.« Sie stößt Mia mit dem Ellbogen in die Seite. »Jetzt du!«

»Ich muss heim. Oma wartet.«

»Na los. Noch *ein* Mal. Ich muss auch nach Hause, aber wir sind doch gleich da.«

»Ich kriege Ärger.«

»Komm schon. So schlecht, wie du dich immer versteckst, wird es keine Minute dauern, bis ich dich gefunden habe.«

»Los. Zähl bis zwanzig. Und wehe, du schummelst!« Mia wartet, bis Paula sich zur Laterne gedreht und die Hände über die Augen gelegt hat.

»Eins«, zählt Paula laut und langsam. Mia weiß, dass sie zum Ende hin immer hastiger werden wird.

»Zwei.«

Sie schaut sich um. Sie muss schnell ein Versteck finden. Nah und trotzdem gut. Wo Paula sie schlecht sehen, aber sie Paula gut beobachten kann. Die Stelle mit den Büschen. Sie rennt los. Die Bücher in ihrem Ranzen klappern laut.

»Drei.«

Da ist eine Lücke, wie ein kleiner Eingang. Sie quetscht sich hindurch und sieht über die Schulter zurück zu Paula. Die lehnt immer noch an der Laterne. »Vier, fünf, sechs, sieben.« Mia läuft schneller. »Acht.«

»Du schummelst«, ruft sie und schlägt sich auf den Mund. Wenn sie so laut ruft, wird sie sich verraten. Sie geht in die Hocke, duckt sich. Im gleichen Moment wird sie zurückgerissen. Eine Hand greift nach ihrem Handgelenk, umklammert es und zieht sie tiefer und tiefer in das Gebüsch. Sie verschluckt sich am eigenen Schrei, während Äste ihr auf den Kopf und ihre Wangen peitschen. Dornen bohren sich in ihre Haut. Sie kneift die Augen zusammen und legt den Arm schützend über das Gesicht. Erschrocken schnappt sie nach Luft, versucht, etwas zu erkennen und sich gegen den Griff zu wehren.

»Neun.« Paula betont die Zahl sehr deutlich und holt tief und hörbar Luft, bevor sie weiterzählt. Langsamer als vorher. Viel langsamer.

Die Hand fühlt sich hart an. Der Druck um ihren Arm tut ihr weh.

»Zehn«, ruft Paula an der Laterne.

Ihr Oberkörper wird nach unten gedrückt. Mia reißt die Augen auf. Dunkle Schuhe. Wanderschuhe. Darüber Jeans. Ein roter Schal vor einem Gesicht.

»Elf.«

Der Verschluss ihres Schulranzens löst sich, die Bücher und Hefte klatschen auf den Boden.

»Zwölf.«

Sie stolpert, wird aufgefangen, hochgerissen. Der Ranzen rutscht ihr von den Schultern. Sie will schreien. Sie will sich herauswinden, befreien und sich wehren gegen den Griff, der ihren Arm festhält, gegen die dunklen Schuhe, die ihre Hefte in den Schmutz treten. Aber sie schafft es nicht.

»Dreizehn.« Paulas Stimme wird leiser, je weiter sie von der Stelle weggezerrt wird.

Sie reißt den Kopf hoch, kracht gegen einen Kiefer. Sie hört ein unterdrücktes Stöhnen. Jetzt zutreten, denkt sie und erinnert sich daran, was der Sportlehrer in dem Selbstverteidigungskurs gesagt hat. Sie hebt den Fuß, stößt mit voller Wucht nach dem Schienbein ihres Angreifers. Flüche. Aber anders als in der Sportstunde kommt sie nicht frei. Der Sportlehrer hat gelogen.

»Vierzehn.«

Ihr Herz rast vor Anstrengung, und ihr wird heiß. Schweiß läuft ihr den Rücken hinunter.

»Fünfzehn.«

Noch einmal bäumt sie sich auf, knurrt und gibt alle

Kraft in diese eine Bewegung. Die andere Hand, die zu dem gehört, der ihr weh tut, drückt etwas auf ihr Gesicht. Es ist weich und riecht seltsam. Süß und trotzdem widerlich. Sie versucht, nicht zu atmen. Hält die Luft an, wie sie es in der Badewanne immer macht, wenn sie mit offenen Augen unter Wasser liegt, durch das Dachfenster in den Himmel schaut und sich vorstellt, mit einem Stern durch das Weltall zu fliegen.

»Sechzehn.«

Aber die Hände umklammern sie, reißen sie aus ihrem Himmel. Der Stern fällt und fällt und fällt, bis ihr Körper nach Luft schreit und die Dämpfe einatmet, die aus dem Tuch vor ihrem Gesicht kommen.

»Siebzehn.«

Ihre Beine geben nach, fühlen sich an wie Watte. Jetzt erst begreift sie, was da mit ihr geschieht. Der Mensch hinter ihr ist böse. Er tut ihr weh. Vielleicht will er, dass sie stirbt. Sie zittert. Ihr wird schlecht.

»Achtzehn.«

Das Süße wabert durch ihren Kopf, lässt sie müde werden. Ihr Körper zuckt, sie bäumt sich auf und erschlafft dann in dem harten Griff.

»Neunzehn.«

Sanft gleitet sie zu Boden. Unfähig, sich zu rühren. Müde. So müde.

»Zwanzig – ich komme!«

Ein Hund bellt in der Nähe. Ein Flugzeug bricht durch die Wolken.

»Mia!«, hört sie eine Stimme rufen. »Mia?« Ganz nah. Und doch so weit weg. Sie schließt die Augen.

Kapitel 1

Jeder Luftzug war eine Qual. Es fühlte sich an, als würde er auf Aluminiumfolie beißen. Werner Hedelsberg atmete durch die Nase, ängstlich darauf bedacht, seine Kiefer nicht zu bewegen. Und doch konnte er nicht verhindern, dass seine Zunge immer wieder den Weg zu dem Backenzahn suchte, tastete, berührte und eine Schmerzwelle auslöste, die mit jedem Mal langsamer abebbte. Seit er heute Morgen aufgewacht und nach nur wenigen Sekunden mit der grausamen Wucht der Wirklichkeit konfrontiert worden war, hatte sich zu dem dumpfen Druck in seinem rechten Oberkiefer noch ein Pochen gesellt. Ein Pulsieren, das bis in seine Schläfen vordrang und seine Augen tränen ließ. Weder die Zigarette, die er, im Bett liegend, geraucht, noch der Kaffee, den seine Maschine röchelnd ausgespuckt hatte, konnten daran etwas ändern.

Er hatte sich lediglich angezogen und das Haus verlassen. Nur ein Platz zum Schlafen. Mehr brauchte er nicht. Er würde der polnischen Putzfrau, deren Namen er sich nicht merken konnte und die jeden Morgen um zehn die Kneipe putzte, wie schon unzählige Male vorher den Schlüssel in die Hand drücken. Sie würde wissen, was zu tun war, und ein wenig Ordnung in sein Leben bringen. Auch wenn ihm das herzlich egal war. Für ihn bedeutete es nur, nicht endgültig im Chaos unterzugehen.

Der Geruch nach schalem Rauch schwappte ihm entgegen, als er die Seitentür zum »Spoon« öffnete, den Keil unterschob und einen halbherzigen Versuch unternahm, frische Luft in die Räume zu lassen. Die Frau mit dem vergessenen Namen war noch nicht da. Aschenbecher quollen über. Das Lämpchen an der Spülmaschine blinkte hektisch.

»Fuck«, murmelte Werner, zog die Klappe auf und starrte auf eingetrocknete Schaumränder an den Gläsern. Mit der flachen Hand schlug er gegen die Maschine. Das Teil musste funktionieren. Eine neue konnte er sich nicht leisten. Geld war knapp in diesen Tagen. Die fünf Männer, die jeden Abend ihre Hintern auf die abgewetzten Tresenhocker wuchteten, schweigend vor sich hin starrten und dabei abwechselnd vier Bier und vier Klare kippten, wirkten genauso übriggeblieben, wie Werner sich fühlte. Trotzdem waren sie alles, was er hatte.

Er fischte im Innenfutter seines Jacketts, das über der Theke hing, nach den Schmerztabletten. Die Verpackung knisterte.

»Verflucht!«, knurrte er und warf die leere Packung auf den Altpapierstapel. Die Falttür zum Nebenraum klapperte, als er sie zusammenschob. »Büro« stand auf dem Metallschild an der Seitenwand des Gläserregals. Bronzefarbener Rand, und die Schrift im schwarzen Negativdruck hatte ihren Glanz schon vor langem verloren. Ursprünglich als Abstellraum gedacht, diente der Raum mittlerweile als Büro, Sammelstelle und manchmal als Schlafplatz, wenn er es nach einem langen Abend nicht in sein Proforma-Zuhause schaffte, wo sowieso niemand auf ihn wartete. Vor einem Monat hatte er die Rentnernull erreicht. Sechzig. Na bravo! Ein einsamer alter Sack. Er stellte sich vor, wie es wäre, wenn er in der Kneipe einen Herzinfarkt bekommen und schlicht verrecken würde.

Das würde ihn der Gefahr entheben, in seiner Wohnung unentdeckt zu bleiben und monatelang vor sich hin zu rotten. Hier käme wenigstens die Polin.

Er quetschte sich um den Schreibtisch herum und achtete darauf, keinen der Papierstapel umzureißen. Ungeöffnete Briefe, Anschreiben von Ämtern, die ihm das Leben schwermachen wollten, Rechnungen, mehrheitlich unbezahlt. Arbeit. Unerledigte Arbeit. Er gähnte. Sofort fuhr wieder der Schmerz durch seinen Schädel. Die Müdigkeit machte die Sache nicht besser.

Das fahle Licht der Energiesparleuchte, die an einem nackten Kabel von der Decke baumelte, erschwerte es ihm, Einzelheiten zu erkennen. Er turnte an leeren Bierkästen, an der Wand hochgestapelten Pappkartons und unzähligen Besenstielen vorbei, die irgendjemand in die Ecke gedrückt und dann vergessen hatte. Auf dem obersten Brett des billigen Hängeregals an der rechten Seite musste der Erste-Hilfe-Kasten stehen, wenn ihn nicht eine der Aushilfen weggeräumt hatte. Der Gedanke an die letzte Kontrolle des Ordnungsamtes blitzte auf. Die Gewissheit, dass sie ihn nicht vom Haken lassen würden und dass dieser letzten bestimmt eine nächste folgen würde, vielleicht dann die allerletzte für den Laden. Nichts hatte dem Kontrolleur gepasst. Nicht die Ordnung in seinen Vorräten, nicht die Temperatur in der Zapfanlage, und beim Anblick des Kühlschranks hatte er nur schweigend seinen Kugelschreiber gezückt und weitere Kreuze in die vorgedruckten Anklagen seiner Formulare gemalt. Noch ein Punkt auf der Verliererliste. Die Leute brachten kein Geld mehr unters Volk und gingen nicht mehr aus. Und wenn doch, dann kamen sie nicht zu ihm. Die Zeiten, in denen die Gäste allabendlich in Viererreihen an der Theke gestanden, sich die Biergläser über ihre Köpfe hinweg nach hinten gereicht hatten, waren vorbei. Keine progressiven Musiker mehr, die den Namen der Kneipe richtig verstanden und über Stockhausen und Rockmusik diskutierten. Keine Studenten aus musikalischen Kommunen. Vorbei. Seine E-Gitarre an der Wand diente seit Jahren nur noch der Dekoration. Das Geld hatte er ebenso wenig halten können wie seine Gäste. Es floss durch seine Hände in die gierigen Münder derjenigen, die sich wie Parasiten von Menschen wie ihm ernährten. Die Frauen, die ihre Schenkel öffneten, für die Nacht, die Woche oder den Monat an seiner Seite hatten mehr Interesse an seinem Geld als an ihm selber. Aber das machte ihm nichts aus, solange sie zu seiner Verfügung standen, wenn ihm der Sinn danach stand. Er hatte dieses Leben geliebt. Eine Zeitlang. Der blaue Rauch der Nächte, die Stimmen, das Gelächter. Die Gedanken. Frei und mutig. Anders als die eingefahrenen Wege durch die Trümmer seiner Nachkriegskindheit. Das vermisste er immer noch. Heute wollte niemand mehr diskutieren. Nicht mehr denken. Alle wollten Konsum. Nicht selbst denken müssen. Nicht anecken. Sie wollten einen Kaffee mit Schickimicki-Geschmack. To go. Nicht bleiben.

Werner war froh gewesen, dass der Ordnungsbeamte ihm eine Chance gelassen hatte und ihm die Besserungsvorsätze abnahm, an die er selbst nicht glaubte. Galgenfrist.

Er reckte sich und versuchte, den roten Blechkasten mit den Fingerspitzen zu erreichen. Das Metall rutschte mit einem leisen Geräusch vom Holz, entglitt seinen feuchten Händen und krachte donnernd zu Boden. Der Deckel sprang auf, und der Inhalt des Kastens verteilte sich in den Ritzen und Lücken zwischen dem Gerümpel.

»Verdammt!« Diesmal schrie er, schlug mit der Faust

gegen die dünne Rigipswand und hinterließ eine kleine Delle im schmutzig gelben Putz. Dann drehte er sich um und riss im Hinausgehen einen halbleeren Kasten mit Limonadenflaschen um. »Scheißkaschemme!« Sollte sich doch Jan darum kümmern, wenn er seinen Dienst in zwei Stunden antrat, oder die Polin.

Er verharrte einen Augenblick, schloss die Augen und rang nach Luft. Das Puckern im Zahn riss seinen Kopf auseinander. Er musste etwas unternehmen. Werner sah auf seine Uhr. Rolex stand darauf. Kurz nach zehn. Niemand, außer dem Gerichtsvollzieher, der ihn in unregelmäßigen Abständen aufsuchte, wusste, dass diese Uhr kein Original war, und wenn es nach ihm ginge, würde das auch so bleiben. Einen letzten Rest von Würde musste er sich behalten, und sei es nur mit einer gut gemachten Fälschung.

Er öffnete eine der unteren Türen des Gläserschranks. Stapel von alten Katalogen, geöffnete und halb verbrauchte Päckchen diverser Bierdeckelsorten und nur noch aus ein paar Blättern bestehende Notizblöcke quollen ihm entgegen. Aus einem der Stapel zog er ein zerfleddertes Telefonbuch. Er schlug es auf, blätterte und fuhr mit dem Zeigefinger die Reihe der Einträge entlang, bis er fand, was er gesucht hatte. Leise murmelte er den Namen, bevor er die Nummer auf einem Bierdeckel notierte und ihn dann in die Hosentasche steckte.

»Bin da!« Die Frauenstimme aus dem Kneipenraum ließ ihn auffahren. Er hörte, wie sie ihren Mantel aufhängte, ihre Handtasche in der Schublade des Gläserregals verstaute und Wasser ins Spülbecken laufen ließ.

Er knurrte ein »Guten Morgen« in ihre Richtung.

»Geht's Ihnen nicht gut?« Sie wandte sich zu ihm. Ihr Lächeln verschwand, als sie sein Gesicht sah. Sie drehte den Wasserhahn zu, wischte sich die Hände an ihren Jeans trocken und trat einen Schritt auf ihn zu. »Kann ich Ihnen helfen?«

Werner schüttelte den Kopf. »Danke.« Ihre Besorgnis tat ihm gut, und er stellte sich vor, wie es sein würde, wenn ihr Interesse an ihm echt wäre. Aber das durfte er sich nicht gestatten. Zu oft schon war er enttäuscht worden. Also beschloss er, dass sie höflich sein musste. Dass sie den Spielregeln zwischen Chef und Angestellter folgte. Dass sie höflich sein musste. Nicht mehr.

»Haben Sie wieder hier geschlafen? Das ist nicht gut für Sie. Ein Mann muss nach Hause gehen können«, unterbrach sie seine Überlegungen.

Wenn er ein Zuhause hat, in das er gehen kann, dachte Werner. Laut erwiderte er: »Nein, das ist es nicht.«

Die winzige Bewegung der Lachfältchen um ihre Augen, die ihr Interesse an ihm über die von ihm angenommene Höflichkeit hinaus verdeutlichte, zwang ihn zum Weitersprechen.

»Also nein, ich meinte, nein, Sie können mir nicht helfen, Frau ...« Er stockte wieder.

»Szymańska. Anna Szymańska.« Sie lächelte wieder, und die Falten um ihre Augen vertieften sich. »Vielleicht können Sie sich meinen Vornamen leichter merken.«

Er nickte, und der Schmerz schnitt wieder durch seinen Schädel. Seine Vorstellung, sie würde eines Tages seine Leiche finden, gefiel ihm bei genauerer Betrachtung nun doch nicht. Sie war zu nett. Er verzog das Gesicht.

»Zahn?«

»Ja.«

»Besser, Sie gehen zu einem Arzt.« Wieder sah sie ihn an. »Soll ich Ihnen vorher noch einen Kaffee kochen?«

»Nein.« Werner nahm seinen Mantel vom Garderobenhaken und ging zum Ausgang. An der Tür blieb er kurz stehen, drehte sich um und lächelte sie an. »Nein danke.« Er öffnete die Tür und ergänzte: »Anna.«

Draußen blendete ihn die Sonne. Mit dem Handy in der Rechten suchte er mit der Linken den Bierdeckel, auf den er die Nummer der Praxis notiert hatte, in der Tasche seiner Lederjacke. Das Futter war aufgerissen, die Pappe im Inneren verschwunden. Er streifte die Jacke halb ab, um an den Bierdeckel zu gelangen, hielt aber dann mitten in der Bewegung inne. Er würde nicht anrufen, dachte er und runzelte die Stirn. Keine Vorwarnung. Sonst würde ihm noch irgendeine Ausrede einfallen, damit die fleißigen Helferbienlein ihn abwimmeln könnten. Jeder Zahnarzt musste unangekündigte Schmerzpatienten ohne Termin annehmen. Für Dr. Martin Schlendahl galt das erst recht. Aus Gründen, die sie beide kannten und die er, Werner, weder vergessen konnte noch wollte.

Die Rolex am Handgelenk des Zahnarztes war sicher keine billige Kopie. Die war echt. Zusammengerafft aus den Honoraren der Privatpatienten und den Kassenzahlungen. Werner pulte mit der Zunge in dem Loch seines Zahns, hielt dem Schmerz seine Wut entgegen und nährte sie daran. Er selbst hätte hier stehen sollen. Im weißen Kittel, mit zwei ansehnlichen Helferinnen im Empfangsbereich seiner Edelpraxis und dem Wissen, den großen Wagen, die teure Frau und die schicken Urlaube bis in alle Ewigkeit finanzieren zu können. Er hätte. Wenn alles so gelaufen wäre, wie er es geplant hatte. Damals.

Martin Schlendahl zuckte bei Werners Anblick zusammen und blieb im Türrahmen stehen. Er hatte ihn also auf den ersten Blick erkannt, auch wenn er äußerlich nichts mehr mit dem Mann gemeinsam hatte, der er einmal gewesen war.

»Was willst du hier?«

»Was soll ich schon wollen?« Werner kam sich lächerlich vor. Mit einem unwürdigen Papierlatz um den Hals, in halb liegender Position. Zurechtgemacht und dann mit einem unpersönlich fröhlichen »Der Doktor kommt gleich zu Ihnen« allein gelassen.

Schlendahl löste sich aus seiner Starre, schloss die Tür hinter sich und trat einen Schritt auf Werner zu. Durch das trübe Glas erkannte Werner die Umrisse der Arzthelferinnen, die wie weiße Ameisen durch die Praxis eilten. Schlendahl zog den Rollhocker neben den Behandlungsstuhl, streifte mit einem Blick das Tablett mit den Instrumenten und richtete die Lampe über Werners Kopf aus.

»Ist lange her.« Er griff nach einer Kaffeetasse, die schräg hinter ihm neben dem Computer stand, trank sie in einem Zug aus, presste die Lippen zusammen, schüttelte sich.

»Nicht lange genug.«

»Warum kommst du zu mir?«

»Du bist Zahnarzt.«

»Ist nichts Neues.«

»Du musst das eine oder andere Loch stopfen.«

Schlendahl blinzelte, schob den Hocker mit den Füßen weg von Werner und schaffte Abstand zwischen ihnen. Werner sah ihn unverwandt an.

»Wir sind quitt«, knurrte Schlendahl.

»Fangen wir doch erst mal damit an, dass du mich hiervon befreist.« Werner öffnete den Mund und zeigte mit dem Finger auf den kranken Zahn.

»Und dann?«

»Sehen wir weiter. Ich brauche Geld.«

Schlendahl stand auf. »Willst du mich erpressen? Das vergiss mal ganz schnell. Du hängst auch mit drin.«

Werner schaute sich im Behandlungsraum um. Der schlichte Stil täuschte über die wahren Werte hinweg. Das Bild an der Wand kein Kunstdruck, sondern ein Original. Die Möbel, die Leuchten. Einfach, aber teuer. Auch die Patienten passten ins teure Schema. Beim Eintreten hatte er kurz mit dem Handrücken den Mantel des älteren Mannes gestreift, der ihm entgegenkam. Edles Stöffchen.

»Kommt drauf an, wo man steht. Kannst du dir die Wahrheit leisten?«

»Brauchen Sie mich, Herr Doktor?« Die Helferin streckte den Kopf durch die Tür.

Schlendahl räusperte sich. Dann nickte er.

»Der Patient hier hat starke Schmerzen. Ich denke, den Zahn werde ich ihm ziehen müssen.«

Die Helferin betrat den Raum. Instrumente klapperten, als sie die Schubladen aufzog, eine Spritze herausholte und ihm reichte. Schlendahl beugte sich über Werners geöffneten Mund bis nah an sein Ohr heran.

»Wag es ja nicht, mir zu drohen!«, zischte er leise, richtete sich auf und fuhr dann lauter fort: »Manchmal ist es besser, kein Risiko einzugehen, das Übel an der Wurzel zu packen und auszurotten, mein Freund.« Er setzte die Spritze an. »Das geht oft schneller, als man denkt.«

*

»Ja, wir warten noch auf die Antwort aus dem Labor.« Verena klemmte sich das Handy zwischen Schulter und Ohr und zog den Zündschlüssel aus dem Schloss ihres Dienstwagens. »Hör zu, Leo, es wird keine Ewigkeit dauern. Dann haben wir bessere …« Sie unterbrach sich, lauschte und nickte. »Ja, ja. Ich bin in einer Dreiviertelstunde wieder in der Dienststelle. Ich muss nur eben nach ihr schauen.« Sie angelte mit einer Hand ihren Rucksack von der Rückbank. »Ach, hör auf, ich hab es mir ja nicht ausgesucht!« Sie hielt inne. »Nein, hast du nicht. Entschuldige bitte.« Pause. »Ja, danke. Bis gleich«, sagte sie und bemühte sich um einen versöhnlichen Tonfall. Es war nicht fair von ihr, Leo so anzuschnauzen. Ihre Kollegin unterstützte sie, so gut es ging, nahm Rücksicht, hatte Verständnis, hörte zu, wenn es nötig war. Leonie Ritte war mit ihrer stillen Art eine gute Polizistin und eine sehr gute Freundin.

Sie legte auf, stieg aus und ging zur Haustür des Einfamilienhauses. »Der müsste auch dringend gemäht werden«, murmelte sie mit Blick auf den hochgeschossenen Rasen, rüttelte einen Schlüssel aus ihrem Bund und öffnete die Tür. Kühle Stille empfing sie.

»Ruth?« Verena warf Schlüsselbund und Rucksack auf eine Anrichte, die an der rechten Seite des Flurs stand und auf der sich Papierstapel türmten. »Ruth? Wo bist du?« Sie lauschte. Keine Antwort. Verena stieß mit einem leisen Schnauben die Luft aus. »Ruth!« Sie ging die ersten drei Stufen der Treppe hinauf, beugte sich über das Geländer und schaute nach oben. »Hallo?« Wie zur Antwort fiel im oberen Geschoss etwas mit lautem Krachen zu Boden. Verena nahm zwei Stufen auf einmal, öffnete die Tür zum Badezimmer und blieb reglos stehen.

»Ich kann es nicht finden!« Ruth Altenrath saß auf dem geschlossenen Toilettendeckel. Ihre Haare, deren Dichte das Grau schimmern ließ, waren zu einem straffen Dutt zusammengefasst. Eine weiße Bluse vermittelte zusammen mit dem dunklen Blau der Hose den Eindruck hanseatischer Strenge. Erst auf den zweiten Blick erkannte Verena das eingetrocknete Eigelb und die Kaffeespritzer auf der Kleidung ihrer Großmutter. Ruth zog die Schultern hoch, schüttelte den Kopf und blickte hilflos zu Verena auf, kindliche Augen in einem Meer von Falten. Um sie herum lag der Inhalt mehrerer weißer Pappkartons, die sich leer in der Badewanne stapelten. »Gut, dass du da bist, Kind.«

Verena schluckte. Ihre Fingerknöchel wurden bleich, als sie sich an den Türrahmen klammerte, reglos und den Blick über das Chaos im Raum schweifend. Schon wieder. Es wurde schlimmer. Im Spiegel über dem Waschbecken sah sie eine junge Frau mit fahler Haut und strohigen braunen Haaren, am Morgen hastig zu einem Zopf zusammengebunden. Eine, die sich das Leben schwermachte, weil sie eine Tatsache, die unübersehbar war, nicht wahrhaben wollte, die genau dagegen und gegen das eigene Gespür auf verlorenem Posten ankämpfte.

»Was hast du denn gesucht, Ruth?« Sie wusste, dass es keinen Sinn hatte, ihre Großmutter auf die Unordnung hinzuweisen oder sie zu fragen, warum sie alles ausgekippt und verteilt hatte.

»Was habe ich denn gesucht?« Ruth Altenrath runzelte die Stirn, Anstrengung in jedem Winkel des Gesichts. Ein Lächeln eroberte langsam ihre Züge, aber sie schwieg.

»Weißt du es? Ist es dir eingefallen?«

»Ja.« Stolz schwang in ihrer Stimme mit.

»Und möchtest du es mir sagen?« Verena zupfte an ihrem Ärmel und schaute auf ihre Armbanduhr. Fünfzehn Minuten, bevor sie wieder in die Polizeidienststelle fahren musste, wenn sie Leonie nicht in Erklärungsnot gegenüber den Kollegen bringen wollte.

»Das Nudel …«, Ruth verstummte, kniff die Augen

zusammen, »ach, wie heißt das doch noch gleich? Dieses, dieses Nudeldings.«

Verenas Handy meldete sich. »Leo« stand auf dem Display.

»Ja?«, fragte sie und hob gleichzeitig eine Dose mit Wattestäbchen auf.

»Es muss doch hier irgendwo sein!« Ruth nahm einen weiteren Karton, öffnete ihn und kippte den Inhalt auf den Boden, bevor Verena sie davon abhalten konnte.

»Was Wichtiges?« Sie schaltete den Lautsprecher des Handys ein und platzierte es auf dem Badewannenrand. In der Hoffnung, Ruhe in den angespannten Körper zu bringen, legte sie den Arm um Ruths Schultern und strich ihr über die Wange. Ihr Gesicht war blass trotz der sichtlichen Aufregung.

»Eben kam ein Anruf. Innenstadt. Zwei Tote in einer Arztpraxis. Die Kollegen sind bereits vor Ort und regeln die Situation«, hörte sie Leo verzerrt aus dem Hörer.

»In Ordnung«, murmelte Verena. »Ich komme dich sofort holen.«

»Dauert zu lange. Ich mache mich allein auf den Weg. Wir treffen uns dort. Reichen dir fünfundzwanzig Minuten?«

»Ich beeile mich.«

»Kümmer dich zuerst um Ruth, und dann beeilst du dich.«

Verena schwieg, ballte die Hände zu Fäusten und schloss die Augen. Es ging so nicht. Ihre privaten Probleme mussten privat bleiben, ihr Dilemma nicht andere in Mitleidenschaft ziehen. Leo ging an die Grenzen der Dienstvorschriften, um ihr zu ermöglichen, den Spagat zu schaffen. Sie würde, ohne zu zögern, auch darüber hinausgehen.

»Verena? Hast du gehört? Ich bekomme das auch fünf Minuten lang ohne dich auf die Reihe. Ich bin ja schon groß.« Leo lachte heiser in den Hörer und unterbrach Verenas Gedanken.

»Ich hab's kapiert.«

»Dann ist ja gut. Bis gleich.« Es klackte in der Leitung.

»Danke«, erwiderte Verena leise, obwohl sie wusste, dass Leo es nicht mehr hörte. Das Chaos um sie herum legte sich wie eine Decke auf sie, drückte sie nieder und nahm ihr die Luft. Verursachte Enge in ihrer Brust.

»Hast du es vielleicht an einen anderen Platz geräumt, Reni?« Ruth schaute Verena streng an und bohrte ihr einen spitzen Finger in die Schulter. »«Du weißt, dass ich es überhaupt nicht mag, wenn du Dinge vor mir versteckst, Kind.«

»Ich hab nichts versteckt, Ruth. Auch nicht dein Nudel …« Sie atmete tief durch und versuchte zu ergründen, was Ruth meinen könnte. »Holz? Meinst du ein Nudelholz?«

»Nein.« Ruth stand auf. Für ihre zweiundachtzig Jahre bewegte sie sich erstaunlich geschmeidig. Jahrelanges Lauftraining und eine bewusste Lebensführung hatten ihren Körper fit gehalten. »Ich meine das Ding, wo ich die Nudeln hineingebe, wenn ich sie fertig habe.«

»Nudelsieb.« Verena sah die Erleichterung in den Augen ihrer Großmutter, als sie den richtigen Begriff nannte, und spürte, wie sich ihr Magen zusammenzog. »Aber das findest du nicht hier im Badezimmer. Komm, wir gehen nach unten. Ich gebe es dir. Wenn ich Feierabend habe«, erklärte sie und zeigte auf die herumliegenden Sachen, »räume ich hier auf. Jetzt geht's nicht. Du hast es ja gehört. Das war meine Kollegin Leonie. Ich muss zu einem Einsatz.«

Ruth Altenrath blieb am Treppenabsatz stehen und drehte sich um. »Ach, musst du so spät noch arbeiten?«

»Es ist erst drei, Ruth. Ich hatte Pause. Aber jetzt ist etwas geschehen, und Leo braucht meine Hilfe.«

»Hilfst du mir, mein Nudelsieb zu finden?«

Verena nickte und folgte ihr in die Küche. Es ginge schneller, wenn sie Ruth half, das Sieb zu finden, und danach zum Dienst fuhr. Es hatte keinen Sinn, Ruth die Dringlichkeit der Situation zu erklären. Ruth drehte sich um und lächelte sie an. Dann setzte sie sich und blickte erwartungsvoll auf den leeren Tisch. Verena sah auf dem Herd einen Topf, aus dem ungekochte Spaghetti ragten. Ruth hatte die Herdplatte nicht angeschaltet. Zum Glück, dachte Verena und verdrängte Bilder voller Rauch und Flammen. Sie ging zum Kühlschrank, nahm Butter und Aufschnitt, holte Brot aus dem Schrank und stellte alles auf die Ablagefläche. Rasch schmierte sie zwei Brote und entsorgte die Nudeln. Aus dem Augenwinkel beobachtete sie Ruth, die am Tisch saß und ihre Bewegungen mit prüfendem Blick verfolgte, als müsste sie beurteilen, wie gut und wie schnell Verena arbeitete. Verena fiel es schwer, sich auf das, was sie tat, zu konzentrieren.

Ruths Ausfälle häuften sich. Nicht mehr nur die Wörter fielen ihr nicht ein, sie hatte zunehmend Schwierigkeiten, sich zu orientieren. Sie konnte und durfte nicht mehr so viel alleine sein. Jeden Morgen kam eine Nachbarsfrau und kümmerte sich um Ruths Frühstück und ihre Morgentoilette, legte Kleidung bereit und sorgte für die Ordnung. Verena bezahlte sie selbst. Zu mehr reichten ihre Mittel nicht. Es wäre besser, wenn Ruth mehr Betreuung bekäme, jemand mehr Zeit mit ihr verbringen würde. Am liebsten wäre sie selbst dieser Jemand. Ruth war für Verena die eigentliche Mutter. Sie kannte keine andere. Ihre

Eltern waren tödlich verunglückt, als sie zwei gewesen war. Aber entgegen der Prognosen war sie nicht gestört, hatte kein Trauma, keine Verlassensängste. Sie hatte noch nicht einmal in ihren vierunddreißig Jahren an den Nägeln gekaut. Ruth hatte mit der gleichen Selbstverständlichkeit die Verantwortung für die Tochter der Tochter übernommen, wie sie alles anpackte. Mit Herzblut, Liebe und der Fähigkeit, über sich und das Leben zu schmunzeln. Verena blickte die Frau vor sich an. Sie trug Ruths Gesicht und ihre Kleidung, aber nicht mehr ihr Lachen. Immer weniger Ruth. Sie streckte die Hand aus und streichelte die Finger der anderen, bis ihr klar wurde, dass sie längst auf dem Weg sein musste. Ihre Uhr mahnte fünf Minuten gestohlener Zeit. »Bis heute Abend, Ruth.«

»Musst du noch arbeiten?« Erstaunen breitete sich im Gesicht ihrer Großmutter aus.

»Ja. Es ist erst früher Nachmittag.« Diesmal schaffte sie es nicht, ihre Ungeduld zu verbergen. Ruth krauste die Stirn. Ihr Gespür für Stimmungen hatte sie nicht verloren. Mimik und Gesten ihres Gegenübers ließen sie die Dinge verstehen, die sie sich mit Worten nicht mehr erklären konnte.

»Ich habe dich das eben schon mal gefragt, stimmt's?«

»Ja, hast du.«

Ruth senkte den Kopf. »Tut mir leid, Verena.« Sie legte das angebissene Brot vor sich auf den Teller. »Tut mir leid.«

»Du brauchst dich nicht zu entschuldigen.« Verena gab ihrer Großmutter einen Kuss auf die Wange, zögerte kurz und umarmte sie dann.

»Verena?«

»Ja?«

»Ich möchte diese Krankheit nicht.«

»Ich weiß, Ruth.«

Kapitel 2

Verena liebte die ersten Augenblicke an einem Tatort. Momentaufnahmen, schockgefroren in der Sekunde des Geschehens. Ein Rätsel zersplittert in Einzelteile, bereit, von ihr zusammengesetzt zu werden. Der Ablauf der Ermittlungen, eine Choreographie, lange einstudiert, um Fehltritte so weit wie möglich auszuschließen. Sie warf die Wagentür zu und näherte sich den Absperrbändern, hinter denen die Kollegen mit den ersten Arbeiten begonnen hatten, und konzentrierte sich auf das vor ihr Liegende. Zunächst brauchte sie Informationen.

»Was für eine Sauerei!« Der Sanitäter schimpfte vor sich hin. Er schüttelte sich, bevor er sich wieder seinem Koffer zuwandte, einige Teile mit besonderer Sorgfalt gerade rückte und ihn dann schloss. »Ob die Leute sich, ehe sie springen, überlegen, wie sie aussehen, wenn sie unten angekommen sind?« Er packte den Koffer in den Wagen und sah Verena an, als bemerkte er sie jetzt erst. »Hackfleisch ist nichts dagegen«, lachte er bitter. Zynismus als Schutz – so schätzte Verena ihn ein.

»Was ist passiert?«

»Erst hat er getobt, dann ist er gesprungen.« Er trat einen Schritt zur Seite. Verena folgte dem Fingerzeig seiner Hand und dachte an Ruth, dachte daran, dass sie zu spät gekommen war und ob irgendetwas vom Geschehen zu verhindern gewesen wäre, schob den Gedanken aber von sich. Sie wusste, dass solche Gedanken Unsinn waren, aber sie konnte sie nicht verhindern. Sie trug keine Verantwortung für das, was passiert war, auch wenn ihr schlechtes Gewissen ihr das gerne vorspiegeln wollte. Die Morde geschahen nicht, weil sie in ihrer Dienstzeit zu Ruth fuhr und sich um sie kümmerte. Es gab keinen Zusammenhang. Verena holte tief Luft. Sie war hier, weil es geschehen war. Und obwohl sie das wusste, stellte sie sich diese Frage immer wieder aufs Neue. Musste es sich immer wieder deutlich vor Augen führen. Bei den Frauen, die mit einem Messer im Rücken in ihrer eigenen Küche oder mit Kugeln im Kopf auf der Straße lagen. Hingerichtet von denen, die bis vor kurzem noch die Ehemänner, Liebhaber oder Freunde der Toten gewesen und die nicht damit klargekommen waren, dass sich das geändert hatte. Die das Verlassensein nicht ertragen konnten, weil sie sich zu schwach fühlten, ohne das jemals zugeben zu können. Für die der Tod der Liebe nur mit dem Tod der Geliebten zu ertragen war. Der Polizei waren im Vorfeld die Hände gebunden. Solange keine direkte Bedrohung bestand, solange der Angreifer nicht angriff, sondern die Gewalt nur plante, konnten sie die Frauen nur schlecht schützen.

Aber das hier war anders. Hier erwartete sie kein Geschundener, kein Ängstlicher. Keiner, der um Hilfe gerufen und sie nicht bekommen hatte.

Der Tote lag auf dem Bauch. Den rechten Arm lang gestreckt neben dem Körper, der linke über dem erhoben, was vor wenigen Stunden noch ein Kopf gewesen war, als würde er jemandem zuwinken. Die Beine gerade, und nur die unnatürliche Fußstellung verriet, dass auch an der Stelle die Knochen beim Sturz zertrümmert worden waren. Blutsprenkel überzogen den weißen Kittel. Dunkle

Haare kringelten sich in seinem Nacken. Verena konnte nicht erkennen, ob es der ursprüngliche Haarton war oder ob Blut sie dunkel färbte. Knapp unter der Stelle, wo die Ohren hätten sein müssen, war die obere Hälfte des Schädelknochens weggeplatzt, Teile des Gehirns sternförmig nach vorn gespritzt. Ein Strahlenkranz aus Blut und blassem Fleisch. Verena räusperte sich, versuchte, das Würgen in ihrer Kehle in ein Husten umzuwandeln. Sie nickte der Kollegin der Spurensicherung zu, die neben einem der Gewebehäufchen eine kleine Tafel aufstellte. Es reichte ihr, sich die Lage der Leiche und die Besonderheiten nachher auf den Fotos anzusehen. Der metallische Blutgeschmack legte sich auf ihre Zunge und kroch ihr durch den Rachen bis in die Nase. Wie in einem Schlachthof. Sie öffnete ihr Blickfeld, nahm die Umgebung in sich auf. Die Straße, die Häuser, die geparkten Wagen. Fenster, hinter denen Gesichter tanzten wie Schatten. Blass im Dunkel.

Der Abstand des toten Körpers zur Wand passte zu einem Selbstmord. Die Leute sprangen nach vorn. Wer nur fiel, ob gestoßen oder durch einen Unfall, landete näher an der Wand, hatte mehr Verletzungen, die durch Kontakt mit Vorsprüngen und Erkern entstanden.

»Na, da hat sich aber einer für Superman gehalten«, meinte der Sani und grinste. Verena blickte ihn reglos an. Sie wusste, dass einige der Sanitäter die Schrecken, die sie täglich erlebten, unter Sarkasmus begruben. Aber die zynischen Bemerkungen kamen ihr jedes Mal falsch vor, und sie hoffte, selbst nie so zu werden.

»Das zu beurteilen liegt mit Sicherheit nicht in Ihrem Fachbereich«, entgegnete eine heisere Stimme scharf. Verena zuckte zusammen und blieb mit dem Blick an dem toten Körper auf dem Bürgersteig vor ihr haften, um nicht erschrocken herumzufahren. Ihr Vorgesetzter konnte die Sprüche ebenso wenig leiden wie sie und machte das bei jeder Gelegenheit sehr deutlich klar.

»Hallo, Walter«, begrüßte sie ihn, und bevor er zu einer weiteren Tirade ansetzen konnte, fügte sie hinzu: »Mach mich schlau.«

»Seit wann bist du hier?«

»Ein paar Minuten erst.«

»Wo ist Leonie?«

»Ist sie nicht hier?« Jetzt drehte sie sich doch zu ihm um. Teils vor Überraschung, teils aufgrund der Tatsache, dass der Anblick des Toten ihr Übelkeit verursachte. Die Gewöhnung an solche Bilder hielt sie für ein Gerücht.

»Dr. Martin Schlendahl, Zahnarzt. Er ist aus dem Fenster gesprungen, nachdem er zunächst einen Patienten mehr oder weniger gefoltert und dann, wie es scheint, seine Helferin, die ihn davon abhalten wollte, so gestoßen hat, dass sie gestürzt ist und sich den Hals gebrochen hat.« Rogmann ignorierte Verenas letzte Frage und hielt ihr ein Foto hin, auf dem ein Mann mit einem sehr breiten und sehr weißen Lächeln professionell in die Kamera blickte. »Zurzeit versuchen wir, die Sachlage genauer zu klären, konnten aber noch nicht ausführlich mit den Zeuginnen sprechen. Wir haben nur ihre ersten Angaben.«

»Die Arzthelferinnen?«

»Die Mädels sind völlig verstört.« Er zeigte auf die geöffnete Tür eines weiteren Rettungswagens. Im Inneren saßen drei junge Frauen mit weißen Kitteln und blassen Gesichtern.

»War eine von ihnen im Raum, als es passierte?«

Er blätterte in einem schwarzen Notizbuch. »Nein. Nur die verstorbene Helferin und der Patient.«

»Habt ihr schon mit ihm gesprochen?«

»Er liegt im Rettungswagen. Eine Ärztin ist bei ihm und bewacht ihn wie eine Löwin ihr Junges.«

»Ich kümmere mich darum.« Verena sah auf ihre Armbanduhr. Leo war immer noch nicht da. Sie runzelte die Stirn. Selbst bei dichtem Verkehr müsste sie längst hier sein. Sie zog ihr Handy aus der Tasche, wählte Leos Nummer, lauschte dem Freizeichen, bis die Mailbox ansprang. Sie zischte ein »Wo bleibst du denn?« und versuchte erfolglos, sich keine Sorgen zu machen.

»Können Sie reden?«, fragte sie in das merkwürdig verzerrte Gesicht ihres Gegenübers. Der junge Mann zitterte, nickte aber langsam.

»Ja«, nuschelte er. »Es geht schon.«

»Kannten Sie Herrn Schlendahl?«, eröffnete Verena unvermittelt das Gespräch.

»Nein. Das heißt, ja. Natürlich kannte ich ihn. Er ist ja mein Zahnarzt.« Die monotone Stimme passte zur Reglosigkeit seiner Mimik.

»Sie waren im Behandlungszimmer, als Herr Schlendahl gesprungen ist. Können Sie mir schildern, was genau geschehen ist?«

Er nickte wieder und schluckte mühsam.

Verena steckte die Hände in die Hosentaschen, wippte auf den Zehenspitzen und sah ihn erwartungsvoll an. Es dauerte einige Sekunden, bis der junge Mann sich gesammelt hatte. Als er sprach, musste sie sich vorbeugen, um ihn zu verstehen.

»Dr. Schlendahl hat mitten in der Behandlung angefangen, wirres Zeug zu reden. Von Schlangen, die sich durch meinen Mund winden, und von Ungeziefer, das unter meinen Zähnen lebt. Er schwankte, hielt sich fest und starrte entsetzt in meinen Mund. Zuerst habe ich gedacht, er macht einen Scherz. Bis er versuchte, die Schlange zu töten und das Ungeziefer zu erwischen. Alles mit dem Bohrer.«

Verena schüttelte sich und trat von einem Bein aufs andere. Sie hasste Zahnarztbesuche und hatte eine ungeheure Panik vor allem, was mit Bohrern, Haken und anderen blitzenden Instrumenten zu tun hatte. Die Schilderungen des jungen Mannes jagten ihr kalte Schauer über den Rücken.

»Eine Seite meines Unterkiefers war betäubt.« Er zeigte auf die schiefe Stelle in seinem Gesicht. »Deswegen hat es etwas gedauert, bis ich begriffen habe, was er da veranstaltete.«

»Haben Sie noch andere Verletzungen?«

Er schüttelte den Kopf. »Nein. Zum Glück nicht. Aber ich werde wohl schnell zu einem anderen Zahnarzt müssen, der die offenen Stellen wieder schließt.« Er verzog die Lippen, und Verena erkannte in den Schneidezähnen zwei große Löcher.

»Haben Sie ihn aus dem Fenster gestoßen?«, fragte sie und beobachtete seine Reaktion, um sicherzugehen, ob ihr Instinkt sie nicht täuschte. Hier saß ein Opfer, kein Täter.

»Was? Natürlich nicht! Ich habe keinen Grund dazu.«

»In Notwehr? Er tut Ihnen das an«, sie deutete auf seinen Mund, »und Sie stoßen ihn von sich. Dabei fällt er aus dem Fenster. Ein Unfall?«

»Nein! Ich habe ihn nicht angerührt.«

»Und was ist mit der Helferin?«

»Er hat sie wie ein lästiges Insekt weggestoßen, und sie ist rückwärts mit dem Kopf gegen die Heizung ...« Er verstummte. Verena konnte sehen, wie es in ihm arbeitete. Er würde mehr als nur neue Füllungen brauchen.

»Danach ist er wieder auf Sie losgegangen?«

»Er hatte gar nicht aufgehört.«

»Wie haben Sie ihn gestoppt? Haben Sie sich nicht gewehrt?«

»Doch, natürlich. Ich habe ihn weggedrückt und mir den Arm vor den Mund gehalten.«

»Und dann?«

»Er hat versucht, meinen Arm runterzuziehen. Seine Augen sahen so seltsam aus dabei. Als würde er mich gar nicht sehen.«

»Ist es ihm gelungen?«

»Nein. Er ging wieder mit dem Bohrer auf mich los.« Der junge Mann hob die rechte Hand. Ein Loch klaffte im dicken Stoff des Ärmels. »Ich habe ihn angeschrien. Ihn angebrüllt, er solle aufhören. Versucht, ihn zu schlagen. Auf einmal schüttelte er den Kopf, so als wäre ihm klargeworden, was er da machte. Er hat aufgehört. Ich bin aufgesprungen und wollte zur Tür. Er hat den Bohrer einfach fallen lassen, ist zum Fenster hin und hat es aufgerissen.«

»Haben Sie damit gerechnet, dass er springt?«

»Ich dachte, er wollte Luft schnappen. Wieder zu Verstand kommen.« Er fühlte mit den Fingern im Mund nach den Schäden, die er vermutlich während des Gesprächs immer weiter mit der Zunge erkundet hatte, und sagte: »Nein. Das stimmt nicht. Ich habe nichts gedacht, außer daran, wie ich da wegkomme.«

*

Leo in einer Menschenmenge zu finden war niemals einfach. Mit ihren knapp eins sechzig tauchte sie mühelos unter, verschwand zwischen den Rücken der Umstehenden. Verena hatte eine besondere Technik entwickelt, ihre Kollegin an betriebsamen Einsatzorten aufzuspüren. Sie horchte auf Worte, verhaltenes Lachen, Anweisungen und folgte dem Klang ihrer markanten Altstimme wie einer Schnur, die sie zu ihr führte. Diesmal hörte sie nichts außer alldem, was von den Kollegen gesagt wurde, um die Dinge zu tun, die getan werden mussten. Sie entdeckte Walter Rogmann neben seinem Wagen, mit dem Rücken zu ihr. Er telefonierte. Sie ging zu ihm.

»Leo ist immer noch nicht da«, sagte sie in dem gleichen Moment, in dem er auflegte und sich zu ihr umdrehte.

»Ich weiß«, antwortete er, hielt das Handy mit ausgestreckter Hand wie einen Fremdkörper vor sich. »Verena, Leo ist …« Er brach ab, sammelte sich und setzte erneut an. »Das war die Wache in der Innenstadt. Es hat einen Unfall gegeben mit einem Lastwagen und einer Motorradfahrerin.« Verena blieb stumm. Rogmann schlug mit der flachen Hand auf das Wagendach. »Wieso fährt sie mit ihrem verdammten Motorrad? Wieso kommt ihr nicht zusammen? Was soll das? Glaubt ihr, ihr könnt machen, was ihr wollt?« Seine Stimme überschlug sich.

»Was ist mit ihr?« Verena hatte Angst vor seiner Antwort.

»Sie ist im Krankenhaus.«

»Sie lebt?« Frage. Antwort. Hoffnung. Rogmann nickte und steckte das Handy in die Innentasche seines Jacketts.

»Sie haben sie wiedergeholt. Knapp.«

»Ich fahre zu ihr«, murmelte Verena, kramte in ihrer Handtasche nach dem Schlüssel und wollte zu ihrem Wagen gehen.

»Du bist im Dienst«, stoppte Rogmann sie, und Verena erstarrte. »Hier liegen zwei Tote. Kümmer dich erst darum.«

*

Der Ballon füllte sich mit Luft und blähte sich auf wie eine riesige gelbe Sonne. Christoph Todt schrie etwas zu dem Mann auf der anderen Seite des Stoffbergs hinüber, aber seine Worte gingen im Knattern des Brenners unter.

»Halt ihn fester, Tom, der steigt zu schnell!« Er stemmte beide Füße fest in den Boden und ließ sich gegen den stärker werdenden Zug fallen. Sein Rücken schwebte einen halben Meter über der Erde. Die Arme weit nach vorn gestreckt, umklammerte er das Seil mit beiden Händen. Der Ballon hob sich und wollte der Windbö folgen, die ihn über die Wiese zog. Christoph stolperte. »Verdammt, Tom, jetzt häng dich mehr rein«, schrie er, ohne den anderen zu sehen. Er hasste es, wenn seine Mitstreiter nicht genauso exakt arbeiteten wie er und damit die gesamte Aktion in Gefahr brachten. Vor einer halben Stunde hatten sie mit dem Aufrüsten begonnen. Den Stoff des Ballons auf der Wiese ausgebreitet, die Sicherheitsleine am Auto befestigt, die Seile kontrolliert und den Korb in Ausgangslage gebracht. Seine Füße fanden wieder Halt. Alles unter Kontrolle.

Christoph schob den Ärmel seiner Jacke hoch, sah auf seine Armbanduhr und runzelte die Stirn. Eigentlich wollte er jetzt in der Luft sein, aber ein Unfall auf der Autobahn hatte ihn zusätzlich zum typischen Feierabendstau Zeit gekostet. Der Sonnenuntergang würde heute, so hatte er in der Tabelle nachgesehen, um 19.23 Uhr sein, es blieben also noch gut zwei Stunden. Wenn er auf Nummer sicher gehen und das Risiko, nicht rechtzeitig einen passenden Landeplatz zu finden, vermeiden wollte, nur noch anderthalb.

Der Ballon stand nun beinahe senkrecht. In Christophs Brusttasche meldete sich das Handy. Er ignorierte es. So wichtig konnte nichts sein. Jetzt zählte der Ballon.

»Willst du nicht rangehen?« Der Klingelton des Handys drang dumpf durch den Stoff der Jacke. Tom war neben ihn getreten und nickte in Richtung des lärmenden Telefons. »Vielleicht ist es wichtig.«

»Ich wüsste nicht, wer jetzt etwas von mir wollen könnte«, brummte Christoph und bückte sich, um einen Haken zu überprüfen.

Wieder klingelte das Handy.

»Ach, verdammt!« Er zog es aus der Tasche, um den Ton abzuschalten, und schaute auf das Display. Er hatte Feierabend. Was wollte die Dienststelle?

»Todt«, meldete er sich knapp.

»Christoph, du musst einspringen«, hörte er Walter Rogmanns Stimme aus dem Hörer. »Die Kollegin Ritte ist schwer verunglückt und liegt im Krankenhaus. Und die vom Dauerdienst sind alle im Einsatz.«

»Ich habe frei.«

»Ich weiß.«

»Ruf einen Springer.«

»Verdammt, Christoph. Sag mir nicht, was ich zu tun habe. Ich kenne die Möglichkeiten. Und ich würde nicht bei dir anrufen, wenn ich nicht versucht hätte, sie alle auszuschöpfen.«

»Ich bin beim Ballon.«

»Fliegst du schon?«

»Fahren. Es heißt fahren.«

»Himmelherrgott, was macht das für einen Unterschied?«, blaffte Rogmann und fuhr fort, bevor Christoph etwas erwidern konnte. »Egal, wie es heißt, ich bitte dich jetzt zu kommen. Tu mir den Gefallen.« Er schwieg für eine Sekunde und räusperte sich dann. »Du schuldest mir was. Wir haben hier zwei Tote und sehr unschöne Umstände.« Rogmann nannte eine Adresse und legte auf.

Christoph starrte auf das Display seines Handys.

»Und?«, fragte Tom. »Können wir?«

»Ihr müsst ohne mich los. Mach einen der Gäste zur Mannschaft.« Er legte den Kopf in den Nacken und ließ den Blick über die Stoffwand wandern, die nach oben ragte. Darüber glänzte der Himmel. »Die Hölle ruft.«

*

»Bitte informieren Sie mich schnellstmöglich über alle relevanten Fakten, Frau Kollegin. Dann werde ich sehen, wie wir weiterverfahren müssen.« Christophs Stimme klang ungeduldig und herrisch. Verena klappte ihr Notizbuch zu und drehte sich um, darum bemüht, sich ihren Schrecken nicht anmerken zu lassen. Sie fühlte sich wie ertappt, obwohl sie keinen Grund dazu hatte. Sie hatte sich auf die Arbeit konzentriert, versucht, ihre Gedanken im Zaum zu halten, die immer wieder zu Leo wanderten, zu dem Unfall und ihrer Verantwortung dafür. Das Letzte, was sie jetzt brauchen konnte, war ein querschießender Kollege. Sie öffnete den Mund, um ihm etwas Passendes zu erwidern, aber Rogmann unterbrach sie.

»Ihr beide werdet diese Sache übernehmen«, stellte er knapp klar und sah Verena dabei in die Augen. Keine Widerrede, keine Fragen, keine Randbemerkung sagte dieser Blick. Sie schluckte die Bemerkung, die ihr auf den Lippen gelegen hatte, herunter und schwieg.

»Ich will schnelle, überprüfbare und effektive Ergebnisse.« Rogmann steckte die Hände in die Taschen seines Jacketts und zog für einen Moment den Kopf ein, so als wäre er immer noch in Erwartung eines Protestes, bevor er sich abwandte und die beiden allein ließ.

»Guten Abend, Herr Todt«, wandte sich Verena an den Neuankömmling, als hätte sie Rogmanns Bemerkung nicht gehört, verschränkte die Arme vor der Brust und wartete.

»Passen Sie auf, Frau Irlenbusch.« Christoph Todt räusperte sich. »Ich habe keine Zeit für Spielchen. Egal welcher Art.« Todt neigte den Kopf zur Seite, hob die Schultern und wiederholte die Bewegung zur anderen Seite hin, während er sprach. »Ich will diese Sache so schnell wie möglich hinter mich bringen, also lassen Sie uns auf unnötige Höflichkeitsfloskeln und Eitelkeitstänzchen verzichten und einfach anfangen.« Er wies auf ihren Notizblock. »Was haben Sie schon?«

Verena schluckte. Dieser Idiot. Er wollte rasch fertig werden? Keine Zeit für eine simple Begrüßung? Unnötige Höflichkeitsfloskeln? Sie schnaubte leise. Gut, das konnte er gerne haben. Umso schneller kam sie von hier weg und zu Leo ins Krankenhaus und im Anschluss zurück zu Ruth. Sie würde mit Sicherheit nicht ihre begrenzte Energie und Zeit dafür verschwenden, so einen ungehobelten Klotz wie ihn zu erziehen. Und erst recht nicht, sich weiter über ihn zu ärgern.

»Der Zahnarzt Martin Schlendahl hat zuerst einen Patienten gefoltert und ist dann aus dem Fenster gesprungen.« Knapper ging es nicht.

»Hatte er einen Grund für eins von beiden?«

»Den Patienten kannte er nach dessen Aussage nicht näher, und das Motiv für den Selbstmord müssen wir noch überprüfen.«

»Was sagen die anderen Zeugen?«

»Noch nichts. Die Ärzte haben uns noch nicht an sie rangelassen, weil sie unter Schock stehen. Eine von ihnen ist das zweite Opfer.«

»Von ihnen?«

»Den Helferinnen.«

Todt sah sie an und schwieg eine Weile, sagte aber schließlich: »Ich wollte Ihnen die Gelegenheit geben, mehr Informationen und Zusammenhänge zu erläutern. Dass das so noch nicht reicht, um die Sachlage zu erhellen, ist Ihnen doch wohl klar, Frau Irlenbusch.«

»Und Ihnen ist doch wohl klar, dass in der Kürze der Zeit noch keine weiteren Erkenntnisse da sein können. Und dass ich Ihnen nichts vorenthalte oder verschweige. Und vor allem, dass Sie so besser nicht mit mir reden sollten, Herr Todt.« Verena kochte entgegen ihrem Vorsatz, sich nicht zu ärgern, und sie wollte keinen Hehl daraus machen. Sein Verhalten war nicht akzeptabel. Was immer ihn dazu brachte, so zu sein. Es war ihr egal. Sollte er ruhig merken, dass er mit seiner Art bei ihr auf Granit beißen würde.

»Entschuldigung, sind Sie die Polizei?« Ein anderer Sanitäter als vorhin stand hinter Christoph Todt und schaute an ihm vorbei auf Verena.

»Ja«, antworteten sie beide gleichzeitig.

»Sie können jetzt mit den Arzthelferinnen sprechen. Aber bitte behutsam.«

Ohne ein Wort drehte Todt sich um und ging mit großen Schritten auf den Rettungswagen zu. Jetzt erst nahm Verena seine Kleidung wahr. Auf den weiten Beinen seiner khakifarbenen Outdoorhose waren Grasflecken, die Tasche der Jacke ölverschmiert. Wo zum Teufel hatte Rogmann ihn rausgeholt und ihn anschließend hierherkommandiert? Sie beeilte sich, ihm zu folgen, wollte ihn auf keinen Fall allein mit den jungen Frauen sprechen lassen. Zum einen, weil sie befürchtete, seine direkte Art würde eher kontraproduktiv sein, und zum anderen, weil sie nichts verpassen wollte. Sie blieb in der offenen Tür des Rettungswagens stehen, nachdem Christoph Todt vor ihr hineingeklettert war und sich auf den letzten freien Platz gesetzt hatte.

Er lächelte in die Runde, nickte und strich sich mit einer langsamen Bewegung eine Haarsträhne aus der Stirn. Dann beugte er sich vor und rückte auf der Sitzfläche so weit nach vorn, dass es den Eindruck machte, er würde in der Mitte zwischen den Arzthelferinnen sitzen. Vier tränennasse und von dunkel verlaufener Wimperntusche verschmierte Gesichter wandten sich ihm zu.

»Sie frieren ja«, sagte er leise zu der Helferin, die direkt neben ihm saß und zitterte. Er zog seine Jacke aus, legte sie ihr um die Schultern und stützte die gefalteten Hände auf seinen Knien ab. »Sagen Sie, wenn wir noch mehr Decken heranschaffen sollen.« Die anderen Helferinnen schüttelten den Kopf. Sie lächelten zaghaft. Verena blieb stumm am Rand und beobachtete seine Vorstellung, nicht ohne eine Spur unwilliger Bewunderung zu empfinden. Er hatte die Damen ohne viele Worte für sich eingenommen, nur mit dieser kleinen Geste eine Atmosphäre von Vertrauen geschaffen, in der sich die Zeuginnen entspannen konnten.

»Es tut mir sehr leid, was mit Ihrem Chef geschehen ist.« Samtige Stimme. »Und ich verstehe, wenn Sie nicht darüber nachdenken wollen, aber es ist ungeheuer wichtig, dass wir Details erfahren. Nur so können wir herausfinden, wie das Geschehen wirklich abgelaufen ist. Meine Assistentin«, er wies mit der Hand in Verenas Richtung,

»wird Ihre Aussagen mitschreiben. Bitte lassen Sie sich davon nicht irritieren.« Die Helferinnen nickten Verena zu und schenkten ihre Aufmerksamkeit direkt wieder Christoph Todt. Verena biss sich auf die Lippe. Sonst noch was? Sie wollte vor den Zeuginnen nicht in einen offenen Konflikt mit ihm gehen, aber dass hier einiges mit seiner Ansicht von Arbeitsteilung und Zusammenarbeit im Argen lag, war nicht zu übersehen. So ein Arsch, würde Leo vermutlich sagen, dachte sie und grinste, bis ihr wieder einfiel, warum der »Arsch« und nicht Leo hier mit ihr in dem Rettungswagen saß und die Mädels verhörte.

»War Doktor Schlendahl anders als an anderen Tagen? Ist Ihnen heute Morgen etwas aufgefallen?«, kam sie Todt zuvor und schlug ihren Notizblock auf.

»Nein.« Die Helferinnen schüttelten im gleichen Rhythmus den Kopf, bis sich eine vorwagte: »Es war voll, viele Schmerzpatienten, aber das ist nichts Ungewöhnliches.«

Todt richtete sich auf, lehnte sich an die Wagenwand und verschränkte die Arme. Verena sah, wie er die Augen zusammenkniff und sie musterte.

»Hat sich einer der Patienten ungewöhnlich verhalten?«

»Nein.« Mehrfaches Kopfschütteln.

»Gab es einen Streit mit jemandem?«, mischte sich Todt wieder ein.

»Nein.«

»Doch, warte.« Eine der Helferinnen runzelte die Stirn. »Hat Manu nicht etwas davon erwähnt?« Die anderen zuckten mit den Schultern.

»Wer ist Manu?«, wollte Todt wissen.

Schweigen breitete sich aus. Die hilflosen Gesten waren Antwort genug.

»Manu ist Ihre verstorbene Kollegin?« Verena legte eine Hand tröstend auf den Arm der Helferin, die ihr am nächsten saß. »Was hat sie über einen Streit gesagt?«

»Nichts. Eigentlich war es nichts. Sie hat sich nur über den Patienten aufgeregt.«

»Warum?«

»Einer der Schmerzpatienten. Kommt ohne Termin und macht eine Welle, dass der Doktor ihn unbedingt drannehmen muss. Ich habe ihn nur kurz gesehen. Manu hat sich um ihn gekümmert.«

»Wissen Sie, wie der Patient hieß?«

»Nein.«

»Können Sie das für mich herausfinden?« Todt lächelte sie an, als würde er sie um einen persönlichen Gefallen bitten.

»Ich denke schon.« Die Helferin hielt inne und sah aus dem kleinen Wagenfenster. »Wenn ich an den Computer komme.«

»Sobald die Kollegen der Spurensicherung die Praxis freigegeben haben, können Sie hinein. Vielen Dank für Ihre Hilfe.« Verena klappte ihren Notizblock zu, stieg in den Wagen und gab jeder der Frauen die Hand. »Bitte seien Sie noch so nett und geben dem Kollegen Ihre Personalien, damit ich Sie erreichen kann, wenn mir noch etwas einfällt«, säuselte sie mit einem freundlichen Lächeln in die Runde, bevor sie sich umdrehte und zu ihrem Wagen ging.

»Gut. Sie haben mir gezeigt, dass Sie glauben, ich würde Machtspielchen betreiben, und Sie haben mir nun bewiesen, dass Sie sich nichts gefallen lassen.« Christoph Todt setzte sich auf die Motorhaube ihres Wagens und legte die Hand auf die geöffnete Tür. »Glauben Sie es auch, wenn ich Ihnen sage, dass mich das eigentlich gar nicht interessiert?«

»Nein.« Verena ließ das Handy sinken und verstaute es dann in ihrer Handtasche. »Denn sonst würden Sie solche Aktionen gar nicht erst bringen. Assistentin. Schon klar.«

»Die Frauen waren völlig verstört. In solchen Fällen ist es immer besser, sich so weit an ihre Kommunikationsebene anzugleichen, wie es geht. In ihrer Arbeitswelt hat der Chef das Sagen. Der Chef ist ein Mann, dem sie vertrauen. Sie sind seine Assistentinnen. Das ist ihre momentane Sicht der Dinge, an der ich anknüpfe. Völlig wertfrei. Ich möchte lediglich meine Arbeit erledigen. Schnell und effektiv. Dafür mache ich das Notwendige. Nicht weniger. Aber auch nicht mehr. Sie sollten die Souveränität entwickeln, Notwendigkeiten anzuerkennen, ohne sie auf sich zu projizieren.«

»Auch, wenn Sie dafür mal eben in ein mittelalterliches Weltbild abgleiten müssen.«

»Sie mögen es zu streiten, wie es scheint. Ich arbeite lieber.«

»Und am liebsten alleine, wenn ich das richtig verstehe.«

»Wir sind gehalten zu kooperieren.«

»Dann möchten Sie sicher das Ergebnis der Schnelltests wissen, das mir das Labor eben durchgegeben hat und das wunderbar mit den Infos übereinstimmt, die ich grade aus der Zentrale bekommen habe«, entgegnete Verena und verkniff sich eine weitere Retourkutsche. Entweder wollte er sie provozieren, oder es war ihm wirklich egal, was sie von ihm dachte. Sie schluckte. Das herauszufinden, hatte sie weder Lust noch Zeit noch Nerven. »Nun, unser fliegender Freund hier war bis an den Rand voll mit Lysergsäurediethylamid, auch bekannt als LSD«, fuhr sie deswegen im betont sachlichen Ton fort, stieg aus dem Wagen aus und lehnte sich nun ebenfalls an die geöffnete Tür.

»Wollte er es noch mal wissen auf seine alten Tage«, murmelte Christoph Todt und trommelte mit den Fingern aufs Blech. »Wobei es mich wundert, dass er während der Arbeitszeit zu dem Trip aufgebrochen ist.«

»Oder er wollte sich damit umbringen. Wir sollten seinen Hintergrund durchleuchten. Vielleicht gibt es einen Abschiedsbrief.«

»Ja. Machen Sie das, Frau Irlenbusch.« Todt schaute auf seine Armbanduhr und runzelte die Stirn. »Ich muss jetzt nach Hause.« Er drehte sich um, hob im Weggehen die Hand und winkte. »Schönen Abend noch.«

»Hoffentlich ist es nur ein Unfall eines alten Herrn auf Drogen gewesen, und ich bin dich ganz schnell wieder los«, murmelte Verena und starrte Todt hinterher.

Kapitel 3

Mia friert. Sie rollt sich zusammen und sucht schlaftrunken nach einem Zipfel ihrer Bettdecke, aber ihre Hände greifen ins Leere. Sie dreht sich auf die andere Seite, tastet mit den Füßen nach dem Stoff. Mühsam blinzelt sie, kann aber nichts erkennen. Hat Mama vergessen, das Nachtlicht anzumachen? Sie stöhnt leise. Die Zunge klebt ihr am Gaumen, und sie hat furchtbaren Durst. Sie schlägt die Augen auf, versucht, sich an die Dunkelheit zu gewöhnen, und wartet darauf, dass sich die Umrisse ihres Zimmers aus den Schatten schälen. Wo ist sie? Das Denken fällt ihr schwer. In ihrem Kopf dreht sich alles. Mia wälzt sich langsam auf den Bauch. Wo ist Franz, ihr Tröstehund? Ihre Hand tastet ins Leere, fühlt nur blanke Glätte unter sich. Sie zittert vor Kälte und spürt, wie die Angst in ihr hochkriecht, als sie sich erinnert.

Der Mann. Er hat sie weggezerrt, ihr den Mund zugehalten. Das Süße, überall, in ihrer Nase, ihrem Mund. Mia wird übel. Sie würgt, hustet und erbricht sich in einem Schwall. Ihr Magen krampft, als ihr der saure Geruch in die Nase steigt. »Mama?«, ruft Mia leise. Es kratzt so in ihrem Hals. Sie muss sie doch hören. Sie muss doch kommen und ihr helfen. Sie beschützen vor dem Mann, der ihr schon weh getan hat und später damit sicher weitermachen wird. Sie hat keine Vorstellung von dem, was genau er ihr antun kann. Aber sie erinnert sich sehr genau an den Ausdruck auf den Gesichtern von Mama, Oma oder auch der Lehrerin, wenn sie sagen, dass Mia nie mit einem Fremden mitgehen darf. Aber sie ist nicht mitgegangen. Sie hat sich gewehrt, und es hat nichts genutzt. Vielleicht ist der Mann ja jetzt zufrieden und lässt sie in Ruhe. Vielleicht hat er sie nur eingesperrt.

Mia richtet sich halb auf und schiebt die Hand über den Boden, tastet sich rückwärts, weg von dem Gestank ihres Erbrochenen. Sie merkt, wie ihr die Tränen kommen. »Mama?« Sie lauscht in die Stille hinein. Nichts. Keine Schritte, die näher kommen, kein Geräusch außer ihrem eigenen Atem. Mama ist nicht da. Niemand ist da. Auch der Mann nicht. Sie ist allein. Sie denkt an Paula und ob die sie immer noch sucht. Geht sie einfach nach Hause? Oder zur Oma und erzählt ihr, was passiert ist? Aber Paula hat den Mann nicht gesehen, sie hat sich die Augen zugehalten und bis zwanzig gezählt. Oma macht sich sicher sehr große Sorgen und wird sich aufregen. Das ist nicht gut, weil Oma nicht mehr gesund ist. Oma soll sich nicht aufregen, und deshalb darf Mia keine Angst mehr haben und muss etwas unternehmen, um von hier wegzukommen. Mia zieht die Nase hoch und wischt sich die Tränen weg. Dann kniet sie sich hin und steht vorsichtig, mit weit ausgebreiteten Armen, auf. Sofort tanzen bunte Punkte vor ihren Augen, kreisen und lassen sie schwanken. Mia ringt nach Luft und stolpert nach vorn. Die Haut an ihren Handflächen brennt, als sie sich abfängt und ein Stück über den glatten Boden rutscht. Sie unterdrückt einen Schmerzensschrei und beißt sich auf die Lippe. Nicht weinen! Mama sagt auch immer, dass Weinen nichts nutzt. Wenn man etwas will, muss man sich zusammenreißen. Mia schluckt, geht auf alle viere und kriecht tastend nach vorn. Der Boden ist nicht flach, denkt sie und bewegt sich weiter vorwärts, nicht wie in einem Zimmer. Nach und nach wölbt er sich an den Seiten nach oben, ohne eine Ecke oder eine Kante zu haben. Mia folgt mit den Fingern der Krümmung der Wand und steht langsam auf, bis ihre Arme hochgestreckt über ihrem Kopf immer weiter der Rundung folgen, die kein Ende zu nehmen und trotzdem seltsam klein zu sein scheint. Sie ballt die Hände zu Fäusten und schlägt auf die Wand ein, die den Ton verschluckt und nur ein gedämpftes Pochen hören lässt. »Eine Tür«, murmelt sie und tastet sich weiter, »es muss doch eine Tür geben.« Als sie in etwas Weiches, Klebriges tritt und der saure Geruch ihr stärker in die Nase steigt, schiebt sie sich langsam zur Seite und sinkt auf den Boden. Es ist kalt. Sie friert in der schwarzen Dunkelheit. Und es gibt keinen Ausgang.

*

»Frau Irlenbusch, Sie können jetzt mitkommen.« Die Schwester der Intensivstation lächelte, als Verena sich vom Fenster des kleinen Warteraumes, aus dem sie die ganze Zeit gestarrt hatte, wegdrehte und ihr folgte. »Wir haben keine Informationen von der Dienststelle darüber bekommen, ob Frau Ritte hier Verwandte hat, denen wir Bescheid sagen müssen. Wissen Sie, ob Ihre Kollegen das schon übernommen haben?«

»Nein.« Verena schüttelte den Kopf. »Keine Familie vor Ort. Ihre Eltern wohnen in Süddeutschland. Die Dienststelle müsste bei ihnen angerufen haben. Haben sie sich schon hier gemeldet?«

»Bisher niemand.« Die Schwester runzelte die Stirn. »Ist sie verheiratet?«

»Nein.«

»Kennen Sie jemanden, der sich kümmern könnte?«

»Können Sie mir nicht zuerst sagen, wie schlimm es ist?«

»Eigentlich dürfen wir nur mit direkten Verwandten ...«

»Sie hat niemanden hier.«

Die Schwester nickte. »Ich bringe Sie zu ihr und hole den Doktor.« Schweigend folgte Verena ihr durch den Flur. Weiße Wände, alle fünf Meter ein Bild in gedeckten Farben. »Hier bitte.« Die Krankenschwester wies auf ein Zimmer, dessen Wand zum Flur hin komplett aus Glasschiebetüren bestand. Im mittleren Teil stoppte eine milchige Oberfläche den direkten Blick auf das dahinterstehende Bett und den Menschen, der darin lag. Verena folgte der Krankenschwester und blickte auf das Wirrwarr aus Verbänden, Schläuchen und Maschinen.

»Leo.«

»Sie hört Sie nicht. Sie schläft. Die Ärzte haben ihr starke Medikamente gegeben und sie sediert, um die Schmerzen zu mildern.«

Verena trat näher an das Bett. Ein dünnes blaues Laken bedeckte Leos Brust und Bauch, Beine und Arme ragten nackt darunter hervor. Pflaster und Verbände bedeckten große Teile der Haut, die durch Reste von Desinfektionsmitteln gelblich schimmerte. Über ihrem Kopf schwebten Tropfbeutel. Neben und hinter dem Bett bestätigten Apparaturen Leos Lebenszeichen.

»Frau ...?« Ein Arzt betrat den Raum und sah Verena fragend an.

»Irlenbusch.« Sie reichte ihm die Hand. »Verena Irlenbusch.« Der Arzt wechselte einen Blick mit der Schwester. Die nickte stumm. Der Arzt räusperte sich. »Frau Ritte hat bei ihrem Unfall etliche Verletzungen davongetragen.

Das meiste ist nicht schwerwiegend und wird heilen. Allerdings«, er machte eine Pause und blätterte in seinen Unterlagen, »hat sie Verletzungen an der Wirbelsäule.«

»Das heißt?«

»Zum jetzigen Zeitpunkt können wir noch nichts Endgültiges sagen, aber die Möglichkeit besteht, dass Frau Ritte querschnittsgelähmt sein wird.«

Verena umklammerte den Stahl des Bettgestells. Das kalte Metall brannte unter ihrer Haut. Sie schwankte.

»Es wird sich in den kommenden Tagen zeigen, wie weit die Nerven zerstört sind, wenn die Schwellungen zurückgehen. Für die nächsten Stunden halten wir Frau Ritte in einem künstlichen Koma.« Er sah Verena an und steckte die Hände in die Taschen. Zum ersten Mal huschte eine Art Lächeln über sein Gesicht, so als würde er jetzt erst bemerken, dass er zu einem Menschen sprach und nicht nur eine Diagnose aufsagte.

Wieder räusperte er sich und fuhr dann fort: »Frau Ritte ist jung. Und sie ist in einer sehr guten Gesamtkonstitution. Das sind sicher alles Faktoren, die sich positiv auf die Heilungschancen auswirken können.« Er berührte Verena leicht am Oberarm. »Fahren Sie nach Hause. Hier können Sie heute sowieso nichts ausrichten.« Verena nickte und verließ ohne ein weiteres Wort den Raum, ging den Weg zurück, den sie gekommen war. Durch die weißen Flure, die Eingangshalle und über den Parkplatz. Gedanken wie Watte. Er hatte recht. Sie konnte nichts ausrichten. Sie war verantwortlich für all das hier. Die Schläuche, den künstlichen Schlaf. Querschnittsgelähmt. Sie schloss die Augen. Versuchte, sich Leo in einem Rollstuhl vorzustellen. Sie hatten einen gehandikapten Kollegen auf der Dienststelle. Sie kannte ihn nur flüchtig, hatte nie mehr als ein oder zwei Worte mit ihm gewechselt, die über das Dienstliche hinausgingen. Er war Computerspezialist. Böse Zungen behaupteten, es mache, was seinen Bewegungswillen anging, im Vergleich zu früher keinen Unterschied, ob er nun im Rollstuhl saß oder nicht. Aber Leo? Die aktive, sportliche Leo?

»Scheiße!«, schrie Verena und knallte ihre Tasche auf den Beifahrersitz, als sie wieder im Wagen saß. »Scheiße!« Sie umfasste das Lenkrad und ließ den Kopf darauf sinken.

Es war ihre Schuld. Ganz allein ihre. Es war ... Ihr Handy meldete sich. Ein altmodischer Klingelton. Durchdringend und schrill. Ruth.

»Ja.«

»Wo bist du?« Ruths Stimme klang unsicher.

»Ich komme bald«, sagte Verena und zwang sich zur Ruhe.

»Wann?«

Sie sah auf die Uhr im Armaturenbrett. Wenn sie noch einmal zum Präsidium nach Kalk fahren würde, wäre sie mindestens eine Stunde unterwegs. Um diese Zeit glich der Kölner Verkehr, vor allem auf den Brücken über den Rhein, einer zähen und trägen Masse. Und neue Erkenntnisse im Fall Schlendahl erwartete sie heute Abend ebenfalls nicht mehr. Todt hatte einfach alles stehen und liegen lassen. »Jetzt, Ruth«, sagte sie leise und startete den Motor. »Ich bin schon auf dem Weg.«

»Ich mag das nicht, wenn du so lange weg bist.«

»Eine Viertelstunde, Ruth. In fünfzehn Minuten bin ich bei dir.«

»Und du kommst auch bestimmt?«

»Ja, Ruth.« Ihre Antwort kam schärfer als beabsichtigt, und sie konnte förmlich sehen, wie ihre Großmutter zusammenzuckte und in sich kroch, aber nicht wagte, noch einmal nachzufragen. »Ich beeile mich. Versprochen«, sagte sie sanft und beendete das Telefonat.

Ruth stand an der Haustür und hielt nach Verena Ausschau, als diese den Wagen parkte, ihre Tasche vom Beifahrersitz nahm und dann den schmalen Weg hinaufging.

»Ich habe mir Sorgen um dich gemacht, Reni.« Ruth rieb sich mit den Händen über die Oberarme, als würde sie frieren. »Es ist schon so spät.«

»Jetzt bin ich ja da.« Verena ging an Ruth vorbei in den Hausflur, stellte ihre Tasche ab und warf einen schnellen Blick ins Wohnzimmer. Alles schien in Ordnung. Kein Chaos, keine ausgekippten Kisten, keine durchwühlten Schränke. »Soll ich uns etwas zum Abendbrot machen?«

»Der Tisch ist schon gedeckt.« Ruth ging an Verena vorbei in die Küche. Verena folgte ihr und lächelte. Eine Kerze stand in der Mitte des Tisches, zwei Gedecke mit gefalteten Servietten, Weingläsern und einer Praline als Dekoration empfingen sie. »Kannst du die Kerze anzünden?«

»Natürlich.« Verena nickte. Sie hatte auf Anraten der Ärzte alle Feuerzeuge aus Ruths Wohnung entfernt, trug aber immer eins bei sich.

»Ich habe Brötchen und Aufschnitt vorbereitet«, verkündete Ruth und holte eine Platte mit appetitlich angerichteter Wurst aus dem Kühlschrank. Sie nahmen Platz.

»Haben wir etwas zu feiern?«, fragte Verena.

»Nein. Ich wollte es uns nur schön machen.«

Verena griff über den Tisch hinweg nach der Hand ihrer Großmutter und strich sanft darüber. Vielleicht war es doch alles noch nicht so schlimm.

»Danke, Ruth«, sagte sie und ließ ihre Hand auf Ruths liegen. »Leo ist heute verunglückt.« Sie senkte den Kopf.

Ruth schwieg, umfasste Verenas Finger und drückte sie sanft. »Der Arzt hat gesagt, es besteht die Gefahr, dass sie querschnittsgelähmt bleibt.«

»Das ist sehr schlimm. Hoffentlich wird sie wieder gesund.« Ruths Stimme klang tröstend. Verena sah auf. Würde sie Ruth von ihren Schuldgefühlen erzählen, dann müsste sie ihr auch erklären, warum sie sich schuldig fühlte. Und dass die eigentliche Ursache für das Geschehene ihr Aufenthalt bei ihr, Ruth, gewesen war. Verena schluckte. Nein.

»Ich werde deswegen in den nächsten Tagen mehr arbeiten müssen und nicht so viel Zeit haben, bei dir zu sein. Meinst du, du schaffst das?«, erwiderte sie stattdessen.

»Natürlich, Liebes.« Ruth lächelte. »Warum sollte ich es denn nicht schaffen?« Sie zwinkerte. »Ich bin doch schon groß.«

»Ja, das bist du.« Verena griff erneut nach Ruths Hand, streifte das volle Weinglas und schaffte es nicht, es aufzufangen, bevor sich der Inhalt über die Tischplatte ergoss. »Ach, Mist«, murmelte sie und stand rasch auf, um ein Tuch zu holen. Mit wenigen Schritten war sie an dem Schrank, in dem die Geschirrtücher lagen, öffnete ihn und erstarrte. Schmutziges Geschirr stapelte sich auf den beiden Regalböden und drohte, ihr entgegenzufallen. Ein Spülmaschinen-Tab lag in der Mitte des unteren Regals, und eine blaue kleine Lache verriet, wo Ruth den Klarspüler hingeschüttet hatte. Verena trat einen Schritt zurück und drehte sich zu Ruth um. Die saß mit weit aufgerissenen Augen am Tisch und schüttelte den Kopf.

»Das war ich nicht, Verena. Ganz bestimmt war ich das nicht.«

*

»Verdammt! Warum zum Henker sollte ich Rücksicht auf andere nehmen?« Gisela Arend stützte sich mit beiden Händen auf den Badezimmerwaschtisch und starrte in den Spiegel. Dunkle Augen, hohe Wangenknochen, schimmernde Lippen. Sie hatte sich geschminkt, sorgfältig Make-up aufgetragen. Lidschatten, Wimperntusche, Rouge. Eine schöne, gepflegte Frau. An das Adjektiv »älter« dachte sie im Zusammenhang mit sich selbst nur ungern. Sie empfand sich nicht als alt, auch wenn ihr Pass besagte, dass sie die sechzig überschritten hatte. Sie machte Sport, ging aus, hatte Freunde und ein aktives Leben. Ihre Arbeit war gefragt. Mehr denn je füllten sich ihre Auftragsbücher, wenn auch der Kundenkreis wechselte. Es waren nicht nur die Jäger, die ihre Trophäen für die Ewigkeit konserviert haben wollten und ihr die toten Rehe, Hirsche und Wildschweine in den Kofferräumen ihrer Jeeps brachten. Es waren zunehmend Menschen, die ihr, tränenüberströmt, ein in Decken gewickeltes Bündel in die Arme drückten, dazu einen Stapel Fotos, und die dann in ihrer Küche saßen und erzählten. Von Hasso, Waldi oder Mausi. Von Clementine, die mal unter ein Auto gekommen war und die für ihr Leben ihren Schwanz gegeben, aber trotzdem noch zwölf gute Katzenjahre gehabt hatte. Von Caruso, dem Familienpapagei, der noch den Großvater als Kind gekannt hatte. Sie hörte zu. Beobachtete die Gesichter, auf die sich ein Strahlen schlich, wenn sie von den glücklichen Stunden erzählten. Die lächelten, weil sie für einen Augenblick verdrängt hatten, warum sie hier bei ihr waren. Weil sie den Tod ihres Lieblings vergessen hatten. Gisela nickte und speicherte die Liebe, mit der die Menschen das nun tote Fellbündel noch vor ein paar Stunden oder Tagen umhegt hatten. Sie würde versuchen, sie in ihre Arbeit einfließen zu lassen.

Sie genauso zu konservieren wie die Hülle des toten Tiers. Die Widerspiegelung dieser Liebe war es, die sie lächeln ließ, wenn sie ihre Schützlinge wieder aus Giselas Händen in Empfang nahmen. Fast, als würde er noch leben, sagten sie dann, und Gisela sah die Tränen in ihren Augenwinkeln lauern. Sie wusste, sie hatte es wieder einmal geschafft. Gute Arbeit abgeliefert. Ihren guten Ruf in der Branche vertreten. Die, die gingen, brachten neue, die kamen. Mit neuen Fellbündeln in anderen Decken. Und die ebenso unter Tränen lächeln würden, wenn sie ihre Arbeit vollendet hatte. Nein. Das Adjektiv »alt« war falsch für sie. Ebenso wie das Adjektiv »krank«. Krebskrank. Gisela fuhr sich mit der rechten Hand über ihren glatten Schädel und schob ihr Gesicht näher an den Spiegel, bis sie einzelne Hautporen erkennen konnte. Der Tumor war nur durch Zufall entdeckt worden, als die Ärzte eine Zyste entfernen wollten und die kranken Zellen fanden. War das Glück? Die Schmerzen und die Verzweiflung nach dem Aufwachen. Die Angst vor dem Tod, der beinahe greifbar im Zimmer gewesen zu sein schien.

Die Haare waren nach der zweiten Chemo ausgefallen. In Büscheln. Sie hatte sie nicht abrasiert, sondern ihr Verschwinden zur Kenntnis genommen. Die Tiere, die unter ihren Händen wiedererstanden, waren nie kahl. Kahl starb man nicht. Der glatte Schädel als Schutz vor der eigenen Sterblichkeit. Warum sollte sie ihn verstecken? Rücksicht auf die anderen nehmen, hatte ihre Freundin gesagt, die unter den Blicken mehr gelitten hatte als sie selbst. Offen zur Schau getragenes Mitleid, ängstliche Verlegenheit, aggressive Peinlichkeit. Die Palette der öffentlichen Reaktionen konnte sie nicht mehr schocken. Sie war ihr egal. Eine Frau war auf sie zugekommen. Schicksalsgenossin nannte sie sich. Hatte sie für ihren Mut gelobt. Auch das war ihr egal. Der kahle Kopf war ihr Schutz gegen den Tod.

Sie schob das bereitliegende Kopftuch zur Seite und griff zur Puderdose. Gleich kam ein Kunde. Er hatte sich telefonisch angekündigt für den späten Abend. Gisela legte die Fotomappe bereit, rückte ihre Modelle zurecht und kraulte Hendrix, dem einzig lebenden Tier in ihrem Haus, den Kopf. Der Hund schüttelte sich und leckte ihr kurz über die Hand, bevor er sich mit einem Ächzen in seinem Korb zusammenrollte.

»Ach, Hendrix«, seufzte sie und kniete sich neben den Korb. »Unsere besten Jahre sind vorbei, wie es scheint.« Sie lächelte, als der Hund aufsah und wie zur Antwort leise winselte. Sein Schwanz schlug im langsamen Rhythmus auf den Rand des Korbs. »Ich wäre so gern noch mal jung. Richtig jung. Würde vieles anders machen.« Wieder winselte der Hund und leckte über Giselas Nase. Sie schloss die Augen und versuchte nicht, an die Bilder zu denken, die sie seit Ewigkeiten nicht schlafen ließen und die mit ihrer Krankheit nichts zu tun hatten. Schuld. Verantwortung. Lebenslang. Sie hatte versucht zu vergessen, und manchmal war es ihr auch gelungen. Über Wochen und Monate. Jahre. Hatte die Erinnerung in sich verschlossen, eingepackt in den hintersten Winkel ihrer Seele und sie nur manchmal wieder hervorgeholt, um sie zu betrachten. Wie einen Feind, an den man lange nicht gedacht und den die Jahre in der Erinnerung zu einer Art Freund gemacht hatten, weil man einander so lange Weggefährte gewesen war. Wieder spürte sie die feuchte Zunge auf der Haut. Sie lachte, stand auf und wischte sich mit dem Handrücken über das Gesicht. »Aber die Chance werden wir wohl nicht bekommen, was?« Die Türglocke läutete. Gisela drehte sich um und ging die wenigen

Schritte den Hausflur hinunter. Sie zögerte einen Moment, strich sich die Kleidung glatt und streckte den Rücken durch. Dann öffnete sie die Tür.

»Du?«

*

»Ich beobachte dich. Du trinkst nicht. Du sitzt da und starrst seit einer Stunde auf dein Glas.«

»Gut beobachtet.« Christoph Todt wandte den Kopf. Die Frau am anderen Ende der Bar sah auf eine billige Weise gut aus. Sie schien zu wissen, worauf es ankam, um bei Männern auf die richtigen Knöpfe zu drücken. Sie lächelte, stand auf und kam auf ihn zu. Schwarze Hose, der Ausschnitt des T-Shirts gerade so weit, dass er ihr nicht über die Schultern rutschte, aber einen Blick auf ihren BH samt Inhalt gestattete.

»Vielleicht kann ich dich trösten?«

Sicher nicht, dachte er. »Vielleicht«, sagte er.

»Was muss ich dafür tun?«

Christoph Todt blickte auf ihren Mund. Dann stand er auf, legte einen Geldschein auf die Theke und ging zur Tür. Die Frau folgte ihm.

Kapitel 4

Mia schreit. Laut und lange. Bis sie heiser ist. Die Wände schlucken ihre Stimme. In ihrem Kopf ist sie lauter, als ihre Ohren sie hören könnten. Sie hat keine Angst. Sie ist wütend. Auf den Mann, der sie gefangen hat. Auf die Dunkelheit, die so tief ist, dass ihre Augen sich nicht an sie gewöhnen können. Sie lehnt sich zur Seite, streckt die Hand mit gespreizten Fingern aus. Da ist die Wand. Ihre Fingerspitzen berühren die glatte Fläche. Sie ist kalt. Mia stellt sich vor, dass die Wand blau ist. Ein Blau, das sie nicht sehen kann. Sie macht einen Schritt zur Seite. Jetzt kann sie die flache Hand auf die Wand legen. Es muss eine Tür geben. Der Mann hat sie in ihr Gefängnis gesperrt durch diese Tür.

Mia schiebt einen Fuß vor. Ein Schritt. Ein zweiter. Wenn sie viele Schritte gemacht hat, wird sie einmal rundherum gegangen sein und die Tür gefunden haben. Sie bleibt stehen. Ihr ist etwas eingefallen. Sie muss ein Zeichen an der Stelle hinterlassen, an der sie losgeht. Wie Gretel aus dem Märchen. Mia zieht ihren Pulli aus, drückt ihn zu einem Knäuel zusammen und legt ihn auf den Boden. Sie richtet sich auf, beugt sich noch einmal hinunter. Sie will ganz sicher sein. Der Pulli liegt da. Sie macht einen Schritt. Dann noch einen und noch einen und noch einen. Ihre Hände schaben über die Fläche. Sie spürt es. Sie hört es. Aber da ist nichts. Keine Tür. Ein weiterer Schritt.

Nichts. Schritt. Tasten. Schritt. Nichts. Sie spürt, wie wieder ein Schrei aus ihr herauswill. Sie kneift die Augen zusammen. Schritt. Schritt. Fühlen. Tasten. Blind in der Dunkelheit. Ihr Fuß stößt an etwas Weiches. Sie bückt sich, obwohl sie weiß, es ist ihr Pulli. Keine Tür. Das kann nicht sein. Sie ist in diesem Ding. Sie will raus.

Sie schlägt und trommelt auf die Wand. Sie schreit. Weint. Spürt etwas unter ihren Fingerspitzen. Hoch oben. Eine Ritze. Sie streckt den Arm in die Höhe. Sucht und findet einen Spalt. Wie eine kleine Straße. Sie fährt mit den Fingern dieser Straße nach. Einen Schritt, noch einen. Der Schlitz hört nicht auf. Er geht immer höher und höher, bis sie ihn nicht mehr erreichen kann. Mias Herz rast. Ihr Mund ist trocken. Sie versucht zu schlucken. Sie hat Durst. So großen Durst. Dieser Riss in der Wand. Vielleicht ist das die Tür. Sie kratzt daran. Will ihn breiter machen. Nichts verändert sich. Die Wand ist kalt und glatt. Sie sperrt sie ein. Mia schreit.

*

»Sie ist wahrscheinlich von dort oben gesprungen.« Der Kollege der Spurensicherung zeigte auf das Flachdach des Hauses, vor dem sie standen.

»Nicht sehr hoch.« Verena runzelte die Stirn. Sie war vor wenigen Minuten zeitgleich mit Christoph Todt vor Ort eingetroffen. Der Anruf vom Präsidium hatte sie geweckt. Nach einer schnellen Dusche hatte sie die nächstbesten Kleidungsstücke übergestreift und war zum Einsatzort gefahren. Für Kaffee oder einen Bissen Frühstück war keine Zeit geblieben. Jetzt knurrte ihr der Magen, und ihr Kreislauf vermisste das Koffein. Christoph Todt sah aus, als ob es ihm ähnlich ging. Verena war sich nicht im Klaren darüber, ob die dunklen Ringe unter seinen Augen oder der fahle Hautton mehr zu seiner grimmigen Gesamterscheinung beitrugen. Zumindest hatte er ihr heute Morgen noch keinen Anlass gegeben, sich über ihn zu ärgern. Jetzt versuchten sie zunächst, sich einen Überblick über die Lage zu verschaffen.

»Hoch genug, um sich den Hals zu brechen.« Christoph Todt ging zu der Leiche, beugte sich über den Körper und betrachtete ihn. »Oder konnten Sie andere Verletzungen feststellen?«, wandte er sich an den Mann der Spurensicherung.

»Auf den ersten Blick nicht. Aber das muss die Rechtsmedizin …«

»Jaja, ich weiß schon«, unterbrach Todt ihn, richtete sich auf und sah Verena an. »Der Winkel des Halses deutet auf einen Genickbruch hin. Wir werden sehen.«

»Sie hat keine Haare«, warf Verena ein.

»Das habe ich bereits bemerkt, Frau Irlenbusch. Vermutlich gibt es einen Grund dafür, da ich nicht annehme, dass eine Dame dieses Alters sich aus modischen Ambitionen den Schädel rasiert.«

»Vielleicht war sie krebskrank?«

»Finden Sie es heraus.« Er schob den Ärmel seines Mantels nach oben, drehte das Zifferblatt der Uhr so, dass er es sehen konnte, und kniff die Lippen zusammen. »Und wenn Sie das erledigt haben, suchen Sie nach einem Abschiedsbrief. Vielleicht hat sie sich im Angesicht der Krankheit umgebracht. Ich muss kurz weg.« Er drehte sich um und stapfte über den von den Spurensicherern festgelegten Pfad durch den abgesperrten Fundort zu seinem Auto. »In ungefähr einer Stunde bin ich wieder da.«

»Sie können doch nicht einfach verschwinden.« Verena

war fassungslos. Todt, der auf halbem Weg zum Wagen war, blieb stehen und wandte sich zu ihr um.

»Was ich kann und was nicht, Frau Irlenbusch, entscheide immer noch ich selbst«, erwiderte er mit harter Miene. »Eine Stunde. Wenn ich wiederkomme, möchte ich Ergebnisse sehen. Also trödeln Sie nicht rum.«

»Arschloch.« Verena ballte ihre Hand zu einer Faust und steckte sie tief in ihre Jackentasche. »Wenn du wiederkommst, kannst du froh sein, wenn ich überhaupt noch da bin. Ich nehme meine Arbeit nämlich ernst.«

»Wir nehmen die Tote jetzt mit und bringen sie in die Rechtsmedizin.« Der Bestatter stand im Türrahmen und wartete auf eine Bestätigung. Verena nickte und sortierte weiter die Papiere auf dem Schreibtisch der Toten, die, wie sie mittlerweile wusste, Gisela Arend hieß und von Beruf Tierpräparatorin gewesen war. Rechnungen, Dankschreiben von Haustierbesitzern, deren Lieblinge sie ausgestopft und für das restliche Leben ihres Besitzers konserviert hatte, Lieferantenanschreiben. Nichts Persönliches. Keine Geburtstagskarten, keine Briefe. Und nichts, was auch nur den Anschein eines Abschiedsbriefes hätte erwecken können. Verena setzte sich auf den Schreibtischstuhl und zog die oberste Schublade auf. Visitenkarten, ordentlich in einer kleinen Schachtel verstaut, ein kleiner Notizblock, Briefmarken und eine Tipp-Ex-Rolle lagen ordentlich nebeneinander. Verena nahm den Notizblock und blätterte ihn durch. Skizzen von Tieren, mit Rasterlinien darüber. Die Zeichnungen wirkten ebenfalls wie Arbeitszeichnungen, nicht wie ein künstlerisches Werk.

Verena kontrollierte die anderen Schubladen, ohne ein Ergebnis, das sie weiterbrachte. Wenn Gisela Arend einen

Abschiedsbrief geschrieben hatte, dann nicht hier. Hier herrschten die Arbeit und eine Atmosphäre, wie sie sie einem Beerdigungsinstitut zuordnen würde. Dunkle Farben, seriös, aber nicht langweilig. Angenehm zurückhaltend und der Trauer und den Trauernden genügend Raum gebend. Was, wenn Gisela Arend in diesem Zimmer ihre Kundschaft empfangen hatte, ja auch Sinn machte.

Verena stand auf, schlenderte durch den Raum, ließ ihn auf sich wirken. Sie betrachtete die Bildbände, die sich in den Regalen aneinanderreihten, und ging dann Richtung Küche. Hier war es, als würde sie in eine andere Welt eintauchen. Überall lagen und standen Dinge herum. Ein Stapel Zeitungen neben der Eckbank unter dem Fenster zeigte, dass Gisela Arend sich für Politik interessiert hatte. Ein Terminzettel hing, mit einem Magneten befestigt, am Kühlschrank. Onkologische Praxis, »Ihr nächster Termin«, ein Datum in der kommenden Woche. Sie hatte also recht gehabt mit ihrer Vermutung. Verena wühlte auch hier alles durch. Wieder ohne Erfolg. Kein Abschiedsbrief. Sie nahm ihr Handy heraus, wählte die Nummer, die auf dem Terminzettel stand, und wartete auf ein Freizeichen. Nach dem zweiten Klingeln rasselte eine junge Stimme einen Begrüßungstext herunter, von dem sie nur die Hälfte verstand.

»Irlenbusch hier. Kripo Köln.«

»Was kann ich für Sie tun?«

»Es geht um Ihre Patientin Gisela Arend.«

»Über Patienten geben wir grundsätzlich keine Auskünfte.«

»Frau Arend ist verstorben, und ich möchte mit dem Arzt sprechen.«

»Telefonisch geben wir auch keine Auskunft.«

»Verbinden Sie mich bitte mit dem Doktor.«

»Der Doktor ist in einer Behandlung und steht während der Sprechstundenzeiten nicht zur Verfügung.« Ein gut ausgebildeter Wachhund, die Dame.

»Ich komme in einer oder zwei Stunden bei Ihnen vorbei. Dann sollte er ein paar Minuten seiner kostbaren Zeit für mich und meine Fragen opfern.«

»Ich werde sehen, was sich machen lässt.« Der Tonfall ließ keinen Schluss darauf zu, ob sie das im positiven oder im negativen Sinne meinte.

»Geht doch«, murmelte Verena und unterdrückte ein Grinsen, während sie ihr Telefon verstaute. Sie würde in die Praxis fahren, sobald sie hier fertig war, und war sich sicher, dass die Dame etwas würde machen können.

»Hier. Der Briefträger war gerade da.« Der Kollege der Spurensicherung drückte ihr einen Stapel Briefe in die Hand. Sie schaute sie durch. Rechnungen, Werbung. Nichts Interessantes.

»Hast du die Post aus dem Briefkasten genommen?«

»Nein. Er hat sie mir direkt gegeben.«

»Hat schon jemand den Kasten kontrolliert?«

Der Kollege zuckte mit den Schultern.

»Ich mache es.« Sie ging durch den Flur und trat vors Haus. Ein schmaler Kasten mit Deckel hing an der Wand. Sie spähte durch den Einwurfschlitz. Ein Umschlag steckte hochkant darin. Sie griff mit der Hand hinein, bis ihre Fingerspitzen das Papier berührten, bekam ihn aber nicht zu fassen, weil der Schlitz zu eng und ihre Gummihandschuhe zu glatt waren. Wo war der Schlüssel für den Briefkasten? Ein schneller Blick auf das Schlüsselbrett neben dem Eingang offerierte mehrere Möglichkeiten. Etliche kleinere Schlüssel hingen an verschiedenen Bunden. Verena seufzte und machte sich ans Ausprobieren. Nach drei Versuchen fand sie den passenden, schloss auf und betrachtete den Umschlag. Einfach weiß, keine Anschrift, keine Adresse. Sie fasste ihn an einer Ecke und trug ihn in die Küche. Dort legte sie ihn auf einen ihrer Asservatenbeutel und schlitzte ihn vorsichtig mit ihrem Taschenmesser auf. Ein Foto rutschte aus dem Umschlag. Bräunliches Schwarzweiß. Schlecht ausgeleuchtet. Drei Frauen und zwei Männer in einem Zimmer, sitzend und liegend auf zwei Sofas verteilt. Auf dem flachen Tisch vor ihnen ein wildes Durcheinander an Gläsern und Flaschen. Die blassen Gesichter glänzten speckig. Zwei Köpfe vielfach eingekreist, eine Frau und ein Mann. Über die markierten Körper des Mannes und der Frau, die ihm gegenübersaß, zogen sich gekreuzte Striche. Dick und rot wie Blut. Wachsmalstift. Verena blinzelte und schüttelte den Kopf, als sie den Mann erkannte. Was machte das für einen Sinn? Der Mann auf dem linken Sofa, halb verdeckt durch die vor ihm sitzende Frau, war eindeutig Martin Schlendahl, der Zahnarzt, dessen Leiche sie gestern auf dem Bürgersteig begutachtet hatte. Auf dem Bild in ihrer Hand war er jünger, aber er war es. Das Lächeln nicht so weiß wie auf dem Bild, das Rogmann ihr gestern unter die Nase gehalten hatte, aber in seiner Breite unverkennbar.

*

Die Drähte des Maschendrahtes verschwammen vor seinen Augen, als er seinen Blick auf die Tiefe einstellte und das Bild hinter der Scheibe klar wurde. Er blinzelte. Er wollte nicht, dass sie ihn entdeckte. Dass sie herausfand, dass er hier stand und sie beobachtete. Jeden Tag. Heimlich. Er biss sich auf die Lippe und fasste in die Tasche seiner Jacke. Der kleine runde Stein war ein Geschenk von ihr für ihn. Sie hatten ihn gefunden auf einem der Ausflüge, die sie zusammen unternommen hatten. Sie beide. Allein. Ihre warme Hand in seiner. Es hatte sich ganz angefühlt. So als würde nichts fehlen. Als ob sie beide einander genügen könnten, trotz des Vakuums, das zwischen ihnen stand und das alle Energie aus ihm sog. Der Spaziergang war ein Ausblick gewesen. Eine Perspektive auf das, was er würde haben können, wenn er sich seiner Vergangenheit stellen konnte.

Es hatte ihn überrascht, wie sehr er sie vermisste, wenn er es an einem Tag verpasste, hierherzukommen. Annika hatte recht gehabt. Es war nicht nur der Dienst gewesen, die Arbeit, die endlosen Überstunden. Es war auch nicht der Ballon gewesen, der ihn abgehalten hatte von dem, was wichtig war, oder hätte wichtig sein sollen in seinem Leben. Es war Annika gewesen, zu der er nicht heimkommen wollte. Sein Gefühl ihr gegenüber, seine Bedürfnisse, die er nicht aussprechen wollte, weil er ahnte, sie würde sie nicht verstehen. Ihre Bedürfnisse waren ihm ebenso fremd gewesen und den seinen entgegengesetzt. Fremde, vom Leben zusammengewürfelt. Das hatte er zu spät erkannt. Und war dann zu feige gewesen, es ihr ins Gesicht zu sagen und die Konsequenzen zu ziehen. Mit dem, was gefolgt war, hatte er nicht gerechnet.

Er hob die Hand und legte die Finger in die Maschen des Zauns. Das Metall unter seinen Fingern fühlte sich kühl und glatt an. Er entdeckte sie unter den anderen Kindern. Ihr helles Haar leuchtete. Sie lachte. War fröhlich. Sie wusste nichts von seinem Leid, hatte ihr eigenes. Nichts von seinem Hass, den er empfand und der ihn selbst erschreckte. Sie war so klein.

Christoph Todt stieß sich vom Zaun ab und lachte heiser. Er hörte die Bitterkeit in seiner Stimme und lachte noch mehr darüber. Baute einen Wall aus heiserem Groll um sich, um sich vor dem Draußen zu schützen und das Draußen vor ihm.

*

»Warum haben Sie nicht auf mich gewartet?« Christoph Todt drückte die Tür zu Verenas Büro deutlich kräftiger zu, als es notwendig gewesen wäre. Er ist wütend, dachte Verena. Gut.

»Ich hatte zu arbeiten. Da konnte ich keine Rücksicht auf Ihre Befindlichkeiten nehmen.«

»Das hatte mit Befindlichkeiten nichts zu tun.«

»Ach was. Womit denn sonst, Herr Todt?« Verena stand auf, beugte sich über den Schreibtisch und stemmte die Fäuste auf die Tischplatte. »Wenn Sie die Güte hätten, mir zu erklären, was Sie dazu veranlasst, mitten in einer Ermittlung einfach zu verschwinden?« Sie schnaubte. »Oder geht mich das als Ihre Teampartnerin nichts an?«

»Richtig.« Er sah ihr in die Augen. Sie konnte die Art und Weise nur schwer interpretieren. Kalt? Oder war da eine Spur von Wehmut, die er zu verbergen suchte? Sie wich seinem Blick aus. Unsinn. Einer seiner weiteren Tricks, die er bei Zeugen vielleicht gewinnbringend einsetzen konnte, die bei ihr aber mit Sicherheit nicht wirken würden.

»Was richtig?«

»Richtig, es geht Sie nichts an.« Er drehte sich um und trat zur Pinnwand, die sie neben der Eingangstür des Büros aufgebaut hatte. Er nahm das Schwarzweißfoto von der Wand. »Was ist das?«

»Ein Foto.« Verena verschränkte die Arme. »Es geht mich sehr wohl etwas an.«

»Warum? Weil Sie sonst diejenige sind, die mir nichts, dir nichts aus dem Dienst verschwindet, und Sie das jetzt nicht können?«

Verena schluckte und starrte ihn für einen Moment an. Was wusste er von Leos und ihrer Vorgehensweise, Notfälle mit Ruth zu handhaben?

»Nein«, überging sie seinen Einwurf, »weil wir gemeinsam an diesem Fall hängen.«

»Wir haben also einen Fall.«

»Ja. Es sei denn, Sie liefern mir eine schlüssige Erklärung, warum ein Foto, auf dem unser Toter von gestern, Martin Schlendahl, zu sehen ist, im Briefkasten einer krebskranken Frau landet, die sich allem Anschein nach durch einen Sprung vom Dach umgebracht hat.«

»Sie vermuten also einen Zusammenhang?«

»Ja.«

»Welchen?«

»Ich habe überprüfen können, wer die Frau ist, die der Fotograf auf dem Bild so liebevoll mit roter Farbe dekoriert hat.«

»Lassen Sie mich raten. Gisela Arend?«

»Sehr wahrscheinlich. Wir haben das Bild mit Fotos von ihr verglichen, die wir in ihrer Wohnung gefunden haben.«

»Eine Zeugenaussage dazu haben Sie nicht?«

»Ich habe noch keinen Zeugen.«

»Wissen wir denn schon, wer die anderen auf dem Bild sind?«

»Nein, das weiß ich noch nicht«, erwiderte Verena und betonte dabei das »ich«. »Aber ich bin dran.«

»Ein Zahnarzt und eine Tierpräparatorin springen in den Tod. Der eine aus dem Fenster, die andere vom Dach. Beide sind um die sechzig, die eine todkrank, der andere …«, sagte Todt, verstummte, zog sich Verenas Schreibtischstuhl heran und setzte sich. Er verschränkte die Arme und kippte die Stuhllehne nach hinten, während er auf die Pinnwand starrte. »Haben wir die Laborwerte von Gisela Arends Blut schon bekommen?«

»Ich warte darauf. Ich habe dem Labor gesagt, sie sollen nach Drogen suchen.«

»Gut.« Er drehte sich wieder zu ihr und setzte sich gerade hin. »Doch keine Drogenexperimente unseres Zahnarztes kurz vor der Rente, wie es aussieht.«

»Nein. Jedenfalls keine freiwilligen.«

»Sie meinen, jemand gibt ihnen das Zeug und lässt sie fliegen?«

»Könnte so sein.«

»Was ist dann mit denen?« Christoph Todt wies auf die anderen, die auf dem Foto zu sehen waren. »Sie sind nicht gekennzeichnet.«

»Noch nicht. Einer von ihnen könnte der Täter sein. Oder sie sind die nächsten Opfer.«

»So oder so müssen wir sie finden. Schnell.« Christoph Todt stand auf.

»Ich spreche mit Martin Schlendahls Witwe. Vielleicht erkennt sie jemanden auf dem Bild. Nehmen Sie sich die Praxis vor?«

»In Ordnung.« Christoph Todt ging zur Tür und öffnete sie, bevor er sich noch einmal zu Verena umdrehte. Sie sah ihn an und hatte den Eindruck, er wolle noch etwas ergänzen.

»Ja?«

Todt verharrte kurz, schüttelte dann aber den Kopf. »Ich melde mich, sobald ich etwas Neues weiß, Frau Irlenbusch.«

Kapitel 5

Sie muss dringend aufs Klo. Sie presst die Oberschenkel zusammen, wie sie es in der Schule ab und zu bei Frau Meier macht, wenn die sie nicht in der Stunde zur Toilette lässt. Frau Meier meint, im dritten Schuljahr ist man schon groß genug, um auch mal einzuhalten. Aber sie kann bald nicht mehr einhalten.

»Hallo«, ruft sie leise und schlägt mit der flachen Hand gegen die Wand ihres Gefängnisses. Sie ist nicht mehr böse auf den Mann. Ihre Wut ist weggegangen und hat sie allein zurückgelassen. Irgendwann muss der Mann ja mal kommen. Und ihr Essen bringen. Vielleicht kann sie ihn dann fragen, ob sie aufs Klo gehen darf. Aber er kommt nicht. Ob er sie überhaupt hört? Oder ob er sie in dem schwarzen runden Zimmer, das keins ist, eingeschlossen und dann vergessen hat? Mia spürt, wie die Tränen wieder aufsteigen und durch ihren Hals in die Augen kriechen wollen, und sie schluckt. Schließt die Lider, öffnet sie wieder, ohne dass sich etwas verändert. Es ist dunkel um sie herum. Und still. Sie sitzt in schwarzer Watte. Ein Stich geht durch ihren Unterleib, und sie krümmt sich. Es hilft nichts. Langsam richtet sie sich auf, die Arme weit ausgebreitet, um das Gleichgewicht nicht zu verlieren. Schwankt ein wenig, bis sie fest steht. Dann fingert sie am Knopf ihrer Jeans, zerrt Hose und Unterhose über den Po nach unten und hockt sich breitbeinig hin. Sie hört das

Pipi auf den Boden plätschern und seufzt. Jetzt ist es besser. Viel besser. Sie zieht die Hose wieder hoch und tritt vorsichtig einen Schritt zurück, um nicht in der Pfütze zu landen, die sich jetzt bestimmt auf dem Boden ausbreitet. Mia beißt sich auf die Lippe. Daran hat sie nicht gedacht. Wo soll sie sich jetzt hinsetzen, wenn alles nass ist? Vorsichtig tastet sie mit den Schuhspitzen und lauscht. Wo fängt die Lache an? Sie spürt nichts und hört nur ein leises Plitschen. Nicht so, als wäre die Pfütze sehr tief, sondern eher so, wie es sich anhört, wenn Mama das Wasser schon aus der Badewanne gelassen hat, während sie noch drinsitzt und mit den Händen auf den Boden patscht. Tränen schießen ihr in die Augen. Mama. Sie fühlt das weiche, warme Handtuch um ihre Schultern und Mamas Hände, die sie von oben bis unten abrubbeln, umarmen und so aus der Wanne heben. Alles riecht gut. Sauber und nach ihrem Lieblingsschaum. Und gleich werden sie zusammen eine Geschichte lesen. Mama. Mama ist nicht da. Sie ist alleine hier drin. Sie weint. Spürt die Tränen über ihre Wangen und ihren Hals laufen, aber es ist ihr egal. Sie will nach Hause. Jetzt. Weg aus dem dunklen Raum. Mia weint. Heult wie ein Wolf. Hoch und schrill und lang. Bis sie heiser wird und jeder Ton ganz hinten in ihrem Hals schmerzt.

Langsam geht sie in die Knie, lässt sich mit dem Rücken gegen die Wand fallen und rutscht hinunter. Das Pipi. Sitzt sie jetzt in ihrem eigenen Pipi? Sie tastet vorsichtig mit den Fingerspitzen den Boden ab. Direkt unter ihr ist es trocken. Erst ein bisschen weiter vorn ist es feucht, aber nicht nass. Sie rückt näher heran, geht wieder in die Hocke und kriecht weiter vorwärts. Von dort aus, wo sie hingemacht hat, verläuft eine schmale feuchte Spur. Wie ein kleiner Bach, der den Berg hinabsickert. Wohin? Als sie auf etwas kaltes Metallisches stößt, dauert es einen Moment, bis ein Bild zu dem Gefühl unter ihren Fingerspitzen hinter der Dunkelheit entsteht. Ein Abfluss. Das Pipi ist in einen Abfluss gelaufen. Wie das Wasser in ihrer Badewanne zu Hause. Mia will wieder weinen, aber es kommen keine Tränen. Sie zittert. Warum sitzt sie in einer schwarzen Badewanne? Was will der Mann von ihr? Sie schlingt ihre Arme um die Knie, lässt sich nach hinten fallen und rollt sich wie eine kleine Katze zusammen. Nicht mehr weinen, denkt sie. Nicht mehr weinen.

*

Das Haus im Hahnwald fügte sich nahtlos in die Reihe seiner Nachbarn ein. Jedes anders und doch in einem alle gleich: vom Architekten gekaufte Individualität, mit viel Geld den Geschmack anderer bezahlt, den man selbst nicht hatte, um ihn vor denen, die genauso dachten, als den eigenen ausgeben zu können. Verena parkte ihren Wagen am Straßenrand. Hier waren, im Gegensatz zu vielen anderen Gegenden, in die sie ihr Beruf führte, keine Löcher vom Frost in den Straßen, die über Monate hinweg nicht repariert wurden. Auch in einer klammen Stadtkasse fand sich Geld, wenn die richtigen Leute nachfragten. Diese Ungerechtigkeit machte sie wütend, und sie musste kurz innehalten, um diese Wut nicht mit in ihr Gespräch zu nehmen.

Die Türklingel fügte sich dezent in die glatte dunkle Oberfläche der Hauswand ein. Ein melodischer Ton verhallte noch, während Verena das Klackern von Absätzen auf Steinboden näher kommen hörte. Eine Frau im dunklen Hosenanzug, sorgfältig geschminkt, das platinblonde Haar im Nacken lose zusammengehalten, öffnete die Tür.

»Ja?«

»Frau Schlendahl?«

»Was wollen Sie von meiner Schwester?«

»Mein Name ist Irlenbusch.« Verena zeigte der Frau ihren Dienstausweis. »Ich möchte gerne mit ihr sprechen.«

»Es geht ihr nicht gut.«

»Ich werde mich kurzfassen.«

Die Frau zögerte, nickte und gab dann die Tür frei. Verena folgte ihr durch den Hausflur, der sich nach einigen Metern in ein Wohnzimmer öffnete. Auf einem der beiden weißen Sofas in der Raummitte saß eine Frau vor einem Stapel Illustrierter, die vor ihr auf dem Tisch lagen, und starrte darüber hinweg aus dem Fenster. Sie war das genaue Abbild ihrer Schwester. Die gleichen Gesichtszüge, ähnliche Kleidung und Frisur. Nur die aschfahle Hautfarbe und die dunklen Ringe unter den rotgeäderten Augen wiesen auf die Tränen hin, die sie in den letzten Stunden geweint haben musste.

»Frau Schlendahl«, sprach Verena sie an. Die Frau wandte ihr den Kopf zu.

»Ja?«

»Die Dame ist von der Polizei, Iris. Sie möchte dir ein paar Fragen stellen.«

»Wozu?«

»Darf ich?« Verena wies auf den Sessel, sah Iris Schlendahl fragend an und setzte sich.

»Ist etwas nicht in Ordnung?«

»Es haben sich neue Fragen ergeben, im Hinblick auf den Tod Ihres Mannes.«

»Wieso?« Iris Schlendahls Kopf ruckte hoch. Misstrauen stand in ihren Augen.

»Können Sie mir ein bisschen über Ihre Ehe erzählen?«

»Warum sollte sie das? Glauben Sie, sie hätte etwas mit

dem Tod ihres Mannes zu tun?«, mischte sich die Schwester ein und nahm ebenfalls Platz.

»Es ist schon gut, Rebecca.« Iris Schlendahl legte beruhigend die Hand auf den Arm der Schwester, und für einen Moment machte es den Eindruck, diese sei die trauernde Witwe und die andere die Trösterin. Sie streckte den Rücken und straffte die Schultern, als wollte sie sich gegen einen Angriff wappnen. »Was genau wollen Sie wissen, Frau Irlenbusch?«

»Wie lange waren Sie mit Ihrem Mann verheiratet?«

»Das Restaurant für unsere silberne Hochzeit im nächsten Sommer ist bereits gebucht.«

»Seit wann kennen Sie ihn?«

»Wir haben uns auf einem Lehrgang 1985 kennengelernt.«

»Sie sind auch Zahnärztin?«

»Nein.« Sie schüttelte den Kopf. »Auf einem Golflehrgang. Ich habe als Golftrainerin gearbeitet, bevor ich meinen Mann kennengelernt habe.« Sie neigte den Kopf und sah Verena mit einem Lächeln an. »Sicher denken Sie jetzt, was für ein Klischee. Der Zahnarzt und seine Golftrainerin, aber so war es nicht.« Sie stand auf. »Ich habe auf Lehramt studiert. Sport und Kunst, und wie so viele meiner Generation keinen Platz bekommen. Da blieb dann nur die Wahl zwischen dem Taxi oder etwas anderem. Ich habe mich für den Golfplatz entschieden. Und später für meinen Mann.«

»Würden Sie Ihre Ehe als gut bezeichnen?«

»Gut? Was heißt schon gut? Wir haben uns respektiert und geachtet und über die Fehler des anderen hinweggesehen.«

»Was für Fehler waren das?«

»Oh! Unterschiedliche. Kleine, wie der Schmutz unter

den Joggingschuhen, der durchs ganze Haus getragen wurde, und größere. Wie die Affäre mit einer seiner Arzthelferinnen.«

»Ihr Mann hat Sie betrogen?«

»Nein. Er hatte Affären. Das ist etwas anderes.«

»Und Sie?«

»Ich hatte ebenfalls etwas anderes.«

»Sie haben ...«

»Ich hatte einen Liebhaber. Ja.« Sie sah Verena direkt in die Augen. »Das hat aber unsere Ehe nicht zerstört. Unsere Zuneigung beruhte auf anderen Werten.« Sie lachte. »Sex spielte da eher eine Nebenrolle.«

»Warum erzählst du das alles, Iris?«

»Weil ich nichts zu verbergen habe, Schwesterlein.« Iris Schlendahl verzog den Mund und betrachtete ihre Schwester abschätzig. »Im Gegensatz zu dir, liebe Rebecca. Bei dir und Martin war der Sex ja das Einzige, was euch verband.«

»Iris, ich ...«

»Schon gut. Es ist in Ordnung.« Sie lachte trocken. »Ich wusste es. Es war mir recht, und jetzt ist es sowieso vorbei.«

»Aber ...«, Iris Schlendahls Schwester war blass geworden. Sie schwankte und stützte sich mit einer Hand auf der Rückenlehne eines Sessels ab. Sie schloss die Augen. Iris Schlendahl wandte sich Verena wieder zu und lächelte abwartend.

»Sind Sie Ihrem Mann vor diesem Lehrgang bereits begegnet?«, lenkte Verena das Gespräch wieder in die Richtung, die sie vorgesehen hatte, auch wenn dieser neue Aspekt sehr interessant war und neue Ansatzpunkte bot. Die Schwester und ihr Verhältnis zum Toten würde sie sich zu einem späteren Zeitpunkt vornehmen.

»Nein. Nicht, dass ich wüsste.«

Verena holte das Foto aus ihrer Tasche und reichte es Iris Schlendahl. »Erkennen Sie jemanden auf dem Bild?«

Iris Schlendahl griff nach einem Brillenetui, das auf dem Tisch lag.

»Wissen Sie, auch wenn ich zwölf Jahre jünger bin als mein Mann«, sagte sie und setzte die Brille auf, »die ersten Alterserscheinungen sind nicht wegzudiskutieren.« Sie betrachtete das Foto und runzelte die Stirn. »Das ist eindeutig mein Martin«, murmelte sie und zeigte auf ihn. »Die anderen sind mir nicht bekannt.«

Iris Schlendahls Schwester warf einen kurzen Blick auf das Bild, stand auf und stellte sich mit verschränkten Armen vor das Fenster. Sie starrte hinaus. Ihre Schultern zuckten, sie legte den Kopf in den Nacken und rang um Fassung.

»Kennst du jemanden auf dem Bild?«, fragte Iris Schlendahl, als ob nichts wäre.

»Nein.« Eine knappe, heisere Antwort über die Schulter hinweg.

»Was haben die roten Striche für eine Bedeutung?«, wollte Iris Schlendahl von Verena wissen. Sie deutete auf das Bild. »Das sieht beinahe so aus, als ob jemand die beiden Menschen durchgestrichen oder markiert hat.« Sie sah Verena an. »Martin und die Frau. Was ist mit dieser Frau?«

»Sie ist heute Morgen tot aufgefunden worden. Deswegen bin ich hier, Frau Schlendahl. Dieses Foto lag im Briefkasten der Toten. Haben Sie auch ein solches Bild erhalten?«

Iris Schlendahl schüttelte den Kopf. »Nein.«

»Können Sie sich vorstellen, dass jemand Ihrem Mann schaden wollte?«

»Er ist erfolgreich. Hat Neider. Aber so, dass …« Sie

verschränkte die Hände. »Nein, nicht, dass ich wüsste.« Sie strich mit der flachen Hand über den Stoff des Sofas. In ihrem Gesicht zuckte es, als wäre ihr jetzt erst wieder der Grund für Verenas Besuch eingefallen. »Ich habe meinen Freund verloren, Frau Irlenbusch«, flüsterte sie. »Meinen besten Freund.« Sie lehnte sich auf dem Sofa zurück, zog die Knie hoch und schlang die Arme darum. Sie weinte stumm und mit offenen Augen.

Verena stand auf und streckte ihr die Hand entgegen. Als Iris Schlendahl keine Reaktion zeigte, ließ sie sie wieder sinken. »Vielen Dank für Ihre Hilfe. Ich finde alleine hinaus.«

Sie wandte sich um, ging durch den Flur zurück und zog die Haustür hinter sich zu. Ihre Sohlen knirschten auf dem Belag der Einfahrt. Sie zögerte. Blieb stehen und drehte sich um. Sollte sie die Schwester nicht besser direkt um ein Gespräch bitten? Hier und jetzt? Sie legte die Finger auf die Klingel. Die meisten Morde waren Beziehungstaten. Da sprachen die Statistiken eine eindeutige Sprache. Tat Iris Schlendahl nur so abgeklärt? Ihre Schwester war nicht die einzige Geliebte ihres Mannes gewesen. Sie hatte von den Arzthelferinnen gesprochen. Was war mit Gisela Arend? Er kannte sie, aber es schien Verena unwahrscheinlich, dass sie seine Geliebte gewesen war. Seine Frau und seine Schwägerin waren deutlich jünger als er. Da passte Gisela Arend nicht ins Schema.

Das Handy piepste in ihrer Tasche einen Erinnerungston und riss sie aus ihren Überlegungen. Zehn Uhr. Die Nachbarin, die seit heute Morgen nach Ruth geschaut hatte, musste zur Arbeit und wartete darauf, dass Verena sich bei ihr meldete, damit sie ihr berichten konnte, ob es einer der guten oder eher einer der schlechten Tage zu werden versprach.

Verena setzte sich in den Wagen, startete den Motor und überlegte. Wenn sie von hier aus bei Ruth vorbeifuhr und nur kurz nach dem Rechten sah, wäre sie so zeitig wieder im Präsidium, dass es nicht auffallen würde. Es reichte, um sich mit Christoph Todt kurzschließen zu können, wie sie weiter vorgehen wollten.

»Nein.« Verena schaltete den Motor aus. Sie durfte ihre Arbeit nicht vernachlässigen. Das ging nicht. Sie war Polizistin. War jetzt hier vor Ort und jetzt und hier misstrauisch geworden. Die Fragen, die Ungereimtheiten. Wenn sie dem nicht nachginge, verlor ihre Arbeit die Bedeutung, die sie haben sollte. Nicht nur, weil sie ihr das Geld für die Miete und das Essen einbrachte. Sie gab ihr bei allen Anstrengungen und bei aller Hektik auch die Kraft, die sie brauchte, um Ruth unterstützen zu können. Verena zog den Wagenschlüssel ab, stieg aus und ging noch einmal zur Haustür. Sie drückte die Klingel und versuchte, die Fakten in einen logischen Zusammenhang zu bringen. Die Lösung, dass es sich bei Schlendahls Tod um eine Beziehungstat handeln könnte, erschien ihr nicht nur auf den ersten, sondern auch auf den zweiten Blick zu einfach. Trotzdem durfte sie die Möglichkeit nicht außer Acht lassen.

»Frau Irlenbusch.« Wieder öffnete die Schwester. »Iris hat sich gerade hingelegt.«

»Ich wollte zu Ihnen.«

»Was wollen Sie wissen? Ob ich Martin umgebracht habe? Nach dem, was Sie eben gehört haben, hat es mich sowieso gewundert, dass Sie nicht direkt gefragt haben.« Sie trat einen Schritt zurück und forderte Verena mit einer Geste auf, ihr zu folgen, blieb aber im Flur stehen.

»Haben Sie ihn umgebracht?«

»Nein. Warum sollte ich? Er hat mich finanziert.«

»Inwiefern?«

»Ich bin schlecht geschieden«, antwortete sie mit einem leisen Lachen und sah Verena an, als ob damit alles gesagt sei.

»Und das ist ein Argument dafür, mit dem Mann Ihrer Schwester zu schlafen?«

»Nein. Natürlich nicht.« Sie senkte den Blick. »Nicht, dass Sie mich falsch verstehen. Ich liebe meine Schwester.«

»Und Sie liebten den Mann Ihrer Schwester.«

»Ich mochte Martin. Mehr nicht.«

»Und das genügt, um mit ihm ins Bett zu gehen?«

»Ich finde, das ist unter gewissen Umständen schon sehr viel.«

»So viel, dass es sich lohnt, die eigene Schwester zu hintergehen?«

»Wenn ich Ihnen jetzt erzählen würde, Martin hätte behauptet, seine Ehe wäre bereits am Ende, würden Sie vermutlich einen imaginären Haken auf Ihrer Klischeeliste setzen. Hab ich recht?«

»Vieles in meinem Beruf entspricht dem, was Sie Klischee nennen. Ich nenne es typische Situation oder Handlungsmuster.«

»Und diesem Handlungsmuster entspräche ich als Mörderin.« Sie lachte. »Jede Frau schläft in ihrem Leben mit einem Mann, von dem sie weiß, dass sie besser die Finger von ihm lassen sollte.« Sie hob eine Augenbraue.

»Was war es denn, was Sie vorhin so verstört hat?«, wechselte Verena abrupt das Thema.

»Eben, im Wohnzimmer …« Sie zögerte, bevor sie weitersprach, und aus ihrer Miene verschwand die Gelassenheit. Iris Schlendahls Schwester war entweder doch keine Eisprinzessin oder eine sehr gute Schauspielerin. »Ich war so geschockt. Sie wusste es die ganze Zeit. Das mit mir und Martin, und es schien ihr nichts auszumachen. Außerdem ...« Sie verstummte.

»Was außerdem?«

»Ich wollte mich nicht verdächtig machen.« Sie hielt Verena einen weißen Umschlag entgegen. »Der steckte im Briefkasten. Ohne Marke, ohne Stempel.«

»Wann haben Sie ihn gefunden?«

»Gestern schon. Gestern Abend, als ich kam, um Iris zu helfen.«

»Wissen Sie, was darin ist?« Verena griff in ihre Innentasche, holte die Gummihandschuhe heraus, streifte sie über und griff nach dem Umschlag.

»Ja.«

Verena lauschte auf das Freizeichen im Hörer und betrachtete das Foto neben sich auf dem Beifahrersitz. Dasselbe Motiv. Nur die roten Markierungen unterschieden sich von dem anderen Exemplar. Martin Schlendahls Kopf war, wie der von Gisela Arend, eingekreist, aber sein Körper im Gegensatz zu ihrem mit kräftigen roten Strichen übersät. »Ippchen, dippchen dapp und du bist ab«, murmelte Verena und fuhr mit dem Finger nacheinander über die anderen Personen auf dem Bild. Die Plastikfolie des Schutzbeutels knisterte. »Warum gehst du nicht ran, du Idiot?«, sagte sie und beendete den Anruf, als zum zweiten Mal Christoph Todts Mailbox ansprang und ihr anbot, ihr Anliegen aufzuzeichnen. Sie wählte die Nummer des Präsidiums, aber auch dort konnte niemand den werten Kollegen ausfindig machen. Sie schaute auf die Uhr. Ruth-Zeit.

*

»Sie hätten sich kurz melden und mir Bescheid sagen können, dass Sie später kommen«, empfing die Nachbarin Verena an der Haustür. Sie wies mit einer knappen Geste durch den Flur ins Wohnzimmer. »Ihr geht es heute nicht gut. Sie ist unruhig.« Sie seufzte und folgte Verena.

»Ruth?« Verena ging neben ihrer Großmutter auf die Knie und legte ihr eine Hand auf die Schulter. Ruth hockte eingesunken auf der Kante des Sofas, die Knie fest zusammengepresst, und griff immer wieder nach dem Wasserglas, das vor ihr auf dem Tisch stand. Sie führte es zum Mund, stoppte kurz vorher und trank nicht. Stattdessen stellte sie das Glas wieder hin, wiegte sich vor und zurück und griff erneut danach.

»Ruth? Was ist los mit dir?« Verena sah die Nachbarin an. Sie hatte ein schlechtes Gewissen. Sie hätte viel früher anrufen und sich mit der Nachbarin absprechen müssen. Aber über ihre Arbeit hatte sie es vergessen. »Wie lange macht sie das schon so?«

»Verena, wir müssen uns unterhalten.« Die Nachbarin wechselte in das Du aus Verenas Kindertagen. Sie verschränkte die Arme vor der Brust. »Du musst langsam etwas unternehmen.«

»Was soll ich denn tun?« Verena setzte sich neben Ruth und legte ihr einen Arm um die Schultern, in dem Versuch, die unaufhörliche Bewegung der Älteren zu stoppen. Ruth schüttelte sich ärgerlich, und Verena zuckte zurück.

»Ich helfe Ruth gerne ein paar Stunden am Tag. Sie war immer eine so gute Nachbarin, da ist das selbstverständlich. Und es geht mir auch beileibe nicht ums Geld, aber die Zeit reicht nicht mehr aus, Verena. Sie sollte nicht mehr allein bleiben.« Die Nachbarin griff zu einem anderen Glas und wartete, bis Ruth ihr Glas ebenfalls in der Hand hielt. Dann hob sie es langsam und deutlich zum Mund und verharrte. »Zum Wohl, Ruth«, sagte sie laut und nickte bestätigend, während sie langsam trank und Ruth dabei nicht aus den Augen ließ. Die zögerte, lächelte und machte es ihr nach. »Zum Wohl! Zum Wohl!«, erwiderte sie fröhlich und trank das Glas zur Hälfte aus.

»Es wird schlimmer von Tag zu Tag. Und es geht sehr schnell bei ihr.« Die Nachbarin runzelte die Stirn. »Bei meinem Eugen hat es länger gedauert, aber er war auch deutlich jünger als sie.« Sie strich gedankenverloren mit der Hand über die Tischdecke. »Vielleicht ist das ein Glück? Je nachdem, wie man es sieht, ist es eins.« Sie stand auf. »Du musst dich um eine Pflegestelle kümmern. Alles andere hat keinen Wert.«

»Ich schaffe das. Sie hat viele gute Tage. Ich will sie nicht abschieben.«

»Du wirst es nicht schaffen. Du arbeitest. Du bist nicht hier. Wie willst du das machen? Deine Arbeit aufgeben?«

»Nein. Natürlich nicht.«

»Und wer kümmert sich um Ruth, wenn du fort bist?«

»Sie ist noch nicht so krank. Ich finde eine Lösung.« Verena sah zu Ruth und lächelte sie an. »Wir finden eine Lösung, nicht wahr?«

Ruth nickte, griff wieder zum Glas und trank. »Zum Wohl.«

»Ich bin bald wieder da, Ruth.« Verena versicherte sich, dass alles in Reichweite stand und Ruth die Stunden, bis sie zurückkam, gut überstehen würde. Die volle Wasserflasche, ein Teller mit Broten, ein paar Servietten. Sie hatten gemeinsam ein wenig aufgeräumt, Verena hatte ihr einen Artikel aus der Zeitung vorgelesen, und sie hatten einen Kaffee getrunken. Fünfundvierzig Minuten lang. Minuten, in denen Verena immer wieder auf die Uhr geschaut hatte, um abzuschätzen, wie lange sie die gestohlene Zeit ausdehnen konnte.

»Musst du weg?«

»Ja. Ich muss arbeiten.«

»Du arbeitest zu viel. Du siehst ganz schlecht aus.«

»Heute Abend machen wir es uns gemütlich. In Ordnung?« Verena lächelte, beugte sich zu Ruth und gab ihr einen Kuss.

»Ja.« Ruth wandte sich dem laufenden Fernseher zu, stand aber, als Verena zur Tür ging, auf und folgte ihr. »Wohin gehst du?«

»Zur Arbeit, Ruth.«

»Ich will nicht, dass du weggehst.«

»Ich muss aber. Auch wenn ich lieber bei dir bleiben würde.«

»Du arbeitest zu viel. Du siehst ganz schlecht aus.«

»Ich weiß, Ruth.«

»Dann setz dich doch zu mir.«

»Ruth.« Verena sog scharf die Luft ein. »Ich muss arbeiten.«

»Ich will nicht, dass du weggehst.« Ruth fasste Verena am Ärmel ihrer Jacke. »Bleib hier.«

»Ich kann nicht.« Verena schob Ruth ins Wohnzimmer, setzte sie auf das Sofa und rang um Geduld. »Ich komme später wieder. Du hast alles, was du brauchst.« Sie ging wieder zur Tür, hielt inne und drehte sich noch einmal um.

»Ich warte hier auf dich.« Ruth sah mit großen Augen zu ihr auf. Sie wirkte ängstlich, aber gleichzeitig bemüht, es Verena recht zu machen.

»Ja, Ruth.«

»Und du kommst wieder.«
»Ja, Ruth.«
»Du arbeitest zu viel. Du siehst ganz schlecht aus.«

*

Verena fuhr in die Tiefgarage des Ärztehauses und überließ den ersten freien Platz in der Nähe des Aufzugs dem Mann, der mit seinem Wagen hinter ihr in der Einfahrt gestanden hatte. Weiter hinten boten zwei nebeneinanderliegende freie Lücken mehr Platz. Sie parkte ihren Wagen nach einem Wendemanöver wieder in Richtung Ausfahrt. Hier war der Boden der Parknischen aus Beton und nicht, wie bei den Plätzen weiter vorn, aus Stahlplatten, die mit einem Knopfdruck herabgelassen werden konnten und über denen eine zweite Platte schwebte, die einen weiteren Parkplatz darstellte. Ihre Schritte hallten von den nackten Betonwänden wider. Die seichte Musik im Fahrstuhl hätte eher in einen Supermarkt gepasst. Mit einem Klingeln öffnete sich der Aufzug zu einer Empfangshalle. Hinter der Glasfront auf der rechten Seite waren die Dächer der Stadt wie auf einem Spielplan vor dem Besucher ausgebreitet. Verena trat ans Fenster. Sie schloss die Augen, und für einen Moment flackerte die Trennlinie des Horizontes vor ihr, bevor sie verschwamm. Sie musste den Überblick über ihr Leben behalten. Über ihre Arbeit. Und über Ruth. Die Nachbarin hatte recht. Sie konnte ihre Großmutter nicht alleine lassen. Was, wenn etwas passierte? Mit welchen Einfällen würde Ruth sich und vielleicht auch andere in Gefahr bringen? Sie war wie ein Kind. Aber im Gegensatz zu einem Kind wurde die Einsicht nicht größer, sondern sie schwand mit jedem Tag ein bisschen mehr.

»Geht es Ihnen nicht gut?« Eine besorgte Stimme. Sie drehte sich um. Der Mann aus dem Parkhaus. Er stand dicht hinter ihr, die Hände leicht ausgebreitet, als hätte er befürchtet, sie auffangen zu müssen. Er lächelte und fuhr sich mit einer Geste der Verlegenheit durch die dunklen Haare, in dem mehr Grau schimmerte, als sie im ersten Moment gesehen hatte. »Doch, doch.« Sie nickte ihm zu. Wie lange hatte sie hier reglos gestanden? Fünf Minuten oder länger? Ruth hatte recht. Es wurde alles etwas zu viel.

»Bevor Sie umfallen«, er machte eine kurze Pause, »hier sind genügend fachkundige Helfer.«

»Vielen Dank, aber mir geht's gut.«

»Wunderbar.« Er zögerte einen Augenblick, sah sie nachdenklich an und nickte, bevor er sich abwandte und den Flur entlangging. Verena biss sich auf die Lippe. Sie hätte höflicher zu ihm sein sollen. Er hatte sich um sie gesorgt. Sie seufzte und machte sich auf die Suche nach der Praxis. Sie fand sie am hinteren Ende des Ganges, konzentrierte sich und trat ein.

Eine kühle, sachliche Atmosphäre empfing sie. Glatte Holzoberflächen, karge Möblierung. Auf dem Empfangstresen, hinter dem die Arzthelferin beinahe verschwand, protzte ein Blumengesteck in einer überdimensionierten Vase dem Besucher entgegen. Teuer. Edel. Erfolgreich. Das war die Botschaft, die sich hier den Hilfesuchenden förmlich aufdrängte. Nur ein Arzt, der sich für die richtige Spezialisierung entschieden hatte, konnte sich eine solche Praxis leisten.

»Guten Tag.« Die Arzthelferin setzte ein professionelles Lächeln auf. Abwartend. Vermutlich kannte sie die Patienten alle mit Namen. Das gehörte zum Service des Sich-aufgehoben-Fühlens.

»Irlenbusch, Kripo. Wir hatten telefoniert«, harschte Verena knapper, als sie ursprünglich beabsichtigt hatte. »Sie wollten Zeit für mich und den Doktor finden.«

»Selbstverständlich.« Das Lächeln zerbröckelte auf ihrem Gesicht, und sie stand auf. »Ich gebe ihm sofort Bescheid.«

Fünf Minuten später versank Verena in einem weichen Sessel gegenüber dem offenen, herzlichen Gesicht des Arztes, der hinter einem breiten Schreibtisch saß.

»Frau Arend war meine Patientin«, bestätigte der Arzt, sichtlich geschockt über die Todesnachricht. »Die Therapie schlug an, ihr Zustand war stabil, und zum jetzigen Zeitpunkt gab es keinen Anlass zu überstürzten Verzweiflungstaten.« Er schüttelte den Kopf, beugte sich über die Tastatur und tippte einige Befehle. »Nein.« Er sah Verena an. »Auch die neuen Blutwerte sehen gut aus.«

»Sprechen Sie mit Ihren Patienten auch über Themen, die über die Erkrankung hinausgehen?«

»Ich bemühe mich darum, den Menschen zu sehen. Nicht nur die Krankheit. Wenn es das ist, was Sie meinen. Für viel mehr bleibt oft nicht die Zeit.«

»Seit wann kennen Sie Frau Arend?«

»Seit ihrem ersten Besuch hier bei mir. Also seit circa anderthalb Jahren. Das genaue Datum müsste ich nachschauen.«

»Vorher hatten Sie keinen Kontakt zu ihr?«

»Nein.«

»Wissen Sie über die Privatsituation Ihrer Patienten Bescheid?«

»Auch das nur in dem Maße, wie sie mich teilhaben lassen. Oft kommen ja auch Angehörige mit zu den Gesprächen. Da ergibt sich schon mal der eine oder andere Einblick.«

»Hatte Frau Arend Begleitung, wenn sie zu Ihnen kam?«

»Ja.«

»Wen?«, fragte Verena überrascht. Bisher hatten sie keinen Anhaltspunkt dafür gefunden, dass es in Gisela Arends Leben einen Partner gegeben hatte. Verheiratet war sie nicht, und alles in ihrer Wohnung deutete darauf hin, dass sie allein lebte.

»Eine Freundin.«

»Wissen Sie den Namen?«

»Nein. Das tut mir leid.« Er runzelte die Stirn. »Sie hat sich vorgestellt, aber ich habe mir den Namen nicht gemerkt und auch nicht notiert.« Entschuldigend hob er die Schultern.

»Können Sie sie beschreiben?«

Er schloss die Augen. »Ungefähr das gleiche Alter wie Frau Arend. Dunkle Haare, irgendwie so.« Er deutete mit beiden Händen einen Pagenschnitt um seinen Kopf herum an. »Nicht sehr auffällig. Also nichts, woran ich mich jetzt erinnern könnte.«

»Danke.« Verena stand auf und reichte ihm die Hand.

»Es tut mir leid, wenn ich Ihnen nicht mehr sagen kann. Aber Sie können mich jederzeit anrufen, wenn Sie weitere Auskünfte brauchen. Ich sage bei meinem Bollwerk Bescheid.« Er nickte mit einem Grinsen in die Richtung seiner Vorzimmerdame. Verena bedankte sich und ging zur Tür. An der Schwelle blieb sie stehen, drehte sich noch einmal um und zog das Foto aus ihrer Tasche.

»Auch wenn das Bild aus der Zeit vor Ihrer Behandlung stammt – erkennen Sie jemanden?«, fragte sie und hielt ihm das Foto hin. Der Arzt nahm und betrachtete es. Er kniff die Augen zusammen.

»Das hier ist Frau Arend?« Er zeigte auf eine der

Frauen. Verena nickte stumm. »Sie ist sehr jung auf dem Bild. Wie alt ist das?«

»Wir wissen es noch nicht genau.«

»Ich bin mir nicht sicher.« Er ging mit dem Bild zum Fenster und hielt es ins Licht. »Aber diese hier«, er wies auf eine der anderen beiden Frauen, »könnte mit viel Fantasie die Dame sein, die mit Frau Arend hier in meiner Praxis gesessen hat.« Er reichte Verena das Bild. »Aber das ist sehr vage, und an den Namen erinnere ich mich wirklich nicht.« Er betrachtete Verena nachdenklich. »Warten Sie. Ich habe eine Idee.« Er ging an ihr vorbei, öffnete die Tür zum Empfang und lehnte sich über die Theke. »Sagen Sie, Daniela, die Dame, die mit Frau Arend bei uns war. Wissen Sie, wie die hieß?« Verena folgte ihm.

»Selbstverständlich. Frau Arend hat sie mir ja vorgestellt.«

»Und?« Verena ignorierte den unausgesprochenen Vorwurf, den die Helferin damit in Richtung ihres Chefs schickte.

»Hoss. Die Dame hieß Rose Hoss.«

»Und weiter?«

»Nichts weiter. Mehr weiß ich nicht. Frau Hoss ist keine unserer Patientinnen.«

Verena nickte und bedankte sich bei dem Arzt für seine Hilfe. Sie verließ die Praxis und wählte Christoph Todts Nummer, während sie über den Flur zum Fahrstuhl ging.

»Ja?«

»Wo waren Sie?« Das mit den Höflichkeitsfloskeln hatten sie ja bereits geklärt.

»Unterwegs.« Er schwieg.

»Keine neuen Erkenntnisse aus der Zahnarztpraxis?«

»Doch.«

»Und?«

»Sie zuerst.«

»Gerne.« Verena betrat den Fahrstuhl, drückte im Vorbeigehen auf den Knopf und stellte sich mit dem Gesicht zur Wand in die hintere Ecke. Mit einer Hand hielt sie sich das freie Ohr zu, um durch die Musik hindurch besser hören zu können, und konzentrierte sich auf das Gespräch.

»Und?«

»Eine der Frauen auf dem Bild heißt wahrscheinlich Rose Hoss und ist immer noch eine Freundin von Gisela Arend. Zumindest eine gute Bekannte, sonst hätte sie Gisela Arend vermutlich nicht zu ihrem Onkologen begleitet.«

»Das sind eine Menge nicht bestätigter Annahmen.«

»Die wir noch abklären müssen. Das ist mir klar.«

»Was wissen Sie noch über diese Frau Hoss?«, hakte er nach, aber Verena ignorierte es und setzte ihre eigenen Überlegungen fort.

»Wenn sie die Frau auf dem Foto ist, ist sie vielleicht das nächste Opfer. Oder die Täterin.«

»Mit Ihren ›vielleicht‹ und Vermutungen können wir nicht viel anfangen, Frau Irlenbusch«, knackte es durch den Hörer, bevor der Empfang abriss, weil der Fahrstuhl immer weiter nach unten fuhr.

»Mit Arroganz aber auch nicht, du Arsch«, fluchte Verena und verstaute ihr Handy in der Tasche.

»Jetzt hatte ich mich gefreut, dass Sie wieder besser aussahen, und jetzt haben Sie so einen Ärger.«

Verena zuckte zusammen und fuhr herum. Sie hatte nicht bemerkt, dass sie nicht allein in der Fahrstuhlkabine war. Der Mann aus dem Parkhaus stand neben der Tür, die sich mit einem leisen Pling öffnete.

»Bitte entschuldigen Sie.« Diesmal würde sie höflicher sein. »Ich hatte nicht bemerkt, dass noch jemand ...«

»Kein Problem«, unterbrach er sie und trat in den Flur zum Erdgeschoss hinaus. »Ich hoffe nur, Sie lassen sich nicht zu oft ärgern.«

»Ich hatte es nicht vor.« Verena lachte, grüßte nickend zum Abschied durch die schließenden Türen. Hoffentlich hatte er nicht zu viel mitbekommen. Es war nicht ihre Art, sich in Gegenwart von Unbeteiligten über Details zu einem Fall auszulassen. Sie sah auf die Uhr. Sie musste sich beeilen, wenn sie Todt noch erwischen wollte, bevor er wieder pünktlich den Griffel fallen ließ.

Das Lenkrad vibrierte unter ihren Fingerspitzen, als sie aus der Parklücke fuhr. Sie gab Gas und beschleunigte ein wenig. Etwas stimmte nicht. Sie hatte das Gefühl, als ob der Wagen holperte. Das hatte ihr gerade noch gefehlt. Sie stieg aus, umrundete das Auto und fluchte, als sie den platten Reifen entdeckte. »Verdammt!« Sie schlug mit der flachen Hand aufs Dach, setzte sich wieder hinters Lenkrad und fuhr zurück in die Lücke. Ein Blick genügte, um zu erkennen, dass kein Ersatzrad vorhanden war. Wie in vielen Einsatzwagen war der wenige Platz im Kofferraum so vollgepackt, dass kein Platz mehr für den Ersatzreifen geblieben war. Auch die obligatorische Spraydose Reifenpilot brachte sie in diesem Fall nicht weiter. Sie kramte ihr Handy aus der Tasche und stöhnte nur leise, als sie die leeren Balken auf dem Display sah. Sie musste wieder nach oben.

»Hoppla! Was vergessen? Oder ist es das Schicksal, das Sie zum dritten Mal in meine Arme treibt?« Der Mann lächelte charmant und trat einen Schritt zurück.

»Eher ein Platter an meinem Wagen«, erwiderte Verena, wählte die Nummer der Leitstelle und meldete den Schaden. Der Vertragsschlepper brauchte mindestens eine halbe Stunde, bis er da sein könnte.

»Das ist sehr ärgerlich. Soll ich Ihnen helfen, den Reifen zu wechseln?«

»Danke. Sehr nett von Ihnen, aber zu meiner Schande muss ich gestehen, dass ich keinen Ersatzreifen dabeihabe.«

»Eine Polizistin ohne Ersatzreifen. Sie sind doch Polizistin? Es hörte sich vorhin zumindest so an.« Er grinste. »Eigentlich müsste ich Ihnen jetzt einen ausgeben.« Er zeigte auf das Café im hinteren Teil des Erdgeschosses. »Einen Kaffee vielleicht, bis Ihr Abschleppdienst da ist?«

»Es tut mir leid, Herr …«

»Enzinger. Doktor Harald Enzinger.«

»Doktor?« Verena umfasste mit einer Geste die Umgebung. »Haben Sie Ihre Praxis hier?«

»Ich bin Neurologe.« Er nickte. »Und ich habe ein bisschen Zeit, um Ihnen einen Kaffee zu spendieren oder sonst wie behilflich zu sein.«

»Ich muss leider so schnell wie möglich zurück zur Arbeit, aber vielen Dank für die Einladung.«

»Ah, der Kollege, der Sie so geärgert hat, wartet.«

»So ungefähr kann man das ausdrücken.«

»Wo müssen Sie denn hin?«

Verena nannte die Adresse. Er runzelte die Stirn, nahm einen Zettel aus der Tasche seines Jacketts und überlegte. »Das ist kein großer Umweg. Mein nächstes Ziel liegt ebenfalls in dieser Richtung.« Er steckte das Papier wieder ein. »Kommen Sie. Wenn schon kein Kaffee, dann doch zumindest ein Chauffeurdienst.«

Kapitel 6

Der bunte Stern nähert sich durch das Schwarz, während er sich unaufhörlich dreht und seine funkelnden Strahlen in alle Richtungen von sich schießt. Mia reibt sich die Augen, reißt sie weit auf. Die bunten Bilder können nicht da sein, weil um sie herum alles schwarz ist, aber sie sieht sie trotzdem. Mia hat Angst, und die Angst ist rot und blau und lila. Pink. Vor allem pink. Es ist ihre Lieblingsfarbe, und sie möchte sie überall haben, um die Angst nicht mehr zu spüren. Auf ihren Kleidern, ihren Möbeln, ihren Wänden. Mama mag kein Pink, aber sie erlaubt es ihr trotzdem. Manchmal schenkt sie ihr ein T-Shirt in Pink. Der Stern flackert jetzt. Er geht an und aus und an und aus. Wieder an. Wieder aus. Die Farben füllen ihren Kopf und lassen keinen Platz für andere Gedanken. Alles ist pink. Auch ihre Angst. Sie stellt sich vor, wie sie blasser wird, an den Rändern verschwimmt und verblasst wie ein Blütenblatt, das man in der Sonne vergisst. Die Blumen in Omas Garten sind wunderschön. Oma liebt sie, hat sie Mia einmal erzählt. Fast so wie Menschen. Die Blumen in ihrem Garten würde sie auch niemals abschneiden, so wie sie das mit den anderen machen muss, um sie zu verkaufen. Sie sind tot, auch wenn man es noch nicht sieht. Sie leuchten und duften noch, aber ihr Leben ist schon vorbei. Mia sieht sich selbst. Sie ist eine von diesen Blumen. Rot und Blau und Lila. Manchmal Gelb. Viel Grün. Der Sommer ist immer grün bei ihnen, so wie jetzt das Funkeln. Es ist egal, ob sie die Augen schließt oder ob sie ihre Lider offen hält. Es sprüht um sie herum. Es glitzert, funkelt, explodiert. Sie weiß nicht, wie lange sie schon hier ist. Wie lange sie schon Hunger hat und Durst. Die schwarze Watte umhüllt sie weich. Sie schließt die Augen, versinkt im Rot, im Blau, im Lila. Und im Pink. Es schmeckt süß.

*

Es machte keinen Unterschied, ob sie ihren Kopf mit den Händen umklammerte oder nicht. Der Schmerz zog sich wie ein Band immer fester, bohrte, pochte und zerriss ihr Denken in viele Stücke. Dabei musste sie sich konzentrieren. Musste nachdenken. Luft und Raum für sich finden in den Lücken des Alltags. Das eine. Das andere. Das eine war die Arbeit, die Pflicht, die sie erfüllte. Stumm und unermüdlich seit Jahren. Sie zählte die Zeit nicht mehr. Ließ sie vorübergleiten wie in einem Strom, der alles mit sich riss und nur das glatte, feuchtgekämmte Gras am Ufer hinterließ. Das andere war die Angst um das, was sie wirklich liebte.

Der Dreck hatte sich in dem Maße in ihren Körper gefressen, in dem sie sich in die Erde gegraben und sie umgewühlt hatte. Der braune Schleier schimmerte durch die Haut ihrer Hände, beinahe schwarz an den Außenseiten der Fingergelenke. Waschen beseitigte die Spuren nicht. Sie gingen tiefer als die Borsten der Wurzelbürsten und die Chemikalien der Reinigungsmittel. Wie eingebrannt erschienen sie ihr, unabwendbare Spuren eines Lebens, das sie nie gewollt hatte. Ein Leben, das nicht das ihre hatte sein sollen. Das Haus nicht, der Mann nicht und auch, wie sie sich in den stillen Stunden eingestand, die eigenen Kinder nicht. Das erste zum falschen Zeitpunkt gezeugt. Wie die folgenden jedes für sich eine Fessel, die sich nicht mehr abstreifen ließ. Die sie gefangen hielt in den engen Grenzen ihrer Welt, wie sie mit dem ersten Schrei des ersten Kindes für sie zu sein hatte. Rebellion unmöglich. Alle Ideen waren ab da begraben und in der Erde verbuddelt. Keine Zeit zum Denken. Keine Zeit zum Wachsen. Zum Wehren. Zum Auflehnen. Das zweite Kind, weniger als ein Jahr nach dem ersten, machte sie atemlos. Schlaflos. Kopflos. Das dritte vergaß sie manchmal in seiner Wiege, oder später an anderen Orten. Ein viertes starb und nahm ihre trockenen Tränen mit in sein kleines Grab, ohne dass jemand ahnte, dass sie sie ihm nur zum Schein geliehen hatte. Dass es Tränen um sie selbst waren, die sie anders nicht weinen durfte. Wenn man sie gefragt hätte, ob sie ihre Kinder liebte, hätte sie genickt, obwohl es nicht stimmte. Aber das zuzugeben, gestattete sie noch nicht einmal sich selbst gegenüber. Wie kann man etwas lieben, das einen tötet? Nicht den Körper. Sondern den Kern des Selbst. Sie hatte sich vergraben, die Erde wie Schutzwälle über sich aufgetürmt. Erst nach Jahren war ihr Mut gewachsen, sich dem zu stellen. Nein zu sagen. Ihren Weg zu gehen. Den eigenen. Und gerade als sie mit allem abgeschlossen, sich verabschiedet hatte und dem Neuen zuwenden wollte, traf sie doch noch die vorher nicht erahnte Liebe zu einem Kind. Das Bündel in ihren Armen war ein Teil ihrer selbst. Ein Teil des dritten Kindes, das über das Vergessenwerden sich selbst verloren und erst viel später wiedergefunden hatte. Dieses willkommene Kind ihres ungeliebten Kindes ließ sie freiwillig ausharren. Eine neue Aufgabe übernehmen.

»Entschuldigen Sie.« Sie schreckte hoch. Stellte die Polizistin die Frage bereits zum zweiten Mal?

»Seit wann genau ist Mia verschwunden?«

»Sie ist gestern von der Schule nicht nach Hause gekommen.«

»Haben Sie sie gesucht?«

»Natürlich.« Der Schmerz übermannte sie. Ihr fiel es schwer, den Worten der Polizistin zu folgen, die auf ihrem Sofa saß und abwechselnd zwischen ihr und ihrer Tochter, dem dritten Kind, hin und her blickte. »Ihre Freundin kam und hat mich geholt. Die Mädchen haben Verstecken gespielt.«

»Und dabei ist sie verschwunden?«

»Ja.«

»Was genau ist passiert?«

»Sie haben doch schon mit Paula gesprochen. Ich kann Ihnen auch nur das sagen, was ich von dem Mädchen weiß. Ich war ja nicht dabei«, sagte die Tochter und wurde wieder stumm. Rose Hoss wusste um die Wut in ihr, die sie nicht herauslassen würde. Das fragile Geflecht ihrer Beziehung, mühsam gewoben in den letzten Jahren aus dem Faden der gemeinsamen Liebe zu Mia, riss mit einem lauten Kreischen, das nur Rose hören konnte. Und die Tochter. Unwillkürlich rückte sie ein Stück zur Seite. Brachte Abstand zwischen sich und den Körper, den sie geboren hatte.

»Ich hätte die Polizei viel früher informieren müssen.« Rose Hoss vergrub das Gesicht in den Händen. Die Polizistin legte ihr eine Hand auf den Arm.

»Sie haben sicher Ihr Bestes getan«, sagte sie und griff wieder zu ihrem Stift. »Ich verstehe Ihre Angst und Ihre Sorgen. Wir tun alles, was wir können, um Mia so schnell wie möglich zu finden.

»Diese Männer, die die Kinder nehmen, um sie ...« Rose Hoss kämpfte gegen die Bilder an, die in ihr entstanden. Bleiche Leiber. Eine Kinderhand, die weiche Haut voller Schmutz. Reglos.

»Noch können wir nichts darüber sagen, was mit ihr geschehen ist, Frau Hoss. Wir arbeiten mit Hochdruck mit allen verfügbaren Kräften«, versicherte die Polizistin. »Aber wir dürfen auch nichts außer Acht lassen. Hatte Mia Streit mit Ihnen oder mit ihrer Mutter?«

Rose Hoss schüttelte den Kopf. »Sie ist ein liebes Mädchen.«

»Wissen Sie, ob Mia in der Schule Schwierigkeiten hatte? Hat sie sich vor schlechten Noten gefürchtet?«

»Nein.«

»Was ist mit ihren Klassenkameraden? Gab es da Streit? Hat sie Ihnen etwas erzählt?«

»Nein.«

»Hat Mia bereits einen eigenen Computer?«

Rose Hoss sah auf. »Sie darf ab und zu an meinem Rechner ein Spiel spielen. Mehr nicht. Was hat das mit ihrem Verschwinden zu tun?«

»Manchmal begeben sich Kinder im Internet in Gefahren, die sie selbst nicht abschätzen können. In Chatrooms oder Foren. Es gibt Erwachsene, die sich dort als angeblich Gleichaltrige anmelden und das Vertrauen der Kinder erschleichen. Irgendwann verabreden sie dann ein Treffen.«

»Mia ist mitten aus dem Spiel verschwunden. Sie hat nichts gesagt, nichts angekündigt. Sie muss entführt worden sein. Freiwillig wäre sie nirgendwo hingegangen.«

»Gibt es einen Grund, warum jemand Mia entführen sollte? Verfügen Sie über viel Geld?«

»Nein.«

»Haben Sie oder Ihre Tochter Feinde?«

Sie schüttelte den Kopf. »Nein. Ich bin nicht mit allen

hier befreundet, aber Feinde? Niemandem, den ich kenne, würde ich so etwas zutrauen.« Das Band um ihren Kopf wurde enger, presste ihre Gedanken zusammen und entzündete eine kleine Flamme des Erinnerns an etwas, was sie nie vergessen, aber unter all der Erde tief vergraben hatte. Sie sog scharf die Luft ein.

»Ist Ihnen doch noch etwas eingefallen?«

»Nein.« Rose schüttelte den Kopf. »Nein.«

*

»Sie sind sehr nett zu mir. Das sollte mich eigentlich misstrauisch machen. Irgendwann hab ich mal gelernt, es sei nicht ratsam, zu fremden Männern ins Auto zu steigen, weil sie Böses im Schilde führen könnten.«

»Und da werfen Sie alle Ihre Verhaltensregeln einfach so über den Haufen? Kein gutes Beispiel.« Er schmunzelte. »Ich könnte ja ein gesuchter Einbrecher sein. Oder ein Bankräuber. Oder ein Eierdieb.«

»Ich werde das überprüfen, sobald Sie mich abgesetzt haben.«

»Tun Sie das auf jeden Fall. Man weiß ja nie.«

»Ich hätte auch auf die Kollegen aus der Leitstelle warten können.« Verena genoss den kleinen Flirt.

»Aber dann wären Sie zu spät gekommen, und Ihr Kollege wäre noch grantiger auf Sie, als er ohnehin schon ist.«

»Stimmt.« Verena lächelte und streckte die Beine im Fußraum aus. »Aber das ist eigentlich egal, was er denkt. Er ist so oder so ein …« Sie brach ab.

»›Arsch‹, wollten Sie sagen?« Enzinger lachte. Er schaltete das Radio aus, in dem es die ganze Zeit leise im Hintergrund vor sich hin gebrabbelt hatte. Ein Sender ohne Musik.

Verena betrachtete ihn von der Seite. Ein schwarzes Hemd, offen getragen, darunter ein T-Shirt, eine dunkle Hose. Zusammen mit den grauen Haaren, die, leicht lockig, länger waren, als man es für einen Mann seines Alters erwarten würde, machte Enzinger eher den Eindruck, ein Künstler zu sein. Er wirkte fit. Schmale Hände, gepflegte Fingernägel. Überrascht stellte sie fest, dass sie ihn trotz des großen Altersunterschieds attraktiv fand. Nicht dass ich mir noch einen Vaterkomplex einfange, dachte sie und grinste in sich hinein.

»Arbeiten Sie gerade an einem Mordfall?« Enzinger setzte den Blinker und fädelte den Wagen auf der Zubringerspur der Brücke ein, die sie auf die Seite des Flusses bringen sollte, auf der das Präsidium lag. Verena fühlte sich ertappt und hatte das Gefühl, rot zu werden.

»Darüber darf ich Ihnen nichts sagen.« Sie hob bedauernd die Schultern und ergänzte, weil sie ihn nicht so knapp abfertigen wollte: »Tut mir leid.«

»Verstehe.« Er schaute zu ihr herüber und lächelte sie an. »Dienstgeheimnis.«

»Ja.« Ihr Handy klingelte.

»Hätte ich mir auch denken können. Ich darf Ihnen ja auch nichts über meine Patienten erzählen«, fügte er hinzu, während Verena sich vorbeugte und das Telefon aus ihrer Tasche kramte.

»Hallo?« Sie lauschte. Es war die Nachbarin. Ruth hatte bei ihr geklingelt und beunruhigt nach Verena gefragt. Nun saß sie in ihrer Küche, schälte Kartoffeln und sang alte Küchenlieder.

»Sie kann hierbleiben, bis du Feierabend hast. Ich bin da und habe heute nichts mehr vor.«

»Danke.« Verena spürte einen Kloß im Hals.

»Du musst etwas unternehmen, Verena.«

»Ja.« Sie machte eine Pause. »Danke«, wiederholte sie und legte auf.

»Ja, ja. Die lieben Kollegen. Können einem ganz schön zusetzen.« Er trommelte mit den Fingern auf dem Lenkrad und grinste sie an.

»Nein.« Sie zögerte. War das schon Neugier oder noch das übliche Höflichkeitsinteresse? Sie entschied sich für das Letztere. Schließlich war das hier Köln, und da interessierte man sich. Von ihrer Arbeit durfte sie ihm bei aller Sympathie nichts erzählen. Von ihren privaten Angelegenheiten schon. »Meine Großmutter. Sie hat ...« Verena betrachtete ihre Hände, die noch immer das Handy hielten. »Sie ist sehr verwirrt, und es wird immer schlimmer. Sie vergisst die Namen von Dingen, ist orientierungslos und ängstlich. Ich kann sie eigentlich nicht mehr alleine lassen, aber ich muss ja arbeiten.«

Enzinger räusperte sich, schaltete und setzte zu einem Überholmanöver an. Er fuhr dicht auf, bis nur noch wenig Platz zwischen den beiden Fahrzeugen war. Dann scherte er mit einem raschen Schlenker nach links aus, fand eine knappe Lücke und beschleunigte ein weiteres Mal. Der Motor drehte hoch. Der Wagen neben ihnen beschleunigte ebenfalls. Enzinger beugte sich leicht vor und sah an Verena vorbei in das Fenster des anderen Autos. Ein junger Mann mit Baseballkappe grinste ihm frech entgegen, winkte kurz und trat aufs Gas. Verena umklammerte die Haltegriffe der Beifahrertür.

»Ich habe es nicht eilig, Doktor Enzinger. Sie müssen kein Rennen fahren.«

»Sie warnen mich doch sicher, wenn Sie Ihre Kollegen am Straßenrand entdecken.« Er lehnte sich im Sitz zurück und konzentrierte sich auf die Straße. Als der voranfahrende Wagen nach rechts einscherte, zog er an ihm vorbei und beendete den Überholvorgang. Nach einem Blick in den Rückspiegel lächelte er zufrieden und fragte dann ohne Überleitung: »Haben Sie schon eine Diagnose?«

»Für Ruth? Nein. Ich hatte die Hoffnung, dass es sich wieder bessert. Dass wir das schaffen.«

»Wenn sie Alzheimer hat, wird es nicht mehr besser.« Seine Stimme hatte den weichen Ton verloren. Jetzt klang er sachlich, beinahe hart.

»Vielleicht ist es ja etwas anderes.«

»Es gibt Tests, mit denen Sie das feststellen können. Es ist wichtig, die Diagnose so früh wie möglich zu bekommen.«

»Kann man es heilen?«

»Nein.« Er beschleunigte wieder. »Ein bisschen aufhalten vielleicht.«

»Führen Sie solche Tests in Ihrer Praxis durch?«

»Wenn Sie möchten, kann ich Ihnen helfen, einen Termin zu bekommen.«

»Sie halten mich bestimmt für feige, weil ich mich bisher nicht darum gekümmert habe.«

»Nein. Das tue ich nicht. Diese Krankheit macht Angst. Denen, die sie bekommen, und denen, die dabei zusehen müssen, wie sie einem den Menschen nimmt, den man kennt und liebt. Der Kranke verändert sich, weil ihm sein Leben genommen wird. Nicht nur das Heute. Auch das Gestern. Das Vergessen macht einsam. Erinnerung ist wie ein Spiegel, in dem wir die erblicken, die nicht mehr bei uns sind.«

»Haben Sie viele Patienten mit Alzheimer?«

»Ich weiß eine Menge über die Krankheit und kann Ihnen helfen.« Er reichte ihr eine Visitenkarte, die in einem kleinen Fach in der Ablage gelegen hatte.

»Danke.« Verena nahm sie entgegen und lächelte.

»Vielleicht war es kein Zufall, dass wir uns heute dreimal über den Weg gelaufen sind. Ruth sagt immer, es gibt für alles einen Grund.«

Enzinger lachte. »Ihre Großmutter scheint eine sehr weise Frau zu sein.«

Verena winkte Enzinger zum Abschied und drückte die Zahlenkombination in das elektrische Türschloss am Nebeneingang des Präsidiums. Es surrte leise, die Tür gab ihrem Druck nach und öffnete sich nach innen in einen langen Flur hinein. Die Sohlen ihrer Schuhe quietschten auf dem Holzboden, während sie mit langen Schritten an den Türen vorbeiging, hinter denen sie die Stimmen ihrer Kollegen hörte. Einige von ihnen kannte sie vom Sehen, einige näher, und mit wiederum anderen hatte sie schon bei verschiedenen Fällen zusammengearbeitet. Sie grüßte in einen Büroraum hinein, dessen Tür zum Flur hin offen stand, und erhielt ein freundliches Winken zur Antwort. Der Empfang in ihrem eigenen Büro, das war ihr klar, würde mit Sicherheit nicht so herzlich ausfallen. Ganz im Gegenteil.

Vor ihrem Zimmer blieb sie stehen und holte tief Luft, bevor sie die Klinke herunterdrückte und mit Schwung die Tür öffnete. Sie ging zu ihrem Platz, warf den Mantel über die Stuhllehne des Besucherstuhls und stellte ihre Tasche neben sich auf den Boden. Verena setzte sich, schaltete den Computer an und wartete darauf, dass er hochfuhr. Die Akten an der Seite des Tisches ignorierte sie, so gut es ging. Es waren alte Fälle, die darauf warteten, durch einen letzten Bericht endgültig abgeschlossen zu werden.

»Kaffee?«, fragte Christoph Todt hinter Leos Bildschirm hervor.

»Ja, gerne.« Erstaunt sah sie auf. Mit so viel Freundlichkeit hatte sie nicht gerechnet.

»Ich auch. Wären Sie so nett und holen uns einen am Automaten?«

Fassungslos starrte sie ihn an. Das konnte jetzt nicht wahr sein. Wie unglaublich dreist war dieser Mann? Christoph Todt beugte sich zur Seite, sah sie am Bildschirm vorbei ernst an und hob eine Augenbraue. Um seine Mundwinkel herum zuckte es. Dann stand er auf, ging zu dem Wandschrank, hinter dem sich die Miniküche verbarg, die sie und Leo dort aufgebaut hatten. Kaffeemaschine, Wasserkocher und Minikühlschrank garantierten, neben einem Regal mit Tassen, ein wenig Besteck und Fertigsuppentütchen, das Überleben während endloser Ermittlungen. Als er die Schranktür öffnete, verbreitete sich sofort ein angenehmer Kaffeeduft im Raum. Vier Sekunden später hatte sie eine dampfende Tasse Milchkaffee vor sich stehen.

»Bitte.« Er drehte sich um, schnappte sich eine zweite Tasse aus dem Schrank und schloss die Tür im Vorbeigehen mit dem Fuß, bevor er sich wieder auf seinen Stuhl fallen ließ und genüsslich räkelte. »Das war es wert.« Er grinste. »Verena Irlenbusch: sprach- und fassungslos.« Er stellte einen Fuß auf die Schreibtischkante, drehte sich langsam hin und her und beobachtete sie. »Milchkaffee war doch richtig, oder? In der benutzten Tasse, die neben der Maschine stand, befand sich noch ein leicht flüssiger Rest Kaffee, der darauf schließen ließ, dass die Tasse erst gestern benutzt wurde. Ihre Kollegin liegt im Krankenhaus, und ich habe noch keinen Kaffee getrunken. Aus der Farbe konnte ich nicht nur erkennen, dass Sie Milch in Ihren Kaffee nehmen, sondern auch wie viel.«

Verena rang um ihre Selbstkontrolle. Am liebsten wäre

sie aus der Haut gefahren, aber ihr war klar, dass alles, was ihr an Beschimpfungen durch den Kopf ging, jetzt beleidigt oder im besten Fall zickig wirken musste und ihm in die Hand spielen würde.

»Gut beobachtet, Sherlock«, sagte sie stattdessen und trank einen Schluck.

»Danke.« Christoph Todt beugte sich vor und stellte seinen Kaffeebecher ab. »Genug geschäkert, Frau Irlenbusch. Kommen wir zu den Fakten: Der Computer in der Zahnarztpraxis hat mir den Namen des Schmerzpatienten ausgespuckt, der unseren Doktor kurz vor seinem Ende so geärgert hat: Werner Hedelsberg. Leider ist ja die direkte Zeugin ebenfalls verstorben, aber ihre Kollegin hat mir noch einmal bestätigt, was bereits im Krankenwagen gesagt wurde. Die beiden haben sich gestritten. Nicht heftig, aber es muss wohl sehr bedrohlich geklungen haben.«

»Dann sollten wir uns diesen Herrn einmal genauer ansehen.«

»Richtig.« Todt fischte zwei Blätter aus einem Papierstapel auf dem Schreibtisch und reichte sie ihr. »Das Laborergebnis von Gisela Arend.«

»Lassen Sie mich raten. Lysergsäurediethylamid in hohen Dosen.«

»Sehr gut, Watson. Die Lady hatte so viel LSD im Blut, damit hätte man eine ganze Hippiekolonie glücklich machen können.«

»Jemand läuft herum und pumpt die Leute mit LSD voll. Warum? Was verspricht der Täter sich davon? Ich habe noch nie von Tod durch eine Überdosis LSD gehört, aber ich bin mir nicht sicher, ob es nicht doch möglich ist.« Verena griff zum Telefon und tippte eine Nummer ein.

»Also«, sagte sie langsam, nachdem sie aufgelegt und den Block zurechtgerückt hatte, auf dem sie während des

Gesprächs Notizen gemacht hatte. »Ich lag nicht falsch. Die Kollegin der Drogenabteilung sagt, dass die Substanz LSD im Normalfall nicht tödlich ist. Dazu müsste es in sehr hohen Mengen gespritzt werden. Aber das ist ja bei unseren beiden Toten nicht der Fall. Sie haben es, ob nun freiwillig oder nicht, geschluckt. Sagen jedenfalls die Berichte.« Sie verschränkte die Arme vor der Brust und schaute aus dem Fenster. »Und wir haben nur LSD gefunden. Keine weiteren Substanzen. In der Szene ist wohl aktuell eine Kombination aus LSD und Ecstasy beliebt. Das Zeug verstärkt sich gegenseitig.«

»Wenn LSD nicht direkt und zwangsläufig tödlich wirkt, müssen wir uns fragen, ob der Täter oder die Täterin das ebenfalls weiß.«

»Wenn er es weiß, heißt das, er nimmt den Tod seiner Opfer in Kauf, beabsichtigt ihn aber nicht?«

»Könnte sein. Bleibt trotzdem die Frage nach dem Warum.«

»Fragen wir doch mal bei Werner Hedelsberg nach.«

»Wir?« Christoph Todt erhob sich und trank im Stehen den Kaffee aus.

»Rogmann hat gesagt, wir sollen uns zusammenraufen.« Verena bückte sich und hob ihre Tasche auf. Dann griff sie nach dem Mantel und zog ihn über. »Mein Auto hatte eine Panne. Das wäre doch ein guter Moment, um mit der Teamarbeit anzufangen.« Von dem Foto bei Schlendahls Witwe konnte sie ihm noch auf dem Weg erzählen.

*

»Ja bitte?« Die Frau in der offenen Tür wirkte irritiert.

»Frau Hedelsberg?«, fragte Verena freundlich. »Ist Ihr Mann zu Hause?«

»Ich …« Die Frau verstummte und rieb die Hände an ihren Jeans trocken. »Nein.« Verena blickte an ihr vorbei in die Wohnung. Ein Putzeimer stand hinter der Tür, der Boden glänzte feucht. Verena verstand.

»Sie brauchen keine Angst zu haben, Frau …«

»Szymańska. Anna Szymańska«, antwortete sie automatisch und schlug sich dann auf den Mund.

»Wir sind nicht auf der Jagd nach Schwarzarbeitern, Frau Szymańska. Wir suchen Herrn Hedelsberg.«

»Hier ist er nicht.« Sie trat einen Schritt zurück. »Sie können gerne nachsehen.« Christoph Todt folgte ihrer Aufforderung und schaute sich in der kleinen Wohnung um.

»Wissen Sie, wo er jetzt ist?«, fragte er, als er wieder im Hausflur stand.

»In seiner Kneipe, denke ich. Wir haben miteinander gesprochen. In der Kneipe, als ich …« Sie verstummte wieder, räusperte sich und sprach dann weiter: »Danach bin ich hierhergekommen. Er hat mir den Schlüssel für seine Wohnung in die Hand gedrückt. Das tut er manchmal, wenn er es selbst nicht schafft, Ordnung zu machen. Er hatte schlimme Zahnschmerzen. Ich helfe ihm nur ein wenig.«

»Geben Sie uns bitte die Adresse der Kneipe.« Verena klappte ihren Notizblock auf, notierte Straße und Hausnummer und lächelte dann freundlich. »Danke, Frau Szymańska. Sehr nett von Ihnen, wenn Sie einem kranken Freund helfen.«

Sie drehte sich um und ging langsam die Treppe hinunter. Christoph Todt folgte ihr.

»Was war das denn für eine Nummer?« Er wirkte verärgert.

»Was?«

»Die Frau arbeitet doch sichtlich schwarz.«

»Sie hat einem kranken Freund geholfen.«

»Nein, das hat sie nicht. Außerdem wissen wir nicht, was genau Hedelsberg mit unseren Mordfällen zu tun hat. Vielleicht deckt sie ihn.«

»Ein Grund mehr, ihn nicht aufzuscheuchen.« Verena nahm die letzten beiden Stufen mit einem leichten Sprung, blieb auf der Stelle stehen und drehte sich so um, dass Christoph Todt beinahe in sie hineingerannt wäre. Er stoppte knapp vor ihr, und sie setzte ihm ihren Zeigefinger auf die Brust. »Auch wenn Sie es sich vielleicht nur schlecht vorstellen können, bin ich doch schon ein paar Tage im Amt und weiß, was ich tue. Mehr als ihre Personalien aufnehmen hätten wir hier jetzt nicht machen können. Es gab keinen Grund, sie mitzunehmen. Wenn er also Dreck am Stecken hat und sie mit ihm unter einer Decke stecken sollte, würde sie ihn sowieso anrufen. Dann ist es doch besser, wenn sie denkt, wir wären nett und keine scharfen Hunde. Dann haben wir vielleicht die Chance, ihn in seiner Kneipe auch tatsächlich anzutreffen.«

»Alles klar, Watson.« Christoph Todt schob ihren Finger von seiner Brust, machte einen Schritt zur Seite und ging an ihr vorbei zur Haustür.

Die abgestandene Luft, die ihnen in einer Mischung von Alkoholdünsten und kaltem Rauch aus der Kneipe entgegenschlug, gab jegliches Rauchverbot der Lächerlichkeit preis. Verena sog scharf die Luft vor dem Lokal ein, bevor sie den dunklen Raum betrat.

Ein junger Mann stand hinter dem Tresen, polierte Gläser und nickte ihnen professionell freundlich zu. Verena schaute auf die Uhr. Um diese Zeit hätte sie mehr

Leute erwartet als die beiden älteren Männer, die, jeder für sich, in den gegenüberliegenden Ecken der Theke saßen und jeweils auf ein halbvolles Bier- und ein leeres Schnapsglas starrten. Sie hoben nur kurz den Blick, brummten ihr und Christoph Todt einen Gruß zu und versanken dann wieder in ihren Gedanken. Dem Besitzer dieser Kneipe konnte es nicht allzu gut gehen, wenn er nur von diesen Einkünften leben musste.

»Was kann ich für euch tun?« Der junge Mann legte das Geschirrtuch beiseite und stützte sich mit beiden Händen auf der Theke ab.

»Werner Hedelsberg?« Verena stellte ihre Tasche auf einen Barhocker, nahm ihren Dienstausweis heraus und hielt ihn ihrem Gegenüber so entgegen, dass er ihn lesen konnte. Der junge Mann warf einen kurzen Blick darauf und schüttelte dann den Kopf.

»Der Chef ist nicht da.«

»Wann kommt er wieder?«

»Keine Ahnung.«

»Hat er Ihnen etwas gesagt?«

»Nein. Ich habe den Laden heute am frühen Nachmittag aufgeschlossen und ihn seitdem nicht gesehen.«

»Haben Sie eine Idee, wo er sein könnte?«

»In seiner Wohnung vielleicht.«

»Da ist er nicht.«

»Dann kann ich Ihnen leider nicht helfen.« Er lächelte wieder unverbindlich.

»Arbeiten Sie hier öfter zur Aushilfe?«, mischte sich Christoph Todt ein.

»Ja.«

»Doch sicher auf Steuerkarte.« Todt lächelte ebenso unverbindlich. Der junge Mann richtete sich auf, griff nach dem Geschirrtuch und wischte über den Rand des Spülbeckens, ohne hinzusehen. Der professionelle Gesichtsausdruck zerfiel. »Dachte ich es mir doch.« Christoph Todt zog sich einen Barhocker heran und setzte sich an den Tresen. »Auch wenn Sie uns leider nicht sagen können, wo Ihr Chef ist, helfen Sie uns doch bestimmt gerne, wenn Sie können.«

»Natürlich.« Der junge Mann biss sich auf die Lippe. Todt nickte, nahm das Foto aus seiner Jackentasche und legte es so auf die Theke, dass der junge Mann es betrachten konnte. »Schon mal jemanden von denen gesehen?«

Der junge Mann beugte sich über das Bild und runzelte die Stirn. »Von wann ist das?«, wollte er wissen.

»Vermutlich schon etwas länger her. Die Personen darauf müssen Sie sich älter vorstellen.«

»Schwierig.« Der junge Mann beugte sich über das Foto und kratzte sich am Kopf. »Die Frauen auf keinen Fall. Bei den Männern, ich weiß nicht.« Er kniff die Augen zusammen, drehte das Bild ein wenig. »Hier, bei diesem ...« Er zeigte auf den Mann, der zwischen den beiden Frauen hinter dem Sofa hockte und die Arme auf der Lehne abgestützt hatte. Von dem Gesicht war nur wenig zu erkennen. Lange Haare fielen ihm in Strähnen über die Augen und verdeckten einen großen Teil des Gesichts. »Es ist sehr klein, und ich bin mir nicht wirklich sicher.« Er sah Christoph Todt an. Verena holte ihr Smartphone heraus, öffnete die Fotofunktion und hielt es über das Foto. Dann zoomte sie den Bildausschnitt näher heran.

»Darf ich?« Der junge Mann nahm ihr das Handy aus der Hand, wählte einen Ausschnitt, der nur den Arm des Mannes zeigte, und vergrößerte so lange, bis aus den dunklen Flecken auf dem Unterarm des Mannes Linien und ein erkennbares Motiv wurden. Ein Mann und eine Frau, eng umschlungen, halb sitzend, halb liegend, in

Kleidern, die Verena an die Zeichnungen des indischen Kamasutras erinnerten. »Hier auf dem Schwarzweißfoto kann man es nicht sehen, aber das Tattoo ist farbig. Grün und rot«, erklärte der junge Mann und gab Verena das Handy zurück.

»Werner Hedelsberg?«

»Ja.«

»Informieren Sie uns, sobald er auftaucht oder Sie etwas von ihm hören.« Christoph Todt legte seine Visitenkarte auf die Theke und wandte sich zum Ausgang. »Umgehend.«

*

»Drei«, sagte Christoph Todt und legte das Bild auf die Ablage des Wagens. Er steckte den Schlüssel ins Schloss, startete aber den Motor nicht.

»Wir wissen nicht, ob er Opfer oder Täter ist«, warf Verena ein, aber Todt schüttelte den Kopf.

»Wir haben bisher keine weitere Meldung. Keine Leiche.«

»Vielleicht hat er das Zeug ja verabreicht bekommen, ohne dass er wo auch immer runtergesprungen ist, und kuriert gerade seinen Rausch in irgendeiner Ecke aus.«

»Martin Schlendahl, Gisela Arend, Werner Hedelsberg.« Christoph Tod nahm das Bild in die Hand. »Wobei Hedelsberg ein ganz heißer Kandidat ist. Wir sollten eine Fahndung nach ihm rausgeben.«

Verena nickte.

»Fehlen die beiden Frauen.« Todt trommelte mit den Fingern auf dem Bild herum.

»Die Freundin? Rose Hoss? Der Arzt meinte, sie könnte es sein.«

»Vielleicht hat er recht. Haben wir ihre Adresse?«

»Bisher noch nicht.«

»Warum nicht?«

»Haben Sie sie angefordert?«

Christoph Todt wollte etwas entgegnen, schnaubte und schloss dann den Mund wieder. Verena griff zum Telefon, bat den Kollegen am anderen Ende der Leitung darum, die Fahndung nach Werner Hedelsberg auszulösen und so schnell wie möglich die Adresse von Rose Hoss zu ermitteln.

»Sie geben uns die Info, sobald sie vorliegt.«

»Was verbindet diese Menschen auf dem Bild?«, überlegte Christoph Todt.

Verena fasste das Foto an einer Ecke, zog es ihm unter den Fingern weg und betrachtete es.

»Ein Zahnarzt, eine Tierpräparatorin und ein tätowierter Kneipenbesitzer«, murmelte sie. »Der eine ein Patient des anderen. Trotzdem passt es nicht.« Sie sog die Oberlippe ein und ließ sie mit einem leisen Plopp wieder los, als das Handy klingelte. »Ja?« Sie nickte. »Danke.« Verena warf das Foto wieder auf die Ablage und nannte eine Adresse. »Fahren Sie los. Die Kollegen hatten die Anschrift von Rose Hoss bereits im Computer.«

»Ist sie tot?«

»Nein.« Verena schnallte sich an. »Aber ihre Enkeltochter ist seit gestern Nachmittag verschwunden.«

Kapitel 7

Mit Marlo ist sie nicht mehr so allein. Seit einer Weile ist er da. Hat ein Stückchen von ihr entfernt gesessen und darauf gewartet, dass sie aufhört zu weinen. Dann ist er ganz nah an sie herangerückt und hat sie in den Arm genommen. Marlos Arme sind warm und weich, und sie fühlt sie schwer auf ihrer Schulter ruhen. Sein Fell ist schwarz, und sie kann ihn kaum erkennen in der Dunkelheit, aber seine Stimme hört sie sehr gut, wenn sie ihm Fragen stellt und er ihr antwortet.

»Was möchtest du essen, Marlo?«

»Mein Lieblingsessen. Spaghetti mit roter Soße.«

»Meins auch.« Sie lächelt, schiebt seinen Arm zur Seite und steht auf. Schnell nimmt sie zwei Töpfe aus dem Schrank, füllt den einen mit Wasser und stellt ihn auf den Herd. In den anderen gibt sie die Tomatensoße. »Das kann ich sehr gut kochen«, sagt sie und freut sich, mit Marlo zusammen zu essen. Sie ist schon ganz hungrig. Ihr Magen knurrt laut. Sie reibt ein wenig Parmesankäse. »Was möchtest du trinken?«

»Limonade. Zitronenlimo.«

»Die gibt es aber nur als Ausnahme, weil heute ein besonderer Tag ist.«

»Ein sehr besonderer Tag, Mia.«

»O ja.« Sie lädt Marlo den Teller voll mit Nudeln und packt eine große Portion Soße obendrauf. »Bitte schön«, sagt sie und reicht ihm den Teller mit einer tiefen Verbeugung. Sie hört sein Schmatzen. »Schmeckt's?«

»Wunderbar, Mia.« Er schaufelt das Essen in sich hinein, sagt »hm« und »lecker«, während die roten Nudeln in seinem Mund verschwinden. Zum Schluss leckt er den Teller sauber.

»Was ist mit dir? Willst du nichts essen?«

»Nein.« Mia spürt, wie ihr Magen wieder knurrt und sich vor Hunger zusammenkrampft.

»Aber du musst etwas essen, Mia.« Marlos Stimme wird leiser, so als ob er immer weiter von ihr wegrückt. Aber noch spürt sie seine Wärme an ihrer Seite.

»Du hast alles gegessen.«

»Nein, das habe ich nicht!« Marlo strahlt und zieht hinter seinem Rücken einen neuen Teller mit Nudeln hervor. »Siehst du?« Er kichert. »Soll ich dich füttern?«

»Ja«, flüstert Mia, drückt die Augen fest zu und öffnet den Mund. Ihre Lippen reißen auf, und sie schafft es kaum. Die Zunge fühlt sich so trocken an. Wie ein Stück Löschpapier. »Und Zitronenlimo. Gib mir zuerst Zitronenlimonade.«

*

Durch die Glasscheiben der Treibhäuser fiel gelblicher Lichtschein auf den Hof. Verena hatte vorgehabt, bei diesem Besuch von vorneherein klarzustellen, dass sie das Gespräch führen und Rose Hoss mit dem Foto konfrontieren würde. Aber Christoph Todt ging bereits mit großen Schritten auf das Haus zu und würde geklingelt haben, bevor sie aufholen konnte. Er wirkte so zielgerichtet, dass sie daran zweifelte, ob er überhaupt einen Gedanken daran verschwendet hatte, sich mit ihr über das gemeinsame Vorgehen abzusprechen. Sie kam sich ein bisschen vor wie eine der Praktikantinnen, die ihnen in regelmäßigem Abstand zugeteilt wurden und die sie ebenso regelmäßig wie lästige Anhängsel behandelte. Sie nahm sich vor, bei der nächsten sich bietenden Gelegenheit deutlich netter zu ihnen zu sein.

Links und rechts neben der Eingangstür standen quadratische Waschbetonkübel, symmetrisch bestückt mit einem hohen Busch und einer Mischung aus Stauden und Sommerblumen, die vermutlich in diesem Jahr gerade modern waren. Orange und pink. Verena hatte das Schild rechts am Zaun neben der Hofeinfahrt hängen sehen. Gärtnerei Hoss.

»Gibt es etwas Neues?«, fragte die junge Frau, die ihnen geöffnet hatte, sofort, nachdem Christoph Todt ihr seinen Namen genannt und den Dienstausweis gezeigt hatte.

»Leider haben wir keine Nachrichten über Ihre Tochter.« Verena hob bedauernd die Schultern. »Die Kollegen melden sich aber umgehend bei Ihnen, wenn etwas Neues vorliegt. Wir möchten bitte mit Frau Rose Hoss sprechen.«

»Meine Mutter hat doch schon alles gesagt, was sie weiß. Was wollen Sie denn noch von ihr? Sie ist genauso fertig mit den Nerven wie ich.« Die junge Frau weinte, wandte sich einfach um und verschwand im Hausflur. Verena und Todt folgten ihr langsam. Ohne sich noch einmal umzudrehen, zeigte sie mit der Hand auf eine Tür, die nur angelehnt war, bevor sie die Treppe hinaufging.

Rose Hoss saß am Küchentisch, die Hände aufeinandergelegt, und sah nicht auf. Die Schultern hochgezogen, den Kopf gesenkt, wirkte die Frau klein und schutzlos dem Schrecken ausgeliefert, der über sie hineingebrochen war. Verena ging um den Tisch herum und beugte sich zu Rose Hoss herunter.

»Frau Hoss?« Sie wartete. Als die andere nicht reagierte, stellte sie sich und Christoph Todt vor und setzte sich, ohne auf eine Aufforderung zu warten, auf den Stuhl gegenüber. Todt blieb stehen und lehnte sich an die Küchenzeile.

»Frau Hoss.« Verena beugte sich vor und versuchte, ihrem Gegenüber in die Augen zu sehen. »Sie kennen Gisela Arend.« Rose Hoss nickte stumm, starrte aber weiter vor sich auf ihre Finger, die sich in langsamem Rhythmus bewegten. »Sie sind mit ihr bei ihrem Arzt gewesen, um sie zu unterstützen.«

Wieder ein stummes Nicken, aber diesmal suchte sie den Blickkontakt zu Verena.

»Können Sie uns etwas über Ihre Bekanntschaft zu Frau Arend erzählen?« Christoph Todt stieß sich von der Küchenzeile ab, schob sacht den Stuhl am Kopf des Tisches ein Stückchen nach hinten und setzte sich. Er legte beide Unterarme auf die Tischplatte und streckte seine Hände flach aus. Beinahe berührten seine Finger die von Rose Hoss.

»Was wollen Sie wissen?« Ihre Stimme klang heiser, brüchig vom langen Weinen.

»Wie lange kennen Sie und Frau Arend sich?«

»Ewig.«

»Wie lange ist ewig?«, fragte Christoph Todt.

»Warum wollen Sie das wissen?« Sie setzte sich gerader hin und verschränkte die Arme vor der Brust. Verquollene Augen. Der bittere Zug um ihren Mund verstärkte sich.

»Beantworten Sie bitte meine Frage, Frau Hoss.«

Rose Hoss blitzte ihn an. »Wenn Sie mir sagen, warum Sie hier sitzen und mir unsinnige Fragen stellen, anstatt meine Enkeltochter zu suchen!« Ihr Körper schien neue

Kraft aus der Wut zu schöpfen, die sie an Christoph Todt ausließ.

»Unsere Kollegen setzen alles daran, das Mädchen zu finden«, versuchte Verena, die Frau zu besänftigen. »Wir …«

»… sind mit einem anderen Fall beschäftigt, der aber ebenfalls mit Ihnen zu tun hat. Es ist also nicht ausgeschlossen, dass das eine mit dem anderen zusammenhängt«, unterbrach Christoph Todt sie. »Also seien Sie so freundlich und beantworten Sie meine Frage: Wie lange kennen Sie Frau Arend?«

»Seit den Siebzigern.«

»Wie haben Sie sich kennengelernt?«

»Während des Studiums.«

»Was haben Sie studiert?«

»Ich habe mein Studium abbrechen müssen.«

»Weswegen?«

»Weswegen bricht man ein Studium ab?« Sie lachte bitter auf.

»Warum beantworten Sie meine Frage mit einer Gegenfrage, Frau Hoss?« Christoph Todt rückte näher an sie heran. Verena hatte das Bild eines Raubvogels vor sich, der, seine Beute fest im Visier, auf den richtigen Moment lauert und dann zustößt, wenn sein Opfer die Schwachstelle offenbart.

Rose Hoss sank in sich zusammen und schlug die Hände vors Gesicht. Ihre Schultern zuckten, und als sie wieder aufsah, weinte und lachte sie gleichzeitig.

»Warum spielen Sie so ein Versteckspiel mit mir, Herr Kommissar? Was hat Gisela mit Mias Verschwinden zu tun? Glauben Sie, dass sie mein Mädchen entführt hat?«

»Frau Arend ist tot«, sagte Verena leise, und Rose Hoss erstarrte.

»Was?« Sie räusperte sich. »Sie war doch gar nicht

so …« Sie verstummte, biss sich auf die Lippe und rang erneut um Fassung. »Wir sind Freundinnen. Ihre Krankheit war doch nicht so weit … Ich hätte doch gemerkt, wenn sie …«

»Frau Arend ist durch einen Sprung vom Dach ihres Hauses umgekommen. Die Umstände sprechen nicht für Selbstmord.« Er nahm das Foto aus seiner Jacke und legte es auf den Tisch. »Erkennen Sie jemanden darauf?« Rose Hoss legte die Fingerspitzen auf das Bild und zog es langsam zu sich heran, ohne es aus den Augen zu lassen. Ihre Blicke sprangen von einer Person zur nächsten und wieder zurück. Verena sah, dass sie zitterte. Sie holte tief Luft, bevor sie antwortete.

»Das ist Gisela.« Sie zeigte auf eine der Frauen.

»Und von den anderen?«

»Kenne ich niemanden.«

»Sind Sie sicher?«

»Ja.«

»Wegen Ihrer Enkeltochter: Hat es Erpressungsversuche gegeben? Haben Sie eine Nachricht bekommen, auf welche Weise auch immer?«

»Nein. Nichts.« Sie fasste sich mit der Hand an die Kehle. »Aber das haben wir auch schon alles Ihren Kollegen gesagt.«

Christoph Todt zögerte und stand dann auf. »Können Sie uns sagen, wann dieses Foto aufgenommen wurde?«

»Ich war ja nicht dabei. Also kann ich Ihnen auch nichts dazu sagen.« Rose Hoss vermied den direkten Blickkontakt.

»Frau Hoss, denken Sie noch einmal nach. Vielleicht helfen Sie Ihrer Enkelin damit.«

Rose Hoss stand ebenfalls auf. Sie war eine kleine, aber kräftige Frau und reichte Christoph Todt gerade bis an die Schulter. Sie zitterte und rang nach Luft. »Ich würde alles dafür tun, Herr Kommissar. Das können Sie mir glauben. Alles.«

»Warum lügt sie? Der Onkologe hat sie anhand des Fotos erkannt, aber sie bestreitet es. Sie kennt auch die anderen. Darauf wette ich.« Christoph Todt steuerte auf den Wagen zu, riss die Beifahrertür auf und ließ sich auf den Sitz fallen. »Hier.« Er reichte Verena, die ebenfalls an diese Seite des Autos getreten war, den Wagenschlüssel. »Sie fahren.« Er schnallte sich an. Verena ging um das Fahrzeug herum, setzte sich hinters Steuer und fuhr los. Eine bissige Bemerkung über seinen plötzlich erwachten Sinn für Gleichberechtigung verkniff sie sich.

»Warum haben Sie sie nicht direkt darauf angesprochen?«

Todt senkte den Kopf, seufzte und sah sie dann an. »Die Tatsache, dass sie lügt, obwohl sie ahnt, dass wir es wissen, sagt eine Menge über sie aus. Wir müssen sehen, wie weit sie damit geht.«

»Und warum sie das tut.«

»Richtig.«

»Sie hat doch ein Interesse daran, dass wir das Mädchen finden.«

»Eben.«

»Vielleicht hat sie Angst?«

»Wovor?«

»Ich weiß es nicht. Aber wenn das stimmt, ist ihre Angst größer als ihre Sorge um das Kind.«

»Oder der Entführer erpresst sie und will, dass sie die Polizei aus dem Spiel lässt.«

»Sie hat doch die Kollegen bereits informiert.«

»Und die suchen mit Hochdruck.«

»Wir müssen beide Fälle in unsere Zuständigkeit bringen, damit wir alle Informationen zusammenhaben.«

»Das ist eine sehr gute Idee, Frau Irlenbusch. Kümmern Sie sich doch bitte darum.« Todt öffnete die Tür, als Verena auf eine rote Ampel zurollte, und stieg aus. »Hier fährt eine Straßenbahn ab, die ich nehmen kann. Sie können den Wagen ja ins Präsidium zurückbringen. Wir sehen uns dann morgen früh. Berichten Sie mir, was die Kollegen meinen. Ansonsten einen schönen Feierabend, Frau Irlenbusch.« Er legte zwei Finger an die Schläfe und grüßte kurz. Dann drehte er sich um, ging mit langen Schritten über den Bürgersteig und verschwand in der Bahnstation.

*

»Einen schönen Feierabend?« Verena starrte ihm fassungslos hinterher. »Was zum Teufel glaubst du denn, was …« Sie verstummte. Es hatte keinen Zweck, sich aufzuregen. Zum einen hörte er es nicht mehr, und zum anderen würde sie ihn vermutlich sowieso nicht ändern. Warum also Energie verschwenden, die sie weiß Gott an anderen Stellen besser brauchen konnte. Für den Fall. Für sich. Für Ruth. Sie nahm ihr Handy aus der Tasche, um bei der Nachbarin anzurufen. Eine SMS blinkte auf. Die Nummer kannte sie nicht. Trotzdem öffnete sie die Nachricht und lächelte. Harald Enzinger war wirklich sehr nett. Der Text enthielt Namen, Adressen und Telefonnummern von Einrichtungen in der Stadt, bei denen sie und Ruth Hilfe bekommen konnten. Sogar an die Adressen der Homepages hatte er gedacht. Verena drückte auf Enzingers Nummer.

»Danke«, sagte sie leise ins Telefon, ohne sich vorzustellen.

»Frau Irlenbusch?«

»Ja.« Sie hörte, wie Enzinger sich am anderen Ende der Leitung räusperte.

»Haben Sie meine Nachricht erhalten?«

»Deswegen ... melde ich mich. Um mich ... bei Ihnen zu bedanken.« Sie stammelte ein wenig und merkte, wie sehr sie sich freute, seine Stimme zu hören.

»Das haben Sie ja jetzt getan.« Er lachte. »Das war im Übrigen kein Aufwand für mich. Ich habe die Adressen als Datei vorliegen. Nur ein kleiner Handgriff. Keine Ursache also.«

»Trotzdem.«

»Haben Sie sich denn schon überlegt, wie Sie weiter vorgehen?«

»Nein. Ich hatte bisher keine Zeit, ich stecke mitten in den Ermittlungen und ...«

»Was halten Sie davon, wenn ich Sie besuche und Ihnen mit Rat und Tat zur Seite stehe?«

»Das ist sehr freundlich, aber ich ... Sie können nicht ...« Verena biss sich auf die Lippe, aber bevor sie weitersprechen konnte, kam Enzingers nächster Vorschlag.

»Wissen Sie was, Frau Irlenbusch? Ich könnte Sie und Ihre Großmutter heute Abend besuchen und einmal schauen, was ich bei einem Gespräch schon diagnostizieren kann.« Verena drückte sich tiefer in den Sitz. Sie fühlte sich bedrängt. »Wenn Sie nichts anderes vorhaben natürlich nur und ich Ihnen nicht lästig falle. Ich möchte mich auf keinen Fall aufdrängen.«

Verena überlegte kurz. Wenn Enzinger zu ihnen kam und sich mit Ruth unterhielt, konnte ihr vielleicht der für sie beunruhigende Gang zu einem Arzt erspart bleiben. So würde ihre Großmutter Enzinger als Verenas Gast ansehen und sich vielleicht entspannter geben. Welche Konsequenz das für ein eventuelles Testergebnis haben würde, konnte Verena sich nicht vorstellen. Möglicherweise wären ihre Antworten unter Stress schlechter, unter Umständen würde die lockere Atmosphäre zu mehr Nachlässigkeit führen. »Aber wie sollen wir das mit Ihrem Honorar machen, Herr Enzinger? Ich möchte auf gar keinen Fall, dass Sie …«

»Das regeln wir schon, Frau Irlenbusch, das regeln wir schon«, unterbrach er sie erneut, und Verena konnte das Grinsen in seinem Gesicht förmlich hören, als er fortfuhr: »Fürs Erste reichen mir ein Glas Wein und ein gemütlicher Plausch mit Ihnen.«

»In Ordnung«, sagte sie, bevor sie Angst vor ihrer eigenen Courage bekommen und es sich anders überlegen würde. Sie nannte die Adresse und schlug eine Uhrzeit vor.

»Gut. Ich werde da sein.«

Täuschte sie sich, oder hatte in seiner Stimme mehr als nur ein fachliches Interesse angeklungen? Sie grinste und startete den Motor.

»Die sehen aber wunderbar aus!« Enzinger angelte sich ein gefülltes Weinblatt von der Platte, die Verena in die Mitte des Tisches gestellt hatte, noch bevor er Platz genommen hatte. »Mir fällt jetzt erst auf, wie hungrig ich bin.« Eine Scheibe Ciabatta folgte dem Weinblattröllchen. Als Verena auf dem Weg nach Hause klargeworden war, dass der Kühlschrank außer einigen Grundnahrungsmitteln nichts beinhaltete, was sie ihrem Gast anbieten könnte, und die Zeit zu knapp war, um noch etwas zu kochen, hatte sie im nächsten Supermarkt haltgemacht. Das Ergebnis des Schnelleinkaufs stand nun auf dem Tisch und schien bei allen Beteiligten gut anzukommen. Ruth saß an der Längsseite des Tisches und schaute immer wieder von Enzinger zu den appetitlich angerichteten Häppchen und zurück. Es machte den Eindruck, als könnte sie sich nicht entscheiden, was sie mehr faszinierte. Zwischendurch zwinkerte sie Verena mit diesem Ausdruck in den Augen zu, den sie noch aus der Zeit kannte, als sie mit sechzehn ihren ersten Freund mit nach Hause gebracht hatte. Dem ersten waren andere gefolgt. Ruths verschwörerisches Zwinkern war nach Andreas, Stefan, Thomas und Sven, die kamen und nach ein paar Wochen wieder gingen, in ein freundliches Interesse umgeschlagen. »Ich finde die sehr nett, und wenn du sie dann in die Wüste schickst, tun sie mir immer so leid«, hatte Ruth ihr einmal gestanden, als Verena sie fragte, warum sie bei einem Streit, der das Ende zwischen ihr und einem Martin bedeutet hatte, seine Position vertreten und nicht sie verteidigt hatte.

»Dann nimm du ihn doch«, hatte sie in für Teenager typischer Schnoddrigkeit vorgeschlagen und Ruth damit zum Schweigen gebracht. Jetzt schien es, als wollte Ruth ihrem Vorschlag von damals folgen. Enzinger gefiel Ruth. Das war unübersehbar. Verena schmunzelte. Ihre Großmutter flirtete ungeachtet des Altersunterschiedes heftig mit dem Besucher. Sie strich sich die Haare nach hinten, lachte laut und neigte den Kopf in seine Richtung. Aber warum auch nicht. So richtig passte er vom Alter her zu keiner von ihnen. Die eine deutlich jünger, die andere deutlich älter. Ruth zumindest schien das überhaupt nicht zu stören. Enzinger griff erneut zu und lud sich den Teller voll.

»Schön haben Sie es hier«, stellte er fest, umfasste mit einer Geste den Raum und wandte sich dann an Ruth: »Leben Sie schon lange hier?«

Ruth nickte. »Seit 1979.«

»Das sind jetzt«, er legte die Gabel hin und kratzte sich am Kopf, »lassen Sie mich überlegen ...« Er lachte. »Sagen Sie mir rasch, welches Jahr wir haben?«

Ruth runzelte die Stirn und sah zu Verena hinüber. »2011?« Verena merkte die Unsicherheit in Ruths Stimme und biss sich auf die Lippe.

»Wir haben 2014, Ruth«, murmelte sie leise, nicht sicher, ob ihre Großmutter sie gehört hatte.

»Ah. Dann sind es mehr als dreißig Jahre.« Enzinger nahm einen weiteren Bissen und kaute hastig, bevor er sich wieder an Ruth wandte.

»Wie alt sind Sie, wenn ich fragen darf?«

»Zweiundachtzig. Vor kurzem geworden.«

»Ein Frühlingsmädchen. Wie schön. Ich habe am zwanzigsten September Geburtstag. Auch im Frühling.« Er ließ die Aussage im Raum stehen.

Ruth nickte und lächelte. »Der Frühling ist wunderbar!«

Enzinger legte die Hände neben seinen Teller und strich seine Serviette glatt.

»Frau Altenrath, wie Sie vielleicht wissen, bin ich Arzt. Ich würde Ihnen gerne ein paar Fragen stellen. Darf ich das?«

Ruth blickte von Enzinger zu Verena. Das flirrende Lächeln erlosch, und sie rutschte auf ihrem Stuhl ein Stückchen zurück. Im Sekundenbruchteil verschwand das Lebendige aus ihrem Wesen, und Verena fragte sich nicht zum ersten Mal, ob die extremen Unterschiede in ihrer Verfassung nicht auch stimmungsabhängig sein konnten.

»Hat Verena Sie hergebeten?«, fragte Ruth leise.

»Sie hat mir von Ihren Schwierigkeiten erzählt, und ich habe ihr angeboten, hierherzukommen.«

Ruth sank in sich zusammen, schwieg und senkte den

Kopf. Verena legte ihr eine Hand auf den Arm und streichelte ihn.

»Er möchte dir helfen, Ruth.« Sie beugte sich so weit hinunter, dass sie Ruth in die Augen sehen konnte. »Er möchte uns helfen.«

Ruth nickte. »Ich bin einverstanden.«

»Gut. Es wird auch nicht lange dauern.« Er räusperte sich. »Welche Jahreszeit haben wir?«

Ruth strich über den kurzen Ärmel ihrer Bluse. »Sommer«, antwortete sie dann, ohne zu zögern.

»Welches Datum?«

Ein Zögern, ein schneller Blick nach rechts, wo neben der Tür der Kalender hing, den Verena jeden Tag abriss, dann nannte sie den richtigen Tag.

»Nicht schummeln, Frau Altenrath«, sagte Enzinger freundlich und fuhr fort. Er fragte nach dem Bundesland, dem Land und nach dem Namen der Stadt, in der sie sich befanden, und Ruth antwortete zögernd und mit wachsender Unsicherheit. Enzinger nannte ihr drei Worte und forderte sie auf, sich die Begriffe zu merken, bevor er sie bat, von hundert in Siebenerschritten rückwärtszuzählen.

Verena saß auf ihrem Stuhl und lauschte dem Dialog der beiden. Sie hatte das Gefühl, hinter einer Glaswand zu sitzen, abgetrennt und fern dem Geschehen, das sich da vor ihren Augen abspielte. Ruth war krank. Das wurde mit jedem Wort, mit jeder Frage und jeder falschen Antwort deutlicher. Ruth schaffte es nur mit großer Mühe, den einfachen Satz »Kein Wenn und Aber« nachzusprechen. Verena spürte, wie sie zitterte. Sie hatte Angst. Angst vor der Wahrheit, der sie sich jetzt stellen musste, und vor den Konsequenzen dieser Wahrheit, die einen großen Einfluss auf ihr Leben nehmen würden.

»Wenn Sie mir jetzt noch eine Uhr in diesen Kreis malen könnten«, bat Enzinger, nahm sein unbenutztes Weinglas, stülpte es um und zeichnete den Umriss nach. »Und in das Zifferblatt die Uhrzeit. Sagen wir auf zehn nach elf.« Er reichte Ruth das Blatt und den Stift. »Danke«, sagte er freundlich, als sie es ihm nach einigen Minuten zurückgab, betrachtete es und nickte. Verena starrte auf die Zeichnung. Ruth hatte die Zwölf und die Sechs an den richtigen Stellen platziert, aber alle Zahlen dazwischen in das obere linke Viertel gequetscht. Auf der anderen Seite, wo es mit der Eins weitergehen sollte, wiederholten sich die gleichen Zahlen.

»Na, das ist mal keine Glanzleistung, Frau Altenrath. Komplett falsch. Alles.« Enzingers Stimme klang hart.

»Was?« Ruth schreckte hoch. Ihr Gesicht wirkte wie erloschen.

»Was Herr Enzinger meint, ist ...« Verena suchte nach Worten und starrte Enzinger fassungslos an. Wieso war er auf einmal so barsch zu Ruth? Gehörte das zu dem Test? »... ist ...«, stammelte sie auf der Suche nach einer plausiblen Begründung. Enzinger starrte zurück. Dann räusperte er sich und öffnete seinen Hemdkragen.

»Also ...«, begann er, und seiner Miene war anzusehen, dass er begriff, wie sehr er Verena und Ruth mit seiner Bemerkung verstört hatte. Er fasste sich mit gespreizten Fingerspitzen an die Stirn und führte sie mit einer gleitenden Bewegung zusammen, als wolle er seine Gedanken bündeln, bevor er aufstand. »Vielleicht sollte ich besser gehen.«

»Ich kann es nicht anders«, meldete sich Ruth leise zu Wort. Verena und Enzinger wandten sich ihr zu. »Es ist falsch, oder?« In Verena krampfte sich etwas zusammen, als sie Ruths Gesichtsausdruck sah. Angst, Hilflosigkeit und ein Nicht-Verstehen, was da mit ihr geschah.

»Ja, Frau Altenrath. Es ist falsch. Tut mir leid.« Er griff nach Ruths Hand, hielt sie fest und drückte sie. »Es zeigt sehr deutlich, was mit Ihnen los ist.«

»Bin ich krank?«, flüsterte Ruth.

»Ja. Das bist du.« Verena stand ebenfalls auf, ging zu ihrer Großmutter und nahm sie in den Arm. Ruth legte den Kopf an Verenas Schulter, schloss die Augen, und Verena spürte, wie sie sich entspannte. Plötzlich ging ein Ruck durch ihren Körper, sie richtete sich auf und strahlte Enzinger an: »Wenn ich krank bin, können Sie mich doch operieren, Herr Doktor. Dann werde ich bestimmt wieder gesund.«

»Hören Sie, Frau Irlenbusch, es tut mir wirklich leid, wie ich mich eben aufgeführt habe. Ich wollte nicht so barsch sein«, entschuldigte Enzinger sich mit heiserer Stimme. Er lehnte sich zurück und griff nach dem Weinglas, das vor ihm auf dem Tisch stand, und trommelte auf den Stiel. Er hatte es noch nicht angerührt, seit Ruth vor dem Fernseher saß, eine Sendung über Wale auf dem Dritten Programm ansah, und sie beide allein am Esstisch sitzen geblieben waren. »Es ist in letzter Zeit alles ein bisschen viel.« Er seufzte und sah sie an. Dann schüttelte er den Kopf. »Ich sollte Sie wirklich nicht weiter belästigen.« Er machte Anstalten aufzustehen, aber Verena hielt ihn zurück.

»Ich muss mich entschuldigen. Ich bin diejenige, die Sie belästigt. Es ist sehr nett von Ihnen, sich meiner und Ruths anzunehmen und in Ihrer Freizeit Krankenbesuche zu machen.« Enzinger schwieg und betrachtete Verena. Sie spürte seinen Blick auf sich ruhen, und obwohl es ihr sonst nicht gefiel, so gemustert zu werden, stellte sie fest, dass es ihr nichts ausmachte. Im Gegenteil. Sie fühlte sich wohl. Er zeigte seine Müdigkeit offen, ohne ihr etwas vorzumachen. Wie Menschen in einer alten Freundschaft, die nichts voreinander zu verbergen hatten, die sich nicht beeindrucken mussten und die doch um die Wertschätzung des anderen wussten. Vertraute.

»Was halten Sie davon, wenn wir uns darauf einigen, dass keiner von uns den anderen belästigt oder ihm Dank schuldig ist? Wir sind uns einfach zufällig über den Weg gelaufen, sind uns sympathisch und tun Dinge, die Freunde nun mal füreinander tun?« Er machte eine Pause. »Auch wenn der eine Freund eben sehr unhöflich war, weil er manchmal ein Trampel ist.«

»Freunde?« Verena schmunzelte. Normalerweise neigte sie nicht dazu, schnell Freundschaften zu schließen, aber sie musste zugeben, dass Enzinger jemand war, bei dem ihre Grundsätze ins Wanken gerieten.

»Oder wie auch immer Sie es nennen wollen«, murmelte er und trank schließlich doch einen Schluck, wobei er ihren Blick nicht losließ. Verena spürte, wie sie rot wurde. Er sah wirklich gut aus. Unwillkürlich verglich sie ihn mit Christoph Todt, der, obwohl deutlich jünger als Enzinger, dunklere Ringe unter den Augen und tiefere Falten um die Mundwinkel hatte. Jugend hat nichts mit dem Alter zu tun, sondern mit dem Leben. Noch eine von Ruths Weisheiten, die sie verinnerlicht, aber nie wirklich überdacht und auf sich bezogen hatte. Weil sie sich noch nie die Frage nach dem Alter gestellt hatte? Es waren immer Ruths Bekannte, die ihre eigenen Jahre leugneten, obwohl sie alt waren. Aber war es richtig von ihr, das so negativ auszudrücken? Fair? Sicher nicht. Eine der Freundinnen ihrer Großmutter war nach Neuseeland gegangen, um dort für ein halbes Jahr als Au-pair-Oma zu arbeiten. Sie hatte in einem Krankenkassenmagazin davon gelesen und die von ihren Kindern und erwachsenen Enkeln als völlig verrückt bezeichnete Aktion durchgezogen. Als sie zurückkam, hatte sie sich verändert. War aufgeschlossener, neugieriger, flexibler geworden. Mit Mitte siebzig ein Wandel, mit dem sie selbst, wie sie bei einem Besuch erzählte, am wenigsten gerechnet hatte. Ruth hatte sie bewundert und ein Stück weit beneidet. Mit Wehmut, weil sie es selbst nicht mehr schaffen würde. Hatte sie damals ihre Krankheit schon geahnt? Verena wandte den Kopf und lauschte in die Richtung, in der der Fernseher weiterhin murmelnde Geräusche von sich gab. War ihre Großmutter eingeschlafen?

»Erzählen Sie mir ein wenig von Ihrer Arbeit, Frau Irlenbusch«, unterbrach Enzinger ihre Gedanken.

»Was? Oh. Ja.« Sie trank noch einen Schluck. »Da gibt es nicht viel zu erzählen. Die Arbeit bei einer Mordkommission ist weniger aufregend, als es sich der Laie mitunter vorstellt.«

»Das glaube ich Ihnen nicht.«

»Doch. Papierkram, Formulare, Dienstbesprechungen und so ein Pipapo.«

»Wenn es nur das wäre, hätten Sie auch zum Finanzamt gehen können. Sind Sie aber nicht.«

»Nein. Bin ich nicht.«

»Warum nicht?«

»Weil ich nicht rechnen kann?« Sie lachte. »Nein, im Ernst. Ich hatte mir die Arbeit anders vorgestellt, als sie es tatsächlich ist.«

»Wie?«

»Aufregender. Abenteuerlicher.« Verena strich mit den Händen über die Tischplatte und schüttelte den Kopf. »Nein. Das stimmt auch nicht. Es ist aufregend und oft auch abenteuerlich, aber eben ganz anderes, als ich es erwartet hatte. Es geht tiefer.«

»Inwiefern?«

»Ein Fall ist nicht nur eine Akte, die auf meinem Tisch liegt und die ich irgendwann abschließen kann. Ein Mordfall ist auch immer die Geschichte zweier Menschen. Die des Opfers und die des Täters. Es reicht nicht, nach dem Wie und dem Wer zu fragen. Das führt letztlich in eine Sackgasse. Das Warum ist entscheidend. Warum verhält sich ein Täter so und nicht anders? Welche Bedeutung hat sein Verhalten? Ich muss ihn verstehen, um ihn zu finden.«

»Sie müssen ihn verstehen?«

»Nicht im Sinne von Verständnis für seine Tat, sondern im Sinne des Nachvollziehbaren.« Verena griff nach der Weinflasche und schenkte Enzinger und sich nach. »Wissen Sie, es gibt Kollegen mit deutlich mehr Dienstjahren und Erfahrungen, aber trotzdem habe ich einiges gesehen. Die Grenze, die uns zum Mörder werden lässt, ist oft erschreckend schmal. Für einige zu schmal.«

»Uns?«

»Uns Menschen. Im Gegensatz zu den Tieren. Die morden nicht, die töten.«

»Was ist der Unterschied?«

»Ein Tier tötet, um sich zu ernähren oder um sich zu verteidigen.«

»Sie meinen also, jeder kann zum Mörder werden?«

»Wenn die Not und die Bedrängnis zu groß werden? Ja.«

»Aber dann ist es kein Mord.«

»Mir geht es nicht um die rechtliche Auslegung. Da gibt es zum Glück viele Facetten. Unser Gesetz unterscheidet zwischen Mord und Totschlag, zwischen Habgier und einer geplanten Notwehr. Meine Aufgabe ist es, herauszufinden, was den einen Menschen dazu antreibt, den anderen zu töten. Auch um es dem Gericht nachher zu ermöglichen, ein gerechtes Urteil zu fällen.«

»Und haben Sie in Ihrem aktuellen Fall schon die Antwort auf die Frage nach der Bedeutung des Verhaltens gefunden?«

»Nein.« Verena stellte ihr Glas ab, das sie während des Gesprächs in der Hand gehalten und sachte geschwenkt hatte. »Sonst wüsste ich ja, wer der Mörder ist.«

Enzinger lachte und schaute auf seine Uhr. »Es fasziniert mich, wie Sie über Ihren Beruf denken, Frau Irlenbusch. An Ihnen ist eine Psychologin verlorengegangen.« Er trank den letzten Schluck seines Weines und stand auf. Verena erhob sich ebenfalls und spürte den Alkohol in diesem Moment mehr in ihren Knien, als ihr lieb war.

Sie folgte Enzinger ins Wohnzimmer. Ruth war vor dem Fernseher eingeschlafen und lag auf der Seite. Das Licht des Bildschirms tanzte in bläulichen Schatten über ihr Gesicht. Verena biss sich auf die Lippe. Nicht ein Mal während ihres Gesprächs mit Enzinger hatte sie nach ihrer Großmutter geschaut und sich vergewissert, dass es ihr gutging.

»Lassen Sie sie schlafen.« Enzinger legte Verena eine Hand auf den Arm und zog sie vom Sofa weg. »Wenn Sie sie wecken, wird sie verwirrt sein und nicht mehr zur Ruhe kommen.« Er lächelte. »Sie brauchen kein schlechtes Gewissen zu haben, weil Sie denken, Sie hätten sie heute Abend vernachlässigt.«

Verena schaute ihn über die Schulter hinweg an, bevor sie sich zu ihm wandte. »Können Sie Gedanken lesen?«

»Nein.« Er grinste. »Aber was sagten Sie eben so schön von der Jugend, dem Alter und dem Leben? Nun. Für Menschenkenntnis gilt das Gleiche. Und da ich von beidem reichlich habe, vom Alter und vom Leben, überkommt mich schon ab und an die eine oder andere Weisheit.« Verena stand dicht vor ihm im Flur. Für einen Moment verharrten sie schweigend. Sie roch sein Rasierwasser.

»Ich …«, begann Enzinger.

»Sie …«, sagte Verena gleichzeitig. Beide lachten. Enzinger trat einen Schritt zurück, räusperte sich und griff nach seinem Jackett an der Garderobe.

»Schlafen Sie gut, Frau Kommissarin.« Er öffnete die Haustür, ging hinaus und hob grüßend die Hand. »Und halten Sie mich auf dem Laufenden.«

Kapitel 8

Nur wenige Autos standen auf dem Parkplatz des Forstbotanischen Gartens. Jogger und Hundebesitzer, die vor der Arbeit noch einige Runden drehen wollten oder mussten, waren unterwegs. Der Park lag im Dunkeln. Einzelne Laternen an den Rändern der Wege leuchteten, und ihr gelbliches Licht legte sich über die künstlich angelegte Hügellandschaft. Christoph Todt lenkte seinen Wagen bis ans Ende des Parkplatzes und von dort aus auf einen der breiten Kieswege. Das Knirschen der Räder drang in die Stille des Wageninnenraums. Sein Beifahrer schlief, den Kopf an die Scheibe gelehnt, und schnarchte leise. Christoph grinste. Marius war sein persönlicher Leibeigener, wie er ihn ohne ein schlechtes Gewissen nannte, und hatte, als Christoph ihn vor einer Stunde aus dem Bett geholt hatte, nicht einmal mit der Wimper gezuckt. So war das eben. Wer Ballonpilot werden wollte, musste sich hochdienen. Von der Pike auf. Einfach in einen Verein einzutreten und sofort mit der Ausbildung anzufangen widersprach der Tradition. In den ein bis zwei Jahren der Mithilfe als Fahrer und Verfolger lernte man bereits eine Menge, bevor man dann Mitglied werden durfte. Vor allem die jungen Leute, oft Studenten oder flugverrückte Schüler, die nicht so viel Geld für die Ausbildung aufbringen konnten, verdingten sich bei ihren Ausbildern als Helfer, stundeten die Kosten und arbeiteten sie nach der erfolgreich bestandenen Prüfung durch Gästefahrten für den Verein wieder ab. Die Rollen waren klar und mussten auch nicht diskutiert werden.

»Wir sind da.« Christoph rüttelte Marius am Oberarm. Der junge Mann schreckte hoch.

»Was?« Er gähnte und rieb sich die Augen. Er stellte die silberne Thermoskanne wieder gerade, die Christoph in den Fußraum des Beifahrersitzes geworfen hatte und die während der Fahrt zwischen seinen Füßen hin und her gerollt war.

»Hier ist unser Startplatz.« Christoph Todt bog nach links in einen schmaleren Kiesweg ab und fuhr dann ein Stück quer über die Wiese, bis er den Wagen in einer Senke schließlich zum Stehen brachte und den Motor ausschaltete. Marius reckte sich und stemmte die Arme gegen das Wagendach.

»Dann mal los.« Er nickte, stieg aus und ging zum Anhänger. Wortlos öffnete er die Klappe, und die beiden hoben Korb, Brennergestänge und Ballonhülle auf die Wiese.

Christoph Todt arbeitete schnell und konzentriert. Zufrieden beobachtete er Marius. Jeder Handgriff saß. Er lernte schnell. Sie legten den Korb auf die Seite, breiteten den Ballonstoff aus und begannen nach der Kontrolle der Sicherungsleine, kalte Luft in die Hülle zu blasen, bis diese bis zur Hälfte gefüllt war und wie ein träger Wal auf der Wiese lag. Christoph kontrollierte das Parachute am oberen Ende des Ballons, bevor er zum Korb zurückkehrte und den Brenner anschaltete. Er sah auf seine Armbanduhr. Sechs Uhr fünfzig. In vier Minuten ging die Sonne auf. Wenn er sich von Marius direkt zum Präsidium fahren lassen würde, hatte er gute Chancen, pünktlich zum Dienstbeginn da zu sein. Aber daran wollte er jetzt nicht denken. Jetzt war jetzt. Der Augenblick zählte. Nichts anderes. Sonst würde es ihn wieder erwischen, und er würde wieder …

»Alles klar?«, unterbrach Marius seine Gedanken. Diesmal war Christoph es, der hochschreckte. Er räusperte sich. Hier. Jetzt. Nichts anderes. Annikas Gesicht schob sich für einen Moment vor sein Blickfeld. Blaugraue Haut, die Lider halb geöffnet, als würde sie gleich erwachen. Er schloss die Augen. Atmete. Nicht jetzt. Nicht hier. »Christoph?« Er spürte Marius' Hand an seinem Arm. »Alles klar?«, fragte er erneut. Christoph nickte.

»Alles klar. Alles gut.« Er kletterte in den Korb, stützte sich mit beiden Händen auf dem Rand ab. »Kann losgehen.« Der Ballon löste sich vom Boden und stieg nach oben, sobald Christoph die Sicherungsleine entfernt und sie Marius zugeworfen hatte. Er winkte kurz nach unten und wandte sich dann dem Brenner zu, um möglichst schnell seine gewünschte Fahrthöhe und die Winde zu finden. Marius würde ihm mit dem Wagen folgen und ihn am Ende wieder aufsammeln von irgendeinem Feld, einer Wiese oder einem freien Stück Land, das sich als Landeplatz eignete. Christoph genoss die Stille. Unter ihm breitete sich die Stadt aus, kroch vorwärts in das Grün und Braun der Felder.

Zweimal war sie mit ihm gekommen, hierhin. Nach oben. Hatte ihm zuliebe ihre Angst überwunden, ohne ihm zu erzählen, dass diese Angst überhaupt existierte. Sie hatte ihn beeindrucken wollen, gestand sie später ein. Tat es ihm zuliebe, obwohl ihre Knie zitterten. Er hatte es nicht gemerkt, hatte es nicht sehen wollen, weil er ein Bild von ihr hatte, das er haben wollte. Ein Bild, das ihm gefiel, obwohl er es nie überprüft hatte. Er hatte nicht zugehört. Nicht hingesehen. Nicht nachgefragt. Sonst hätte er es merken können. Merken müssen. Ihr Unbehagen. Ihre Furcht. Was geschehen war, war seine Schuld. Dabei hatte er stets gedacht, er täte all das nur, um ihr und der Kleinen ein gutes Leben zu bieten. Seinen Job, die Karriere, die höhere Dienststufe. Wochenenddienste, Überstunden. Der Fall, der nächste und noch ein weiterer Toter. Es war eine Lüge gewesen, die er sich jetzt erst eingestand. Er tat es um seinetwillen. Sein Ehrgeiz. Seine Neugier. Sein Vorwärtskommenwollen trieb ihn an. Sie ließen ihn nicht los. Hielten ihn fern von seiner Familie. Die Mörder. Die Gemordeten. Was war er selbst? Ein Täter? Ein Opfer? Und einen großen Teil der wenigen freien Minuten verbrachte er auch noch hier oben. Weit weg von allem. Sie hatte es nicht verstanden. Weil ihre Angst es ihr nicht erlaubt hatte zu verstehen. Sie verstand nicht, dass er das alles hier oben brauchte, um von dem Grauen wegzukommen, das seine Tage bestimmte. Sie verstand nicht, dass er nur dann ganz bei ihr sein konnte, wenn er diesen Teil seines Lebens, den Kommissar, hier oben abladen und von sich fernhalten konnte.

Christoph umklammerte den Rand des Korbes. Er starrte nach unten auf die Dächer der Häuser. Auf die Gärten. Auf den Rhein, der die Stadt teilte. Der Wind trieb ihn über den Fluss hinweg Richtung Bergisches Land. Es war kühl. Die klare Luft vertrieb die Müdigkeit aus seinem Körper, und er fühlte sich erfrischt. Auch wenn er wusste, dass dieser Zustand nicht lange anhalten würde, weil die Müdigkeit sich in seinen Zellen eingenistet hatte.

Die Bilder kamen nachts. Immer noch. Nach all den Monaten nicht mehr so oft, aber es reichte, um ihn aus dem Schlaf zu reißen. Schweißnass. Kalt. Zitternd. Er hatte sie gefunden. Ihren Blick gesehen, der keiner mehr war. Nach einem endlosen Dienst, in dem sie den Täter hatten überführen und festnehmen können. Nach einer Ballonfahrt, die eine Zäsur zwischen der Arbeit und dem Leben hatte sein sollen und zu einer zwischen Leben und Tod geworden war.

Christoph Todt schluckte. Warum jetzt? Weshalb kamen die Bilder wieder? Es hatte gedauert, er hatte gekämpft. Mit sich und mit anderen. Um seine Schuld, die in den Augen der anderen keine war. Und er hatte geglaubt, es sei vorbei. Nicht vergessen. Nein. Nur auf die Seite geschoben und nicht mehr im Fokus seiner Gedanken und seiner Nächte. Er war fast so weit. Bald, hatte er gedacht, bald konnte sie wieder zu ihm kommen. Die Kleine. Mit ihm leben. So wie es sein sollte. Wie sie es sich einmal ausgemalt hatten. Vor dem, was passiert war.

Vielleicht war es der Fall, der alles aufrührte? Sein erster richtiger Einsatz seit dem, was geschehen war, und sie stocherten noch immer mehr oder minder im Dunkeln. Oder war es die Kollegin? Verena Irlenbusch erinnerte ihn an Annika, obwohl sie ganz anders aussah. Aber vielleicht war es auch einfach so, dass ihn jede Frau an Annika erinnerte, weil er sich erinnern wollte. Christoph Todt kontrollierte den Höhenmesser. Er brauchte Dinge, die ihn davon abhielten, immer und immer wieder an sie zu denken. Alles in Ordnung. Bald würde er nach einem geeigneten Landeplatz Ausschau halten müssen. Er beugte sich über den Rand des Korbes. Unter ihm nur Felder und vereinzelte Waldstücke. Keine Industrie, keine Autobahnen. Das war gut. Marius würde ihn leicht erreichen können. Der Junge machte nun schon lange genug den Verfolger für ihn, und manchmal auch für den einen oder anderen Piloten, um die Schleichwege, auf denen man sich seinem Ziel nähern konnte, zu kennen. Einer der Vorteile, die er seinen Kollegen bei der Polizei voraushatte. Er hatte in seiner Zeit als Verfolger jeden Winkel der Gegend irgendwann einmal gesehen und wusste, wie man am schnellsten dorthin gelangte.

Von hier oben sah das Land aus wie ein altes holländisches Gemälde. Satte Farben, Tiefen, Reliefs. Straßen und Felder. Er erkannte seinen Wagen, der in schneller Fahrt auf einer der Straßen in seine Richtung fuhr. Christoph Todt ließ den Ballon ein wenig tiefer sinken, näher an den Wagen heran, um Sichtkontakt zu Marius zu bekommen. Er winkte ihm und sah, wie Marius sich an die Seitenscheibe presste und nach oben schaute. Als er ihn erkannte, hob er die Hand zum Zeichen, dass er ihn gesehen und keine Probleme mit der Verfolgung des Ballons hatte. Wenn ich noch zwanzig Meter tiefer ginge, könnte ich sogar das Lächeln auf seinem Gesicht sehen, dachte Christoph Todt und erstarrte mitten in der Bewegung.

»Was bin ich für ein Idiot«, murmelte er und schlug sich an die Stirn. »Natürlich. Warum bin ich da nicht früher draufgekommen?« Er holte sein Handy aus der Jackentasche. »Ich komme runter«, sagte er, als Marius sich meldete.

»Ist etwas nicht in Ordnung? Du bist doch erst seit einer halben Stunde oben.«

»Doch, doch. Alles okay. Mir ist nur etwas eingefallen. Ich muss ins Präsidium.«

*

Verena stemmte die Hände in die Taille, schob die Hüften vor und beugte sich weit nach hinten, bis sie die Spannung in ihrem Rücken spürte. Sie atmete tief ein und langsam wieder aus, um gegen den Schmerz anzuatmen, der sich in ihrem Kreuz eingenistet hatte. Behutsam hob sie die leichte Pinnwand neben der Bürotür an und stellte sie neben ihren Schreibtisch. Während sie ihr Becken langsam kreisen ließ, betrachtete sie die zusammengetragenen Bilder und Notizen. Rogmann hatte sehr schnell die Zusammenhänge zwischen der Entführung der kleinen Mia und den Ermittlungen in den beiden Morden verstanden und ihr freie Hand gegeben. Beide Mordfälle und die Entführung lagen nun auf ihrem Schreibtisch, und sie war gespannt, wie Christoph Todt auf diese Mehrarbeit reagieren würde. Sicher nicht allzu begeistert.

»Was haben wir denn«, murmelte sie und rief sich die bekannten Fakten noch einmal ins Gedächtnis, während sie das erste Bild von der Wand nahm, um es in einer mit schwarzem Filzstift angerissenen Tabelle einzuordnen. »Martin Schlendahl. Das erste Opfer, von dem wir Kenntnis bekommen haben. Springt unter LSD-Einfluss aus dem Fenster. Geht neben einigen anderen Frauen auch mit der eigenen Schwägerin fremd. Damit hätten die Ehefrau und die Schwägerin einen Platz in der Reihe der Verdächtigen. Wenn man von einem Mord ausgeht.« Sie räusperte sich und blickte kurz über ihre Schulter. Sie war nach wie vor allein. Wie peinlich, wenn jemand sie bei ihrem Selbstgespräch erwischen würde. Aber das war nun mal die beste Art, wie sie bei Ermittlungen Struktur in den Fall brachte. Leo kannte ihre Eigenart und hatte sie schon mehr als einmal damit aufgezogen, war ihr aber auch immer eine dankbare Zuhörerin gewesen. Sie hatte Verenas Ausführungen gelauscht, und erst nachdem sie alles gedacht und gesagt hatte, was sie denken und aussprechen wollte, hatte Leo begonnen, Fragen zu stellen. Verena pustete sich eine Haarsträhne aus der Stirn und strich mit den Fingern hinterher. Leo war nicht da. Sie fehlte ihr. Bisher hatte sich die Klinik noch nicht gemeldet, und sie musste zugeben, vergessen zu haben, sich selbst dort zu melden. Es war einfach untergegangen im Chaos der Ereignisse. Verena griff nach dem Hörer und wählte die Nummer der Intensivstation. Zum Glück meldete sich die Schwester, mit der sie schon gestern gesprochen hatte, und sie musste nicht zu langen Erklärungen ansetzen.

»Nein, nichts Neues. Sie schläft noch. Die Ärzte entscheiden heute Mittag, ob wir sie wecken.«

»Können Sie mich anrufen? Ich würde gerne da sein, wenn sie wach wird.«

»Geben Sie mir Ihre Handynummer. Aber wir werden Sie erst informieren, wenn Frau Ritte klar und ansprechbar ist. Vorher nicht.«

»Ja. Danke.« Verena legte auf und biss sich auf die Lippe. »Shit.« Sie wischte sich mit dem Handrücken über die Augen und schluckte. »Okay, Leo. Jammern bringt nichts. Weiter geht's.« Sie nahm das Bild von Gisela Arend von der Pinnwand und drehte es in den Händen. Der Ausdruck zeigte Gisela Arend zweimal. Links auf einem Porträt, das sie auf der Homepage der Präparatorin gefunden und für ihre Zwecke runtergeladen hatte, lächelte Gisela Arend mit freundlichen Augen in die Kamera. Das Foto musste aufgenommen worden sein, bevor sie erkrankt war, denn dichtes lockiges Haar umrahmte ihr Gesicht, das dunkle Braun von vielen grauen Strähnen durchzogen. Unwillkürlich erwiderte Verena das Lächeln. Das rechte Bild stammte aus der Rechtsmedizin und ließ in seiner kalten Ausleuchtung keinen Zweifel daran, dass die abgebildete Frau tot war.

Verena schrieb den Namen neben das Bild, unter Todesursache »Schädelfraktur in Sturzfolge« und das Stichwort LSD daneben. Das Schwarzweißfoto mit den fünf jungen Leuten hängte sie am Ende der Tabelle so, dass es als Überschrift der letzten Spalte diente, und machte sowohl hinter die Zeile von Martin Schlendahl als auch hinter den Namen Gisela Arend einen Haken.

Als Nächstes notierte sie Werner Hedelsberg in der Tabelle und dahinter, vor den Haken zum Foto, »verschwunden«.

Rose Hoss wurde aufgeführt und erhielt ebenfalls einen Haken in der Fotospalte sowie den Vermerk »leugnet«.

Die Entführung setzte sie in einen separaten Rahmen, zog Verbindungslinien und versah sie mit Fragezeichen. Zu viele Fragezeichen, wie sie stirnrunzelnd feststellte.

In die letzte Zeile schrieb sie »Frau Schmitz« für die unbekannte Frau auf dem Bild, die sie noch nicht hatten identifizieren können. Dieses »Frau Schmitz« hatten sie und Leo irgendwann einmal eingeführt, nachdem Leo von einem Urlaub aus den USA zurückgekommen war und von der dortigen Angewohnheit erzählt hatte, unbekannte Tote Jane oder, wenn es Männer waren, bis zur Aufklärung ihrer Identität John Doe zu nennen. Hier in Deutschland war so etwas nicht üblich, hier nannten die Rechtsmediziner und Polizisten nicht identifizierte Leichen schlicht »unbekannte Tote« mit der jeweiligen Geschlechtsbezeichnung dazu, aber Leo und sie fanden es hilfreich, einen Namen benutzen zu können. Allerdings wusste Verena in diesem Fall noch nicht einmal, ob die Frau tot war oder noch lebte.

»Der Täter arbeitet das Bild ab. Martin Schlendahl und Gisela Arend wurden durchgestrichen«, sagte sie und setzte sich auf die Kante ihres Schreibtischs. Ob vor ihrem Tod oder danach, wusste sie nicht. Wenn es vorher geschah und die Opfer die Bilder vor ihrem Tod erhielten, war es vielleicht als Warnung gemeint. Achtung! Du bist der oder die Nächste. Dagegen sprach, dass bei beiden Opfern die Briefe erst nach dem Tod entdeckt wurden. Im Fall Martin Schlendahls hatte die Schwägerin ihn ungeöffnet gefunden. In Gisela Arends Fall hatte Verenas Kollege den Kasten geleert und ihr die Briefe in die Hand gedrückt. Wie lange er da schon gewesen war, konnte sie nur vermuten. Verena strich mit den Fingerspitzen über die gesetzten Haken. Das Packpapier fühlte sich rau und trocken an. »Er begeht die Morde wie einzelne Arbeitsschritte. Jeder einzelne Tod ist Teil eines großen Ganzen. Aber was ist das große Ganze? Was ist sein Ziel? Was erreicht er, wenn alle tot sind, die auf dem Bild zu sehen sind? Warum haben wir bisher keine Leiche von Werner Hedelsberg gefunden?« Sie stieß sich vom Schreibtisch ab und presste erneut die Fäuste ins Kreuz. »Was ist der Grund für die Morde? Was der Auslöser?« Verena sprach jetzt laut und deutlich, so als wäre Leo wirklich im Raum. »Ich muss rausbekommen, was es mit diesem Foto auf sich hat. Warum ist es aufgenommen worden? Wann?« Sie stellte sich dicht vor die Pinnwand, blinzelte und starrte auf das Foto. »Drei Frauen, zwei Männer. Sie haben getrunken. Eine Party? Ein geselliges Beisammensein? Die Kleidung? Was sagt uns die Kleidung? Die Frisuren? Frühe Siebziger?«

»Mir ist etwas eingefallen! Hören Sie auf, Selbstgespräche zu führen, und geben Sie mir das Bild.« Christoph Todt griff an ihr vorbei und riss das Foto von der Pinnwand. Verena wirbelte herum. Sie hatte ihn nicht hereinkommen gehört. »Was zum …?«

»Geben Sie mir Ihr Handy. Jetzt.«

»Haben Sie selbst keins?« Sie verschränkte die Arme vor der Brust.

»Meins hat keine Fotofunktion.« Er runzelte die Stirn

und streckte ihr seine Hand entgegen. »Nun machen Sie schon!« Verena griff hinter sich, ertastete ihr Handy und hielt es ihm, ohne den Blick von ihm abzuwenden, unter die Nase.

»Wie geht das jetzt?«

»Was?«

»Das, was der Kerl in der Kneipe gemacht hat. Vergrößern.«

Sie nahm ihm das Telefon mit spitzen Fingern wieder aus der Hand, tippte ein paarmal auf dem Bildschirm herum und reichte ihm das Gerät wieder.

»Hier. Bitte. Wenn Sie jetzt die Freundlichkeit hätten, mir zu sagen, warum Sie diesen Wirbel veranstalten?«

»Sie haben doch eben«, erwiderte Christoph Todt, während er sich über das Bild beugte und mit der Kamera einen Teil des Bildes heranzoomte, »so treffend bemerkt, dass wir ein gutes Stück weiter wären, wenn wir wüssten, wann dieses Bild aufgenommen wurde. Und mit ein bisschen Glück …« Er verstummte, kräuselte die Lippen und stellte den Fokus der Kamera scharf. »Japp.« Er richtete sich auf und drückte ihr das Telefon in die Hand. »Wusste ich's doch.« Er bückte sich, hob ihre Tasche vom Boden auf und reichte ihr ihre Jacke. »Kommen Sie, Frau Kollegin. Wir fahren in die Stadtbibliothek.«

Kapitel 9

Rose Hoss legte ihrer Tochter eine Hand auf die Schulter und strich langsam darüber. Dann seufzte sie, ging zum Fenster und starrte mit verschränkten Armen auf den Hof.

»Ich hätte sie abholen sollen von der Schule«, sagte sie mehr zu sich selbst und lehnte die Stirn gegen die Scheibe.

»Sie ist doch kein kleines Kind mehr, Mama. Sie ist acht Jahre alt. Sie will alleine gehen.«

»Und du hast es ihr erlaubt.« Rose Hoss fuhr herum, ging zum Tisch und stützte sich mit beiden Händen auf der Tischplatte ab. Ihre Tochter hob den Kopf.

»Ja, das habe ich.« Sie stand auf. Rose sah zu ihr. Ihre Tochter war über einen Kopf größer als sie. Eine starke Frau, nicht nur körperlich. Rose hatte das Gefühl, dass sie die Anspannung und die Sorge viel besser ertragen konnte als sie selbst. Das Warten ließ ihr zu viel Zeit zum Denken. Zu viel Zeit, sich zu erinnern.

Sie hatten ihr dieses Foto gezeigt, von dem sie gedacht hatte, dass es längst vergraben und vergessen wäre. Wie das, was passierte, kurz nachdem dieses Bild entstanden war. Sie würde die Polizisten nicht lange hinhalten können mit ihren Behauptungen, niemanden zu erkennen. Sie wussten, dass sie log. Sie hatte es an ihren Augen erkannt. Die Mischung aus Mitleid und Neugier im Gesicht der Frau, die kalte Härte in dem des Mannes.

»Sie muss es lernen, Mama. Ich kann sie nicht in Watte packen. In der Schule haben sie auch gesagt, dass die Kinder den Schulweg alleine gehen sollen, damit sie selbständig ...«

»Verdammt, sie ist weg! Was redest du da? Wir haben nicht auf sie aufgepasst. Ich habe nicht auf sie aufgepasst!«, schrie Rose. Ihre Stimme, von der sie über Jahre nur leise Töne eingefordert hatte, kippte. Zu ungewohnt die Kraft und die Energie.

»Das ist ja nichts Neues für dich, Mutter. Daran müsstest du doch noch gewöhnt sein. Bei mir war es dir doch auch immer egal, was ich gemacht habe. Ich bin noch nicht einmal sicher, ob du es überhaupt mitbekommen hättest, wenn ich als Kind nicht nach Hause gekommen wäre.«

Rose sah ihre Tochter unverwandt an. Das vergessene Kind. Dann ließ sie sich auf den Küchenstuhl sinken und vergrub ihr Gesicht in den Händen. Ihre Schuld reichte noch viel weiter. Über Mias Verschwinden und das Vergessen der eigenen Kinder hinaus. Sie hörte, wie ihre Tochter zur Tür ging.

»Ich halte das Warten nicht aus. Ich muss etwas tun. Wenn sie sich melden, ich bin hinten in den Gewächshäusern.«

Rose nickte schwach, ohne den Kopf zu heben. Damals. Die schöne Zeit. Als alles noch offen und neu war und sie selbst begierig auf die Welt und das, was sie ihr bieten würde. Sie und ihre Freunde hatten es ausgekostet, ihre Grenzen ausgelotet und überschritten. Hatten Ideale gesucht und Gedankengerüste gebaut, an denen sie sich entlanggelebt hatten. Bis zu diesem Tag. Danach war alles anders geworden. Sie hatten sich zerstreut. Jeder auf seinem Weg. Ohne die anderen.

Die Angst, dass Mias Verschwinden etwas mit dem zu tun haben könnte, was damals geschehen war, fraß sich wie ein Geschwür in ihre Gedanken, bohrte sich tiefer hinein und machte die Furcht noch größer. Sie spürte ihren Herzschlag. Eins, zwei. Pause. Eins, zwei. Pause. Nichts. Ihre Kehle schnürte sich zu. Nichts. Nichts. Zu lange nichts. Das Blut rauschte ihr in den Ohren. Eins. Zwei. Aber war es nicht egal, weshalb sie verschwunden war? Reichte nicht die Tatsache allein aus, um alle Schrecklichkeiten möglich werden zu lassen?

Es dauerte eine Zeitlang, bis sie das Klingeln registrierte. Laut und durchdringend durchschnitt es ihr Bewusstsein. Langsam stand sie auf, ging durch den Flur zur Haustür und legte die Hand auf die Klinke. Sie war sich nicht sicher, ob sie ihre Lüge den beiden Polizisten gegenüber weiter würde aufrechterhalten können, wenn sie jetzt wiedergekommen waren, um sie erneut zu befragen. Fieberhaft überlegte sie, wie sie reagieren, was sie sagen sollte, während sie die Klinke niederdrückte und die Tür öffnete.

»Darf ich reinkommen?«

Sie erstarrte. Eins, zwei. Nichts. Eins. Zwei. Sie drehte sich um, ging wortlos den Flur entlang, hörte Schritte hinter sich. Schloss die Augen. Eins. Zwei. Nichts geschah.

In der Küche blieb sie stehen.

»Bist du gekommen, um auch mich zu töten?«

»Nein.«

»Warum nicht?«

»Du stellst die Frage falsch.«

»Wie muss sie lauten?«

»Die Frage müsste lauten: Bist du gekommen, um mich jetzt zu töten?«

»Bist du es?«

»Nein.«

»Wann dann?«

»Später.«

»Ich habe auf dich gewartet, seit ich das Bild gesehen habe.« Rose Hoss setzte sich wieder auf den Stuhl, den sie vor wenigen Augenblicken achtlos nach hinten geschoben hatte. Die Sitzfläche war noch warm. Sie wies auf den Platz auf der anderen Seite des Tisches. »Setz dich, bitte.« Auch dem Tod gegenüber sollte man höflich bleiben. Das nahm ihm den Schrecken.

»Warum hast du auf mich gewartet?«

»Weil ich Schuld trage.«

Ihr Gegenüber nickte. »Das tust du.«

»Ich bin bereit, dafür zu bezahlen.«

»Das wirst du.«

»Verzeihst du mir?«

»Deine Frage ist wieder falsch.«

»Wie muss sie lauten?« Rose Hoss wunderte sich über die an Gleichgültigkeit grenzende Ruhe, die sich in ihr ausbreitete. So, als ob nicht sie dasitzen und mit ihrem Mörder, den sie so gut kannte wie kaum einen anderen, reden würde, sondern so, als wäre sie eine Unbeteiligte.

»Sie muss lauten: Verzeihst du mir dann?«

»Und?«

»Nein.«

Rose Hoss senkte den Kopf und betrachtete ihre Hände, in denen sich ihr Leben eingegraben hatte. Eins. Zwei.

»Was ist mit Mia?«, wollte sie wissen und hoffte, damit auf Unverständnis zu stoßen. Auf ein Stirnrunzeln, das einen Weg aus der Endgültigkeit der Dinge aufzeigen und ihr einen Schimmer Hoffnung geben würde.

»Sie ist bei mir.«

Eins. Zwei. Nichts.

»Sie wird sterben.«

»Nein!«

»Es wird geschehen. Sie wird dir genommen werden. Du kannst es nicht ändern. So wie ich damals nicht ändern konnte, was geschehen ist. Wie es mir genommen wurde.«

»Wie ich es dir genommen habe«, flüsterte Rose Hoss.

»Ja.«

»Bitte«, flehte sie und umklammerte die Hände ihres Gegenübers. Sie spürte die Wärme, die von der fremden Haut ausging.

»Du wirst es nicht verhindern können. Aber du wirst es wissen. Und du wirst den Schmerz fühlen. Das«, ein kratzendes Geräusch entstand, als ihr Gegenüber aufstand und den Stuhl dabei nach hinten schob, »ist der angemessene Preis. Erst danach darfst du sterben.«

Eins. Zwei. Eins. Zwei. Eins. Zwei. Schritte scharrten über den Küchenboden, durch den Flur. Sie hörte das leise Quietschen der Haustür. Dann Stille. Eine Autotür.

»Nein«, schrie sie erneut, erwachte aus ihrer Erstarrung und rannte dem Geräusch eines surrenden Motors nach, das sich langsam entfernte. Sie riss die Haustür auf, lief auf den Hof. »Warte«, murmelte sie, als sie sah, dass der Wagen in hohem Tempo davonfuhr.

»Gibt es etwas Neues?« Die Tochter stand hinter ihr. »Haben die Polizisten etwas wegen Mia herausgefunden?«

»Nein.« Rose Hoss schüttelte den Kopf, und es gelang ihr, ihrer Tochter in die Augen zu sehen, ohne daran zu ersticken. Eins. Zwei. Nichts. »Nein. Nichts Neues.«

*

»Könnten Sie allmählich die Freundlichkeit besitzen, mich über Ihre Pläne aufzuklären?« Verena starrte auf die Einfahrt zur Tiefgarage in der Nähe der Stadtbibliothek, die direkt vor ihnen lag. Die letzten zwanzig Minuten vom Präsidium bis hierhin hatte sie geschwiegen und darauf gewartet, dass Todt von sich aus eine Erklärung geben würde. Aber er tat es nicht. Und sie hätte sich eigentlich lieber die Zunge abgebissen, als ihn zu fragen. Aber hier ging es nicht um Animositäten, sondern um einen Mordfall, den sie zu lösen hatten.

»Ruhig, Watson. Ich zeige es Ihnen gleich.«

»Und hören Sie auf, mich Watson zu nennen. Ich bin nicht Ihr dämlicher Assistent.«

»Watson war weder dämlich noch ein bloßer Assistent, er war …«

»Ach, Sie wissen genau, was ich meine.«

»Nein.« Christoph Todt ignorierte das Parkhaus, bog nach links ab und stellte den Wagen auf dem Bürgersteig direkt neben dem Gebäude ab. Er stieg aus.

»Wollen Sie mit dem Wagen hier stehen bleiben?«

»Warum nicht?« Er zuckte mit den Schultern. Verena wies stumm auf das Halteverbotsschild. »Paragraph fünfunddreißig Straßenverkehrsordnung. Sonderrechte«, erwiderte er auf ihre Geste hin.

»Und Sie meinen, wir erfüllen hier gerade hoheitliche Aufgaben?« Er sollte nicht glauben, dass er sie verunsichern konnte. Sie kannte die Vorschriften und die Möglichkeiten, die man als Polizist hatte. War man im Dienst, konnte man praktisch überall parken, wenn man nicht gerade Brötchen holen ging. Trotzdem verzichtete sie, wann immer es möglich war, darauf und nutzte legale Parkmöglichkeiten.

»Wir recherchieren in einem Mordfall. Das genügt als

Begründung.« Er ging an ihr vorbei, die Fensterfront des Hauses entlang und bog Richtung Eingang nach rechts ab. Verena beeilte sich, ihm zu folgen.

In der Eingangshalle der Bibliothek standen einige Besucher Schlange an den Rückgabeautomaten, deren ursprünglicher Sinn es einmal gewesen war, die Wartezeiten zu verkürzen. Verena schob sich durch die Wartenden hinter ihrem Kollegen her, der nach einem kurzen Blick auf die Informationstafel das Treppenhaus ansteuerte.

»Ich möchte bitte die Zeitungen vom September 1971.« Christoph Todt beugte sich über den Empfangstresen, der sich gegenüber der Eingangstür im zweiten Stock befand.

»Einen Moment bitte.« Die Bibliothekarin nickte, griff zum Hörer und gab einige Anweisungen. »Der Kollege bringt Ihnen die Bände.«

»Kennen Sie mein Hobby, Frau Irlenbusch?« Christoph Todt ging zu einem niedrigen Regal, das als Ablage diente, und lehnte sich dagegen.

»Nein. Sollte ich?«

»Im Normalfall würde ich sagen nein, da es sich um meine Privatsache handelt, aber in diesem Fall hat es etwas mit unserem Fall zu tun.«

»Und das wäre?«

»Als ich fünf Jahre alt war, befand sich die Ehe meiner Eltern in einer heftigen Krise.«

»Und das ist jetzt Ihr Hobby? Ehekrise? Was sagt Ihre Frau dazu?«, unterbrach Verena ihn. Sie hatte wirklich keine Lust auf seine Lebensgeschichte. Wenn es schon etwas zur Sache tat, dann doch bitte kurz und knapp. Christoph Todt wurde blass. Seine Finger umklammerten die Kante des Regals, bis die Knöchel weiß hervortraten. Zum ersten Mal, seit sie ihn kannte, erlebte Verena ihn sprachlos. Sie sah ihn an. Auf seiner Stirn bildeten sich kleine Schweißtropfen.

»Meine Ehe geht Sie nichts an, Frau Irlenbusch.« Zittrige Stimme. Keine Spur seiner sonstigen Selbstgefälligkeit. Verena räusperte sich.

»Es tut mir leid, wenn ich …«

»Den Ausflug auf die damalige Bundesgartenschau im Rheinpark empfand ich als echten Segen«, fuhr Christoph Todt fort, ohne auf ihre Entschuldigung einzugehen. Er hatte sich gefangen. »So konnten sie wenigstens nicht streiten.« Sein Gesicht hatte wieder Farbe bekommen, und die Stimme klang fester als noch vor wenigen Sekunden. »Auf dieser Bundesgartenschau wurden Freifahrten für Kinder in einem Ballon verlost.«

»Und Sie waren eins dieser Kinder?«

»Ich war eins dieser Kinder. Richtig.« Er lächelte zaghaft. »Als ich nach dieser Fahrt wieder Boden unter den Füßen hatte, war mir klar, dass ich das auf jeden Fall wieder machen wollte.«

»Sie sind Ballonpilot?«, fragte Verena erstaunt. Sie wusste zwar nicht, was für ein Hobby sie Todt zugeordnet hätte, aber darauf wäre sie nicht gekommen.

»Es bringt Freiheit.« Erneut lächelte Todt, und um seine Augen bildeten sich kleine Fältchen. Es bedeutet ihm sehr viel, dachte Verena. Ein Stück Mensch hinter der Fassade.

»Aber was hat das mit dem Fall zu tun?«, erkundigte sie sich in freundlichem Tonfall.

»Die *Kölnische Rundschau* hat über die Ballonfahrt berichtet. Mit einem Bild von mir und den anderen Kindern im Ballonkorb.«

»Hier sind Ihre gewünschten Bände.« Die Bibliothekarin schob einen silbernen Tischwagen zu ihnen hinüber.

»*Express* und *Rundschau* von 1971. Wenn Sie fertig sind, sagen Sie bitte am Empfang Bescheid.«

»Danke.« Christoph Todt nickte. »Machen wir.«

»Was ist das?« Verena betrachtete die zwei in rotes Leinen gebundenen riesigen Bücher auf dem Rollwagen.

»Zeitungsarchiv.« Christoph Todt wuchtete den ersten der beiden Bände auf die Ablagefläche und schlug ihn auf. »Die komplette Sammlung aller 1971 erschienenen Ausgaben der *Rundschau*.« Er blätterte, bis er beim September angekommen war, suchte nach dem Datum und präsentierte Verena dann den Artikel über die Ballonfahrt. »Bitte sehr.«

»Das sind Sie?« Verena beugte sich über die Zeitung und blinzelte.

»Da.« Er zeigte mit dem Finger auf ein strahlendes Kindergesicht, das so gerade über den Rand des Korbes blicken konnte. »Ja, das bin ich.«

»Niedlich.« Verena grinste ihn an.

»Aber das ist nicht das, worauf ich hinauswollte.«

»Ach was.«

Christoph Todt runzelte die Stirn. »Nein.« Er zog das Schwarzweißfoto aus seiner Jacke und legte es neben den Zeitungsband. »Fällt Ihnen etwas auf?« Verena sah vom Foto zur Zeitung und zurück. Sie schüttelte den Kopf. »Nicht so schlimm. Ich habe auch einige Zeit gebraucht, bis es mir klar wurde.« Er tippte mit der Fingerspitze seines Zeigefingers auf die untere rechte Ecke des Bildes. »Die Zeitung dort. Sehen Sie?« Verena nickte, sagte aber nichts. Sie wollte ihn nicht wieder unterbrechen, sondern endlich wissen, was los war. »Das ist dieser Artikel hier.« Er wies auf die Zeitung. »Dieses Foto ist frühestens am 20. September 1971 entstanden, vermutlich sogar an diesem Tag oder einem der nächsten.«

»Wenn wir also wissen wollen, warum der Mörder die Leute auf dem Foto einen nach dem anderen umbringt, sollten wir herausfinden, ob in dieser Zeit etwas geschehen ist, was ihn zu diesen Morden veranlasst.«

»Ganz richtig, Watson.« Christoph Todt griff nach dem anderen schweren Band und legte ihn ebenfalls auf die Ablage. »Hier.« Er schob ihn demonstrativ auf sie zu. »Fangen wir an.«

Kapitel 10

Mia erwacht. Wie lange sie geschlafen hat, weiß sie nicht. Sie hat geträumt. Von zu Hause. Von ihrem Bett. Von Mama und Oma. Im Halbschlaf streckt sie die Hände aus, sucht und tastet ins Leere. Sie möchte zurück zu Oma und Mama. Wenn es Nachmittag wird, liest Oma ihr immer eine Geschichte vor. Oder sie singt mit ihr. Seit sie ganz klein ist, klettert sie Oma dabei auf den Schoß, kuschelt sich an sie, während Omas Stimme dicht an ihrem Ohr ist und die Lieder singt, die sie im Kindergarten nicht gelernt hat. »Alte Lieder«, sagt Oma immer, »die habe ich schon als Kind gesungen, als ich auf dem Schoß meiner Mutter saß.« Dann drückt Mia sich noch ein bisschen enger an Omas Bauch und fühlt sich sicher, während Omas Arme sie weich und warm umfassen und ihre Hände das Buch mit den Noten und den Bildern festhalten.

Hier ist nichts weich und warm. Der Boden, auf dem sie liegt, ist hart. Der Bauch tut ihr weh. Es ist, als ob sich darin alles zusammenzieht. Sie will trinken. Mia richtet sich auf, zieht die Knie an und umklammert ihre Beine mit den Armen. Das fühlt sich ein bisschen so an wie zu Hause und hilft gegen die Schmerzen. Sacht schaukelt sie hin und her, summt die Melodie. Ihr fällt es schwer, sich an die Melodie zu erinnern, den trockenen Mund zu öffnen, aber die Worte wollen heraus. Sie singt. Leise. Und hört dazu in ihrem Kopf Omas Stimme. »Schlaf, Kindchen, schlaf …«

*

Verena leckte sich über ihre Lippen. Die Luft in der Bibliothek stand staubig im Raum. Sie blätterte durch die Zeitung, las Schlagzeilen, Artikel, Hinweise und Kurzmeldungen. Bisher ohne Erfolg. Nichts von dem, was die Journalisten vor zweiundvierzig Jahren als berichtenswert erachtet hatten, passte auch nur annähernd zu ihrem Fall. Sie hatte kurz mit Christoph Todt gemeinsam überlegt, ob sie sich auf eine Art Suchraster einigen sollten, das die Informationsflut eindämmen und kanalisieren sollte, aber dann beschlossen, dass sie so ein Filter nur einschränken und das Wesentliche vielleicht übersehen lassen würde. Die Zeitungen waren im Ganzen in dem jeweiligen Jahrgangsordner archiviert worden, und Verena folgte der Anordnung der Themen, wobei sie den weltpolitischen Themen weniger Aufmerksamkeit schenkte als dem jeweiligen Lokalteil.

Das Handy brummte in ihrer Hosentasche. Sie hatte es stumm geschaltet, wie die zahlreichen Hinweisschilder in der Bibliothek es verlangten. Eine SMS von Enzinger. Eine Uhrzeit, der Name eines Restaurants, eine Adresse. Dahinter ein knappes »Heute sorge ich für den Wein«. Sie lächelte. Warum nicht? Sie würde die Nachbarin fragen, ob sie bei Ruth sein konnte, und sie davon überzeugen, doch einen Lohn für ihre Hilfe anzunehmen. Wenn sie diese Arbeit weiter umsonst erledigen würde, käme Verena sich irgendwann wie eine Ausbeuterin vor. Aber die kleine Pause bei einem schönen Essen würde ihr guttun. Schlechtes Gewissen hin oder her. Ihr Leben bestand sonst nur noch aus Arbeit und der Sorge um Ruth.

Verena warf einen schnellen Blick zu Christoph Todt hinüber. Warum hatte der eben so extrem auf ihre flapsige Bemerkung über seine Ehe reagiert? Auch bei ihm schien einiges im Argen zu liegen. Aber eine Scheidung, so schrecklich sie auch gewesen sein mochte, löste nicht so einen Schrecken aus. Sie versuchte, sich zu erinnern, ob Rogmann etwas gesagt hatte, und schüttelte den Kopf. Nein. So etwas hätte sie nicht vergessen. Aber wieso verhielt er sich dann so, dass er alle vor den Kopf stieß? Sie musterte ihn genauer. Er stand über das Buch gebeugt, stützte sich mit der Linken auf der Ablagefläche ab und blätterte langsam die Seiten um, wobei sie an der Bewegung seines Kopfes sehen konnte, dass er die einzelnen Artikel überflog. Ab und an runzelte er die Stirn und sog die Lippe ein. Seine Haut hatte mehr Farbe als noch vor ein paar Tagen. Er sah nicht mehr ganz so übermüdet aus. Die kleinen Fältchen um seine Augen könnten genauso gut als Lachfalten durchgehen. Aber Verena konnte sich nicht daran erinnern, ihn jemals aus vollem Herzen lachen gehört zu haben.

»Haben Sie etwas gefunden?«, fragte er, ohne aufzusehen.

»Äh, was?« Verena fühlte sich ertappt. Christoph Todt richtete sich auf.

»Ich möchte wissen, ob Sie fündig geworden sind. Sie schauen jetzt schon seit einer ganzen Weile in meine Richtung, blättern und lesen nicht mehr. Da könnte man doch zu dem Schluss gelangen, dass Sie fertig sind und mir jetzt ein Ergebnis präsentieren können.«

»Nein, das kann ich nicht.« Verena wandte sich ihm zu und verschränkte die Arme vor der Brust.

»Was verleitet Sie dann dazu?«

»Die Neugier.« Sie blinzelte.

»Worauf?«

Verena entschloss sich zur Flucht nach vorn. Wenn sie zusammenarbeiten und diesen Fall lösen sollten, dann musste sie mehr von ihm wissen. »Auf Sie.«

»Aha.« Er beugte sich wieder über den Zeitschriftenband. Verena schob ihre Ausgabe zur Seite, lehnte sich rückwärts an die Ablage und stemmte sich mit beiden Händen hoch. Sie setzte sich dicht neben seinen aufgeschlagenen Band und sah ihn abwartend an. Er blätterte ungerührt weiter. Verena baumelte mit den Beinen. »Gleich wird die Aufsicht Sie ermahnen, Frau Irlenbusch.«

»Leo und ich haben eine sehr hohe Aufklärungsquote.«

»Das ist schön für Sie beide.«

»Einer der Faktoren, die dazu beitragen, ist unser großes Vertrauen zueinander. Wir kennen uns sehr lange und sehr gut.«

»Das trifft auf uns beide ja nicht zu. Wir kennen uns weder lange, noch kann man behaupten, dass wir uns gut kennen.«

»Richtig.« Sie machte eine Pause. »Deswegen befürchte ich, dass unsere Aufklärungsquote auch weit hinter der von mir und Leo zurückbleiben wird.«

»Wir arbeiten zunächst an diesem Fall.« Endlich richtete er sich auf und schaute sie an. Er stand nun dicht vor ihr, wich keinen Millimeter zurück. Zwei Kampfhähne kurz vor dem Ausbruch. Sie spürte seinen Atem auf ihrer Wange. »Wenn Sie die Aufklärungsquote hochhalten wollen, Frau Irlenbusch, suchen Sie weiter.« Er sah auf die Uhr. »Es wird langsam Zeit.« Verena nickte, rutschte von der Ablage herunter und holte ihr Handy hervor, während sie sich wieder den Zeitungen zuwandte. Sie schrieb Enzinger eine kurze Antwort. Sollte Todt doch in seiner

Geheimniskrämerecke bleiben. Sie würde ihm ganz sicher dafür kein Podium bieten.

Aber sie würde auch aufpassen müssen, dass sie in ihrem Ärger über ihn nicht zu viele eigene Fehler machte. Zur Zusammenarbeit gehörten immer zwei. In der Eile ihres Aufbruchs hatte sie ihm immer noch nichts von ihrer neuen Zuständigkeit für die Entführung gesagt. Die Mängel in ihrer Zusammenarbeit lagen also nicht nur auf seiner Seite. Sobald sie hier raus waren und ungestört sprechen konnten, musste sie ihn informieren. Hastig blätterte sie die nächste Seite um, überflog die Schlagzeilen und hatte die nächste Seite schon in der Hand, als sie stutzte. Sie las die Überschrift und den ersten Abschnitt des Artikels noch einmal. Es ging um die zunehmende Drogenproblematik in der Stadt und den Umgang damit. Der Autor bezog sich auf einen konkreten aktuellen Vorfall, bei dem eine junge Frau unter Drogeneinfluss aus dem Fenster gestürzt und gestorben war.

»Das hier könnte etwas sein«, sagte sie und tippte wie zur Bestätigung mit den Fingern noch mal auf den Artikel.

Sofort war Todt bei ihr, beugte sich über den Text und las.

»Da steht nichts Näheres über den Unfall der jungen Frau. Welche Drogen sie genommen hatte.«

»Aber es passt zeitlich.«

Christoph Todt nickte. »Schreiben Sie den Namen des Journalisten auf. Vielleicht kann der uns weiterhelfen.«

»Der Artikel ist zweiundvierzig Jahre alt. Meinen Sie, der Verfasser lebt noch?«

»Ich meine nie etwas, bevor ich es nicht überprüft habe, Frau Irlenbusch.«

Verena ärgerte sich darüber, dass er recht hatte und sie

wie ein Schulmädchen darauf hinwies. Natürlich mussten sie die Sache überprüfen. Sie zog ihr Handy wieder aus der Hosentasche. Bevor sie ins Internet ging, schrieb sie noch die Antwort an Enzinger und bedankte sich für die Einladung.

»Ich muss noch kurz bei mir zu Hause vorbeifahren, bevor wir uns auf den Weg machen«, erklärte Verena so knapp wie möglich, als Todt die Autotür öffnete und sich auf den Beifahrersitz fallen ließ. Sie hoffte, dass er keine Fragen stellen würde.

Christoph Todt musterte sie und nickte. Sie startete den Motor.

»Und noch etwas«, fuhr sie fort. »Ab sofort sind wir auch für den Fall Mia zuständig. Die Parallelen sind offensichtlich, und Rogmann denkt, dass es besser ist, wenn alles in einer Hand liegt.« Sie warf einen raschen Seitenblick auf Christoph Todt. »Die Kollegen versorgen uns mit allen Informationen, die wir brauchen. Die Suche läuft weiter, bisher leider ohne Erfolg.«

»Was ist alles unternommen worden?«, fragte Christoph Todt, ohne zu erkennen zu geben, was er von der zusätzlichen Mehrarbeit dachte.

»Das ganze Programm. Spurensicherung, Zeugenbefragungen, Suchhunde. Der Täter muss das Mädchen ein Stück durch die Büsche gezogen haben. Vermutlich, nachdem er sie betäubt hat. Es gibt keine eindeutigen Spuren, die darauf hinweisen, dass sie sich gewehrt hat.«

»Und dann in ein Auto?«

»Ja. Aber hier ist es schwierig, etwas zu sagen. An der Stelle gibt es zu viele Reifenspuren.«

»Wenn wir recht haben und die beiden Fälle zusammenhängen, müssen wir anders an die Sache herangehen.«

Christoph Todt beugte sich vor und klappte das Handschuhfach des Wagens auf. Er sah hinein, wühlte und verschloss es dann wieder. »Ich gehe mal davon aus, dass alle bekannten Pädophilen ebenfalls überprüft wurden.«

»Klar.« Verena nickte. »Aber ich glaube auch nicht, dass es in diese Richtung geht.«

»Trotzdem dürfen wir es nicht außer Acht lassen.«

»Sicher nicht. Aber in diese Richtung gehen die Kollegen, die auch weiterhin mit im Team sind.«

»Welche Motive hat jemand, der Menschen umbringt und ein kleines Mädchen entführt? Geldgier?«

»Es gibt keine Forderungen. Weder bei den Mordopfern noch bei dem Kind.« Verena bog in die Straße im Rodenkirchener Malerviertel ein, in der Ruth lebte. Das Dorf, in dem der Journalist Franz Haller wohnte, lag etwa eine Autostunde südlich von Köln in der Eifel, und der kurze Zwischenstopp bei Ruth bedeutete zum Glück keinen wesentlichen Umweg. Sie stellte den Wagen direkt vor dem Haus ab und bat Christoph Todt zu warten.

Sie betrat das Haus und ging durch den Flur auf die Geräuschkulisse zu, ohne die Tür hinter sich zuzuziehen. In fünf Minuten wäre sie wieder draußen, und sie konnten weiterfahren. So lange musste Christoph Todt sich eben gedulden, auch wenn ihm das vermutlich nicht passte.

Ruth saß ordentlich angezogen und mit gekämmten Haaren vor dem Fernseher. Das Wasserglas vor ihr war halb leer wie die Sprudelflasche auf dem Tisch. Nichts war verschüttet, alles aufgeräumt und an seinem Platz. Ein guter Ruth-Tag im ewigen Auf und Ab der Krankheit.

»Hallo, Ruth«, begrüßte Verena ihre Großmutter, aber die reagierte nicht, sondern blieb reglos im Sessel sitzen. Verena ging zu ihr, legte ihr eine Hand auf die Schulter und beugte sich zu ihr herunter. »Hallo, Ruth«, wiederholte sie leise. Ruth schaute auf. Für einen kurzen Moment blitzte Panik in ihren Augen auf, bevor sie sich entspannte und Verena anlächelte.

»Hallo, Kind.«

»Was schaust du dir an?«

»Eine Sendung über eine Elefantenfamilie. Sehr interessant.« Ruth seufzte. »Ich wäre gerne früher einmal nach Afrika gefahren, aber wir hatten kein Geld. Die Jahre nach dem Krieg, und dann warst du irgendwann da. Mit Kindern macht man so eine Reise ja nicht.« Sie lächelte wieder. »Aber uns hat das nichts ausgemacht. Wir wollten ja Familie und Kinder und haben gerne verzichtet.« Sie lachte wieder. »Und so groß war das Opfer ja auch gar nicht. Du und dein Bruder, ihr habt uns so viel Freude bereitet, Kind.«

Verena legte ihr die Hand auf den Arm. »Ich habe doch keinen Bruder, Ruth.« Ihre Großmutter runzelte die Stirn. »Natürlich hast du das, Margret. Was erzählst du denn da?«

Verena biss sich auf die Lippe und hockte sich neben Ruth, um mit ihr auf einer Augenhöhe zu sein.

»Ich bin Verena, Ruth. Deine Enkeltochter. Margret und Dietmar sind deine Kinder. Meine Mutter und mein Onkel.«

Ruth sah sie an, schüttelte den Kopf und kroch in sich zusammen. Als Verena ihr erneut über den Arm strich, zuckte sie zurück.

»Ich hole Frau Mölders, Ruth. Sie bleibt bei dir, bis ich wieder zurück bin.« Verena stand auf, wandte sich zur Tür und prallte zurück. Christoph Todt stand im Türrahmen. Er blickte von Ruth zu ihr und zurück, und Verena konnte das Verstehen in seinem Blick erkennen und etwas anderes, was sie aber weder zuordnen konnte, noch in diesem Moment damit Zeit verschwenden wollte, es zu versuchen. Sie hasste es. Schweigend drängelte sie sich an ihm vorbei, quetschte sich zwischen ihm und dem Türrahmen hindurch. Er ging keinen Schritt zur Seite. Auch als sie mit der Nachbarin telefoniert, die Situation geklärt und die Frage der Abendbetreuung geklärt hatte, blieb er stumm dort stehen. Erst als sie nach den Autoschlüsseln griff, die Tür öffnete und Anstalten machte, hinauszugehen, ging ein Ruck durch seinen Körper, und er folgte ihr ins Freie.

»Warum sind Sie mir hinterhergekommen?«, fragte Verena, ließ den Motor an und fuhr los.

»Ich …« Er schwieg, verschränkte die Hände und sah aus dem Fenster.

»Sie sind in meine Privatsphäre eingedrungen, obwohl ich Sie ganz klar darum gebeten hatte, draußen zu warten.«

»Tut mir leid«, sagte er leise ohne jede Spur seines sonstigen Gehabes. Verena nickte. Die Anzeige auf dem Navigationsgerät informierte sie darüber, dass sie noch dreißig Minuten von ihrem Ziel entfernt waren. Zeit genug, sich anzuschweigen.

Franz Haller lebte in der Eifel, auf dem Land, wohin er sich seit dem Ende seiner aktiven Laufbahn als Journalist zurückgezogen hatte. Er genoss seine Ruhe dort so sehr, dass er weder ans Telefon ging noch täglich seine Mails las. »Da werden Sie sich schon selbst hinbegeben müssen«, hatte der Chefredakteur ihnen lachend am Telefon erklärt. »Der Franz schreibt zwar ab und an noch einen Artikel, aber mit der Hektik der neuen Zeit will er nichts zu tun haben.«

»Vermutlich ist es die Einfahrt dort hinten rechts«,

meinte Christoph Todt, als sie das Dorf beinahe vollständig durchquert hatten und die Straßenschilder schon auf die nächste Ansammlung von Häusern und alten Gehöften hinwiesen, die sich entlang der Kreisstraße reihten. Verena drosselte das Tempo des Wagens und setzte den Blinker.

Der Kies der Auffahrt knirschte unter den Reifen, als sie langsam auf das Grundstück fuhr. In einem Carport auf der rechten Seite, der Platz für mehr als vier Wagen bot, gammelte ein alter Wagen vor sich hin, den Verena aus Hollywood-Filmen zu kennen glaubte. Die anderen Plätze waren leer. Dahinter schloss sich eine Art Schuppen an, auf dessen Dach ein kleiner Aufbau wie ein Kirchturm nach oben ragte, die Fenster weit geöffnet. Tauben saßen auf dem Sims davor. Verena parkte vor dem Haus, sie stiegen aus und schauten sich um. Die Haustür stand offen, ein Hund mit grauer Schnauze lag auf den Stufen und gähnte sie an.

»Hej! Hah! Hej!« Lautes Rufen und Klatschen hinter dem Haus. Der Hund blieb ungerührt liegen. »Scheißviech!« Wütendes Gebrüll. Verena hob die Augenbrauen und sah Christoph Todt fragend an. Der zuckte mit den Schultern und ging einige Schritte in die Richtung, aus der das Gebrüll erklungen war. »Verflucht noch mal. Hau ab!« Hinter der Hausecke blieb er stehen, und Verena wäre fast in ihn hineingerannt. Sie spürte, wie sein Rücken vor Lachen zuckte. Fasziniert blieb sie ebenfalls stehen und starrte auf das Schauspiel, das sich ihnen bot. Ein alter Mann in verschlissener Cordhose, trotz der sommerlichen Temperaturen in einem karierten Flanellhemd und einer weiten Strickjacke, stand auf der Wiese und ruderte mit den Armen wild in der Luft herum, während er immer wieder laut brüllte und schrie. Über ihm kreiste ein Raubvogel, und aus seiner Flugbahn und der Haltung des Kopfes konnte Verena erkennen, dass er die Wiese, die Scheune und vor allem die Tauben nicht aus dem Blick ließ.

»Eine hat er mir schon weggeschnappt«, fluchte der alte Mann. »Es sind noch junge Tauben. Sie sind unerfahren. Leichte Beute für so einen alten Habicht. Sie erkennen seine Finten nicht, sind zu arglos. Schauen nicht nach links und rechts und schon gar nicht nach oben. Sehen nur die Freiheit, die sie lockt, und geben ihrer Sehnsucht nach. Und dann. Zack. Ein Griff, und er hat sie in seinen Krallen.« Wieder wedelte er mit den Armen, schrie und hüpfte mit einer für sein Alter überraschenden Beweglichkeit über die Wiese. »Aber es ist eine gute Zucht. Sehr vielversprechend, und ich sehe überhaupt nicht ein, warum ich sie ihm zum Fraß vorwerfen soll.«

»Herr Haller?«, fragte Verena zwischen zwei weiteren Aktionen.

»Ja?« Der alte Mann ließ den Raubvogel nicht aus den Augen.

»Christoph Todt und Verena Irlenbusch. Wir sind von der Kripo und hätten ein paar Fragen an Sie. Haben Sie einen Moment Zeit für uns?«

»Hab ich etwas verbrochen?«

»Nein. Es geht um einen Artikel, den Sie vor über vierzig Jahren verfasst haben.« Christoph Todt lehnte sich an den Zaun, der an die Wiese grenzte.

Haller lachte. »Und da glauben Sie, dass ein alter Mann wie ich sich daran noch erinnern kann?«

»Keine Angst. Wir haben ihn mitgebracht.« Christoph Todt schwenkte einen braunen Umschlag. Er hatte sich in der Bibliothek eine Kopie der Zeitungsseite anfertigen lassen.

»Ich werde für Sie nachdenken, junger Mann.« Er kam

an den Zaun und legte den Riegel um, mit dem das Törchen von innen verschlossen war. »Kommen Sie rein. Wir setzen uns auf die Terrasse. Da habe ich das Mistviech weiter im Blick.« Er drehte sich um und stapfte über die Wiese in Richtung einer Sitzgruppe aus zusammengewürfelten Sesseln. Verena und Christoph Todt folgten ihm. »Nehmen Sie Platz«, forderte er sie auf. »Kann ich Ihnen etwas zu trinken …« Mitten im Satz rannte er wieder auf die Wiese, fuchtelte herum, fluchte, schimpfte. Er ist noch nicht mal außer Atem, dachte Verena, als er zurückkam und sich in einem Korbsessel niederließ.

»Haben Sie es einmal damit versucht, die Tauben ein paar Tage im Schlag zu halten und sie dann zu unterschiedlichen Zeiten in den Freiflug zu schicken? Dann weiß der Greifer nicht, wann er mit Beute rechnen kann, und wird auf Dauer nicht mehr kommen«, meinte Verena und lächelte, als sie den erstaunten Blick ihres Kollegen bemerkte. »Oder diese chinesischen Taubenpfeifen. Die sollen doch auch ganz wirksam sein.«

Haller nickte anerkennend, und Verena dankte in Gedanken ihrem Onkel Dietmar, der sie als Kind schon in die Geheimnisse der Brieftaubenzucht eingeweiht hatte. Ein bisschen fachmännischen Smalltalk konnte man zur Auflockerung der Atmosphäre immer gut gebrauchen. Und um die Kollegen zu beeindrucken, dachte sie und grinste in sich hinein.

»Er holt sich halt die Langsamen. Da nutzt alles nichts. Auf Dauer werde ich damit leben müssen«, stieg Haller auf Verenas Gespräch ein und wandte sich ihr zu. »Aber ich muss es ihm ja nicht zu einfach machen.« Er lachte wieder. »So wie Sie vermutlich auch, oder? Sie bei der Kripo wollen es den Räubern und Mördern doch sicher auch nicht zu leicht machen.«

»Nein. Ganz im Gegenteil.« Christoph Todt räusperte sich. »Deswegen sind wir hier. Wir hoffen, dass Sie uns helfen können. Diesen Artikel hier«, er reichte Haller die Kopie, »haben Sie vor zweiundvierzig Jahren geschrieben. Können Sie sich an die Recherchen erinnern?« Haller nahm das Blatt, kramte in seiner Hemdtasche nach einer Brille und setzte sie auf. Langsam, mit nach vorn gerecktem Kinn und gehobenen Brauen las er, runzelte die Stirn und schaute erneut in die Luft, so dass Verena dachte, er würde im nächsten Augenblick wieder aufspringen. Aber nichts geschah. Franz Haller blieb ruhig sitzen und nickte.

»Ja. Ich erinnere mich. Das war eine wilde Zeit. Ich war bereits siebenunddreißig. Zu alt, um bei diesen Sachen in Versuchung zu geraten, aber fasziniert hat es mich schon. Ich erinnere mich, dass einige Kollegen damals nicht nur theoretisch recherchiert haben.«

»Wie meinen Sie das?«

»Wie soll ich das schon meinen?« Haller rieb sich die Nase. »Sie haben es selbst ausprobiert. An den Experimenten teilgenommen.«

»Und Sie haben das nicht getan?« Christoph Todt beugte sich auf seinem Stuhl nach vorn und stützte die Unterarme auf den Knien ab.

»Wie gesagt. Ich war siebenunddreißig. Ich musste arbeiten und hatte keine Zeit für Kinkerlitzchen. Außerdem«, Haller kratzte sich am Kopf, »wenn ich ehrlich bin, hat es mich auch nicht gereizt.«

»Angeblich soll die Droge das Bewusstsein erweitern.«

»Ja. Das stimmt. Darum ging es dabei.«

»Was waren das für Experimente?«

»Bis einundsiebzig war LSD völlig legal in Deutschland zu bekommen. Es fiel zwar seit siebenundsechzig unter das Betäubungsmittelgesetz, aber komplett illegal wurde es erst, als seine Nicht-Verkehrsfähigkeit, wie es so schön heißt, festgestellt wurde. Keine Forschungen oder Anwendungen in der Medizin mehr. In Amerika hatte man es zwar schon früher verboten, aber hier konnte man noch ein wenig länger sein Bewusstsein damit erweitern.« Haller zuckte mit den Schultern. »Wir hinken ja nicht nur mit den schlechten Dingen hinter denen her, sondern auch mit den guten.« Er räusperte sich und warf einen Kontrollblick zum Himmel. Der Raubvogel hatte sich verzogen. »Also kurz und gut, es gab Gruppen, in der Hauptsache Studenten, die mit dem Zeug rumprobiert haben. Noch bevor es auch für die Forschung verboten wurde. Mehr oder minder unter dem Deckmäntelchen der Wissenschaft. Und dabei ist ja auch der Unfall passiert, von dem ich in dem ersten Abschnitt berichtet habe.«

»Was genau ist da geschehen?«

»Eine junge Frau ist aus dem Fenster gestürzt. Die Obduktion hat später ergeben, dass sie randvoll war mit dem Zeug.«

»Ich dachte, es wären nur Gerüchte, dass die Leute denken, sie könnten fliegen.«

»Sind es auch. Mehr oder minder.« Haller strich mit der flachen Hand über die Kopie. »Man hat kein Gefühl mehr für die Gefahr, kann nichts mehr richtig einschätzen. Deswegen wird man leichtsinnig. Aber nach meinem heutigen Wissensstand ist es nie vorgekommen, dass die Leute gesprungen sind, weil sie dachten, sie könnten fliegen. Vielmehr sind es Angstneurosen, die unter dem Drogeneinfluss hochkommen und dann zu solchen Handlungen führen. Die Leute flüchten vor ihren Ängsten und fallen dabei aus dem Fenster.« Er schnaubte. »Damals war es das Thema. Als Journalist kam man nicht drum herum, wenn man am Puls der Zeit und erfolgreich sein wollte.«

»Sie haben sich sehr genau mit der Materie befasst. Oder sind Sie ursprünglich Arzt?«

»Nein. Ich bin nur Journalist. Und natürlich dringe ich tief in die Materie ein. Ich habe nie geschrieben, ohne mich zu informieren.«

»Haben Sie sich auch mit dem Tod der jungen Frau näher befasst?«, fragte Verena.

»So weit ich konnte. Ich habe versucht, Kontakt zu den Beteiligten aufzunehmen, aber das war sehr schwierig.«

»Weswegen?«

»Sie waren sehr verschlossen. Wollten nicht reden. Ich hatte den Eindruck, dass sie die Sache möglichst schnell vergessen wollten.« Er machte eine Pause und ergänzte dann: »Was mich in Anbetracht der unglücklichen Umstände auch nicht wundert.«

»Können Sie sich an die Personen erinnern, die in diesen Unfall verwickelt waren?«

»Es waren, glaube ich, fünf oder sechs junge Leute. Genau weiß ich es nicht mehr. Es ist dann doch ein paar Jährchen her, und man wird ja nicht jünger.« Er keckerte leise. »Auf jeden Fall waren es drei Frauen, wovon die eine dann ja ...«

»Können Sie sich an die Namen der Frauen erinnern?« Verena erkannte die Anspannung auf Christoph Todts Gesicht, während er die Frage stellte. Es arbeitete in seinen Wangenmuskeln. Er blinzelte hochkonzentriert. Wenn sie richtiglagen und dieser Unfall etwas mit den Mordfällen zu tun hatte, dann waren sie ein großes Stück vorwärtsgekommen. Haller seufzte, spitzte die Lippen und sah wieder nach oben, als würde dort am Himmel die Antwort auf Christoph Todts Frage stehen.

»Nein.« Er schüttelte den Kopf. »Nein, tut mir leid. Da kann ich Ihnen nicht helfen.«

Ein Schatten flog über sie hinweg, und Haller sprang alarmiert auf. Er rannte zum Taubenschlag, aber es war bereits zu spät. Der Raubvogel war wie ein Pfeil nach unten geschossen, hatte eine der Tauben, die auf dem Sims gesessen hatte, gegriffen und in Sekundenschnelle erlegt. Als er Haller mit wedelnden Armen auf sich zustürzen sah, suchte er mit seiner Beute das Weite.

»Scheißviecher, verdammte«, fluchte Haller. »Und wenn mich nicht alles täuscht, waren es ausgerechnet die, die ich Werner zur Zucht überlassen wollte.« Sein Gesicht rötete sich vor Zorn und Aufregung. Christoph Todt stand auf, schob seinen Stuhl ein Stück zurück, und Verena tat es ihm gleich.

»Tut mir leid für Ihre Taube, Herr Haller«, sagte sie und reichte ihm die Hand zum Abschied.

Christoph Todt gab ihm eine Visitenkarte. »Rufen Sie uns an, wenn Ihnen noch etwas einfällt.« Haller nahm die Karte geistesabwesend entgegen. Er blinzelte, schüttelte den Kopf und hob abwehrend eine Hand. Mit einem Mal ging ein Strahlen über sein Gesicht.

»Sie haben mich doch nach den Namen der Frauen gefragt.« Christoph blieb stehen und sah Haller an. »An die erinnere ich mich zwar wirklich nicht, aber an einen der Männernamen.« Verena und Christoph warteten schweigend. »Ich habe mich daran erinnert, weil doch die Taube zu Werner …« Verena trat von einem Bein aufs andere und musste sich beherrschen, ihm nicht ins Wort zu fallen. »Er hieß Werner«, ließ Haller endlich verlauten. »Werner Hedelsberg.«

»Werner Hedelsberg, unser verschwundener Kneipier, war also mit von der Partie, als eine junge Frau aus dem Fenster zu Tode stürzte.« Verena drückte den Fuß aufs Gaspedal und zog auf die linke Spur der Autobahn.

»Es sollte kein Problem sein, den Namen des Unfallopfers herauszubekommen.« Christoph Todt trommelte mit den Fingerknöcheln gegen die Scheibe der Beifahrertür.

»Ich versuche gerade, mir das vorzustellen. Eine Gruppe junger Menschen, Studenten, will mit Drogen experimentieren, weil das einfach angesagt ist in dieser Zeit, und sich das Bewusstsein erweitern. Sie treffen sich. Es ist nett, man trinkt, hört vielleicht Musik, alles gut. Dann geht etwas schief, und es geschieht ein Unglück. Das ist tragisch und zieht mit Sicherheit Konsequenzen nach sich, aber sie haben nichts Illegales getan.« Sie überholte den Wagen neben sich.

»Wenn wir den Namen haben, können wir die Beziehungen zwischen den Beteiligten vielleicht entwirren.«

»Sie kennen sich. Sie vertrauen sich. Ich mache doch keine solchen Experimente, von denen ich weiß, dass sie auch danebengehen können, mit Menschen, denen ich nicht über den Weg traue. Vielleicht gab es Liebesbeziehungen innerhalb der Gruppe? Zwischen wem? Gab es Konflikte?«

»Wir müssen noch einmal mit Rose Hoss sprechen und sie dazu bringen, uns die Wahrheit zu sagen.« Christoph Todt blickte starr aus dem Fenster.

»Warum sind sie sich danach so konsequent aus dem Weg gegangen? Was ist aus ihren Studien geworden? Von Schlendahl wissen wir es. Aber die anderen: eine Tierpräparatorin, eine Gärtnerin, ein Kneipenbesitzer.«

»Sie ist die Einzige, die uns sagen kann, was damals

wirklich geschehen ist.« Er nickte, wie um seine eigenen Worte zu bestätigen.

»Sie schweigen alle. Über Jahre hinweg. Freiwillig. Bis jemand sie endgültig zum Schweigen bringt.«

»Wir müssen Werner Hedelsberg zur Fahndung ausschreiben.«

»Nur der Unfall als Motiv genügt mir nicht. Es steckt mehr dahinter.«

»Ja, es muss noch einen anderen Grund für die Morde und die Entführung geben.«

»Was?« Verena schreckte aus ihren Gedanken hoch. »Was haben Sie gerade gesagt? Ich habe nicht richtig zugehört. Entschuldigung. Hedelsberg. Fahndung. Haben wir da schon Ergebnisse? Sie wollten ihn doch zur Fahndung ausschreiben.«

»Nein, bisher hat sich noch keiner gemeldet.«

»Haben Sie nicht nachgehakt?«

»Warum sollte ich?«

»Ich bin davon ausgegangen, dass Sie sich darum kümmern, nachdem wir darüber gesprochen hatten.«

»Da muss ich mich nicht drum kümmern. Das ist doch lächerlich. Die Fahndung ist ausgeschrieben, und die Kollegen informieren uns, sobald es was Neues gibt. Da muss ich nicht nachhaken. Hören Sie auf, mir meinen Job zu erklären, Frau Irlenbusch, ich …«, zischte Christoph Todt, aber Verena unterbrach ihn: »Bitte?« Sie schnappte nach Luft. »Ich erkläre Ihnen nicht Ihren Job, sondern ich ramme mal ein paar Pflöcke ein.« Sie schlug auf das Lenkrad. »Das kann ja wohl nicht wahr sein. Was glauben Sie denn, wer ich bin? Ihre Befehlsempfängerin? Eine dumme kleine Anfängerin? Sie geben Anweisung und ich gehorche? Da haben Sie sich aber ganz schön geschnitten, mein Lieber. Es wird Zeit, dass Sie mal darüber nachdenken, welchen Umgangston Sie pflegen.« Verena griff nach dem Handy und drückte es ihm in die Hand. »Hier. Bitte. Rufen Sie die Leitstelle an und machen sich selber lächerlich.« Sie schnaubte vor Wut.

Christoph Todt wandte ihr langsam sein Gesicht zu, aber sie hatte den Eindruck, dass er durch sie hindurchsah. Er schwieg. Eine undurchdringliche Maske. Nur seine Lider bewegten sich.

»Soll ich Ihnen erklären, wie das Telefon funktioniert?« Wütend schaltete sie einen Gang runter, als sie vor der Ausfahrt abbremsen musste. Der Motor heulte auf, und sie verringerte das Tempo noch mehr.

»Sie haben recht, Frau Irlenbusch. Mein Fehler. Es wird nicht wieder vorkommen.« Christoph Todt blinzelte und fuhr dann mit leiser Stimme fort: »Meine Frau. Sie ist tot. Seit fast anderthalb Jahren. Ich bin nicht damit klargekommen. Meine Tochter, sie ist fünf, lebt nicht bei mir. Ich habe es nicht geschafft, den Alltag mit ihr gemeinsam zu bewältigen. Langsam geht es besser. Aber nur sehr langsam. Es ist mühsam. Die Arbeit hilft ein bisschen.« Er suchte ihren Blick. »Ich wollte nur, dass Sie das wissen, Frau Irlenbusch.« Er schluckte. Dann straffte er die Schultern und zeigte auf die Ampel, auf die sie gerade zufuhren. »Halten Sie da und lassen mich aussteigen. Ich nehme den nächsten Bus zu meiner Wohnung.«

Kapitel 11

Verena parkte den Wagen an der Straßenecke. Es würde ihr guttun, ein paar Schritte zu Fuß zu gehen, um nachzudenken, bevor sie sich wieder um Ruth kümmern musste. Sie stieg aus, blieb für einen Moment stehen und warf dann kurz entschlossen ihre Handtasche in den Kofferraum, bevor sie sich umdrehte und in die entgegengesetzte Richtung ging. Der kleine Park lag ganz in der Nähe von dem Haus, in dem sie groß geworden war und in dem sie nun wieder lebte. Hier hatte sie Fahrradfahren gelernt, mit Rollerskates Spaziergänger erschreckt und ihre erste heimliche Zigarette geraucht. Sie liebte es, sich auf die Bank an dem künstlich angelegten See zu setzen und einfach nur auf das Wasser zu schauen. Kleine Wellen zogen über die Oberfläche, vom Wind getrieben reflektierten sie das Licht. Mit zehn wollte sie herausfinden, ob das Glitzern der Wellen von unten betrachtet genauso aussah wie von oben. Sie war mit einem Stück Gartenschlauch ausgerüstet und im Badeanzug über die Absperrung geklettert und in den Teich gewatet, der nicht so tief war, wie sie es erwartet hatte. Bis zur Hüfte reichte ihr das Wasser, aber je weiter sie in den Teich hineinging, desto lehmiger und schleimiger wurde der Boden. Sie erinnerte sich genau an das Gefühl des durch ihre Zehen quillenden kalten Schlicks und schüttelte sich bei dem Gedanken daran. Aber damals hatte sie es spannend gefunden. Ein Abenteuer. Als sie die Mitte erreicht hatte, war sie untergetaucht, hatte sich auf dem Boden ausgestreckt und den Gartenschlauch in den Mund genommen. Sie wollte warten, bis die Wellen, die sie selbst verursacht hatte, sich gelegt hatten, und dann das Glitzern sehen. Aber es ging nicht. Wie eine Fessel legte sich der Druck des Wassers um ihren Brustkorb, gestattete ihr keinen einzigen Atemzug. Prustend und nach Luft schnappend war sie wieder aufgetaucht. Auch ein weiterer Versuch scheiterte. Frierend und bibbernd war sie aus dem Teich gestiegen, hatte sich heimlich wieder ins Haus geschlichen und umgezogen. Erst viel später hatte sie verstanden, in welcher Gefahr sie geschwebt hatte, wie leicht sie hätte bewusstlos werden und ertrinken können. Trotzdem. Die Neugier war geblieben. Der Wunsch, den Dingen auf den Grund zu gehen. Wahrhaftig unter die Oberfläche zu sehen. Vielleicht war sie deswegen auch zur Polizei gegangen.

Christoph Todt hatte sie unter seine Oberfläche schauen lassen. Nur kurz. Und nur so tief, wie er es gestatten wollte. Ihren Fragen nach dem Warum und dem Wie, die er sicher gefürchtet hatte, war er ausgewichen. Geflohen vor ihrer Anteilnahme. Verena rutschte auf dem Sitz der Parkbank ein Stückchen nach vorn, verschränkte die Arme und lehnte sich mit den Schultern an die Rückenlehne. Was wollte er damit erreichen? Rücksichtnahme und Verständnis für sein Verhalten? Was bedeutete das für ihre Zusammenarbeit? Sie hatte Vertrauen eingefordert, ohne es geben zu wollen. Wenn sie ehrlich mit sich selbst war, musste sie zugeben, dass sie zwar neben, aber nicht mit ihm gearbeitet hatte. Nicht gut. Für niemanden. Für sie nicht, für ihn nicht und erst recht nicht für den Fall. Das musste sich ändern. Sie tastete nach ihrer Tasche, bis ihr einfiel, dass sie noch im Kofferraum lag. Verena stand auf, streckte sich gegen die steifen Muskeln in ihrem Nacken und machte sich auf den Weg. Sie würde ihn anrufen, auch wenn sie nicht wusste, was sie ihm sagen sollte.

*

»Da sind Sie ja, Frau Irlenbusch.« Enzinger kam ihr mit ausgestreckter Hand über den Bürgersteig entgegen. Eine junge Frau folgte mit wenigen Schritten Abstand. »Ich möchte Ihnen jemanden vorstellen.« Er trat einen Schritt zur Seite und schob die junge Frau nach vorne. »Nina Rawowa. Sie ist gelernte Altenpflegerin. Sie kann Sie bei der Pflege Ihrer Großmutter unterstützen.«

»Oh.« Verena fühlte sich überrumpelt. »Ich hatte doch noch gar nicht entschieden, was ich ... Und wollten wir uns nicht eigentlich in dem Restaurant treffen?«

»Ich weiß, ich weiß«, unterbrach Enzinger sie. »Es ist nicht so gemeint, dass ich mich einmischen und Ihnen sagen will, was Sie tun sollen. Nina soll Ihnen lediglich die Zeit freischaufeln, die Sie brauchen, um in Ruhe eine Lösung zu finden.«

»Ich weiß nicht einmal, ob ich eine Pflegerin überhaupt bezahlen kann. Ich hatte die Nachbarin gebeten, heute Abend bei Ruth zu sein.«

»Wollen wir das nicht drinnen in aller Ruhe besprechen? Hier auf offener Straße ist doch vermutlich nicht der richtige Ort dafür.«

»Natürlich nicht.« Verena holte ihre Handtasche aus dem Kofferraum und ging zum Haus. Enzinger und Nina Rawowa folgten ihr. Während sie die Haustür aufschloss, wählte sie gleichzeitig Christoph Todts Nummer und lauschte in den Hörer. Niemand hob ab.

»Ich habe gewonnen«, hörte sie Ruth rufen, als sie

im Flur standen. Verena öffnete die Tür zum Wohnzimmer. Vor Ruth und der Nachbarin war ein Mensch-ärgere-dich-nicht-Spiel aufgebaut. Alle roten Männchen hatten ihr Ziel erreicht. Ruth strahlte. Verena ging zu ihr und gab ihr einen Kuss auf die Wange.

»Wir haben Besuch, Ruth.« Ihre Großmutter schaute interessiert auf.

»Spielen Sie Mensch-ärgere-dich-nicht?«, fragte sie. Nina Rawowa nickte nach einem kurzen Seitenblick auf Enzinger und Verena und setzte sich in den freien Sessel.

»Hallo, Frau Altenrath«, sagte sie und streckte Ruth die Hand entgegen. Ruth reagierte nicht. Sie schaute konzentriert auf das Spiel. »Darf ich denn mitspielen?« Ruth streifte sie mit einem kurzen Blick.

»Ja. Sie sind Blau.« Ruth griff nach den Spielfiguren und schob ihr drei blaue zu. »Bitte.«

Die Nachbarin stand auf und strich sich den Rock glatt. Neugierig musterte sie Nina Rawowa.

»Herr Enzinger hat eine Pflegerin für heute Abend engagiert«, erklärte Verena der Nachbarin und stellte die Besucher vor. »Ich wusste nichts davon. Wenn es dir recht ist, kann sie hierbleiben.«

»Hauptsache, jemand spielt mit dir, Ruth. Egal wer, richtig?« Die Nachbarin strich Ruth über die Schulter. »Kein Problem. Ich bin dann mal weg.« Sie lächelte Enzinger zu. »Ich hatte ursprünglich sowieso vor, heute Abend mit einer Freundin ins Theater zu gehen. Sie wird sich freuen, dass ich doch mitkommen kann. Ab und an ein bisschen Kultur schadet ja niemandem.« Verena bedankte sich bei ihr für die Hilfe. Mit einem Seitenblick auf Nina Rawowa meinte sie: »Tut mir leid, wenn ich die Dinge so verschleppe. Aber es ist alles sehr viel.« Die Nachbarin nahm Verena kurz in den Arm und drückte sie schweigend. Dann verabschiedete sie sich kurz von Enzinger, winkte ins Wohnzimmer zu Ruth, die aber bereits völlig versunken in die neue Spielpartie dasaß. Verena schob die Tür hinter ihr ins Schloss.

»Gut«, sagte Enzinger, »dann wollen wir mal los, Frau Irlenbusch.« Verena sah ihn irritiert an. »Meine Einladung zum Essen an Sie. Schon vergessen?«

»Ach so. Nein.« Verena schüttelte den Kopf. »Aber ich dachte ...«

»Keine Sorge. Ihre Großmutter hat wunderbar auf die neue Situation reagiert. Frau Rawowa macht das schon. Wir lassen ihr unsere Handynummern da, und wenn wirklich etwas sein sollte, kann sie uns problemlos erreichen.« Er kramte in seinen Taschen und zog aus der linken einen zerknitterten Kassenzettel und aus der rechten einen Kugelschreiber hervor. Er notierte seine Nummer und reichte beides Verena, damit sie ihre ebenfalls aufschrieb. Dann schaute er auf seine Uhr. »Der Tisch ist in einer halben Stunde für uns reserviert. Wir sollten uns beeilen.«

»Danke.« Verena nickte dem Kellner zu und lehnte sich ein Stück zur Seite, damit er den Vorspeisenteller servieren konnte. Enzinger hatte die Gerichte für sie beide ausgewählt, sich mit dem Kellner über den passenden Wein unterhalten, probiert und schließlich entschieden. Der Miene des Kellners entnahm sie, dass es eine gute Wahl gewesen sein musste, denn er verschwand mit einem zufriedenen Lächeln, um sich um ihre Bestellung zu kümmern. Ihr Magen knurrte laut, und sie legte eine Hand darauf in der Hoffnung, Enzinger hätte es nicht gehört. Aber er sah sie über seinen Teller hinweg an, hob eine Augenbraue und schmunzelte.

»Sie sollten darauf achten, regelmäßig zu essen, Frau Irlenbusch.«

»Ja. Das sollte ich wohl.« Verena pickte mit der Gabel in ein kleines orangefarbenes Bällchen, von dem sie annahm, es sei so etwas wie eine Minifrikadelle. Sie hatte keine Ahnung, was es sein sollte, ließ sich aber gern überraschen. Auch wenn sie ihr Essen normalerweise selbst aussuchte und selbst bezahlte. »Aber meine Arbeit lässt das nicht immer zu.«

»Oder anders ausgedrückt: Es ist Ihnen nicht wichtig genug.«

»Stimmt. Es gibt Dinge, die können nicht warten. Ein Imbiss kann es schon.«

»Sie schieben Ihre eigenen Bedürfnisse auf, um die anderer zu erfüllen.« So wie Enzinger es aussprach, war es keine Frage, sondern eine Feststellung, die sie sich selbst gegenüber zwar schon gedacht, aber nie eingestanden hatte. Sie biss in das vermeintliche Fleischbällchen und schmeckte Fisch. Sie schloss die Augen, genoss das sanfte Aroma und kaute langsam. Es stimmte, was Enzinger sagte. Sie dachte nicht an sich. Sie dachte an Ruth. Sie dachte an Leo. Sie dachte an den ungelösten Fall auf ihrem Schreibtisch. Sie dachte sogar an Christoph Todt und seine tote Frau. Nur an sich selbst nicht.

»Du wirst dich aufreiben auf diese Weise.« Enzinger legte seine Hand auf ihre. Verena öffnete die Augen, schluckte und betrachtete seine Finger. Der Wechsel zum vertrauteren Du war ihr erst nach einigen Sekunden aufgefallen. Sie spürte die Wärme, die von ihm ausging. Wollte sie das? Die Distanz so schnell aufgeben? Er schien sie zu mögen. Vermittelte ihr das Gefühl, dass ihr Vertrauen, das sie langsam zu ihm aufbaute, gerechtfertigt war. Beides gefiel ihr. Genau wie das Gefühl, dass er sich um sie sorgte. Wenn sie selbst schon keine Rücksicht auf sich nahm, er tat es. Dachte an sie und ihr Wohlergehen. Seine Hand rührte sich nicht. Lag abwartend und leicht da. Ohne Zwang. Gab ihr die Möglichkeit, ihre Finger unter seinen wegzuziehen. Sie ließ ihre Hand liegen. Sah ihn an. Sagte nichts. In ihrem Gesicht spürte sie kein Lächeln. Sie wollte diesen Punkt nicht einfach mit einer lockeren Geste übergehen, sie wollte ihn aushalten. Wie verlockend. Er bot ihr eine Sicherheit, die sie bisher nicht gekannt hatte. Er kümmerte sich. Sie würde sich einfach fallenlassen können. Enzinger drückte ihre Finger leicht und nahm dann seine Hand weg. Die Stelle auf ihrer Haut fühlte sich leer an und kalt.

»Kommst du wenigstens voran in dem Fall?« Er drängte sie nicht. Ließ das, was sie mit Worten aussprachen, über dem schweben, worum es in der Tiefe ging. Gab ihr Zeit.

»Langsam kommen wir weiter. Ich darf dir keine Details erzählen, das musst du verstehen«, griff sie die neue vertrauliche Anrede zwischen ihnen beiden auf. Dann lächelte sie, hob ihr Weinglas und prostete ihm zu.

»Verena.«

»Harald.« Sie tranken beide. Verena stellte ihr Glas ab und nahm sich eine weitere kleine Köstlichkeit. »Wir haben mit mehreren Zeugen gesprochen. Aber die Informationen, die wir erhalten haben, sind noch nicht eindeutig genug, um uns zu einer Lösung zu führen. Aber es scheint, dass es eine Verbindung zwischen unserem Fall und dem Verschwinden eines kleinen Mädchens gibt.«

»Hast du mehr Rückschlüsse auf die Bedeutung dessen bekommen, wie der Mörder sich verhält?«

»Ein bisschen. Aber auch das kann ich dir nicht sagen. Es gibt noch zu viele offene Fragen.«

»Wenn ich dir irgendwie helfen kann, auch fachlich, meine ich.«

»Nein. Das ist sehr nett von dir, aber du hilfst mir schon genug, indem du mich wegen Ruth unterstützt. Mehr zu erwarten, käme mir unverschämt vor.«

»Indem ich dir helfe, helfe ich mir selbst.« Er grinste, und für einen kurzen Augenblick sah Verena den kleinen Jungen, der Enzinger einmal gewesen sein musste, in seinen Zügen aufblitzen. Sie musste laut lachen.

»Wieso?«

»Dann hast du mehr Zeit für die wichtigen Dinge.«

»Für dich zum Beispiel.«

»Auch.«

»Und wofür noch?«

»Um mit mir am Abend vor meinem Geburtstag in die Oper zu gehen?«

»Oper?«

»Ja. Oper. Du kennst Oper? Das ist so ähnlich wie Kino, nur dass vorne kein Film läuft, sondern echte Menschen dastehen. Und sie sprechen auch nicht. Sie singen. Sehr laut, sehr viel und sehr schön. Sehr beliebt bei älteren Herren wie mir. Oper eben.«

»Oper.« Verena lachte. »Ältere Herren.« Sie machte eine Pause, fuhr mit den Fingerspitzen an der Tischkante entlang. »Also gut«, sagte sie schließlich. »Warum nicht?« Enzinger griff in die Innentasche seines Jacketts, holte einen Umschlag hervor und legte ihn neben ihren Teller. Verena öffnete ihn und nahm zwei Eintrittskarten heraus.

»Elektra von Richard Strauss.«

»Morgen Abend.«

Verena nickte.

»Soll Frau Rawowa morgen früh schon kommen? Für den Abend habe ich sie bereits engagiert«, wollte Enzinger wissen, als er den Wagen vor Ruths Haus geparkt hatte. Das Essen im Restaurant war köstlich gewesen, und ihre Unterhaltung hatte genau die richtige Mischung von netten Nebensächlichkeiten, interessanten Themen und gegenseitigem Ausloten gehabt.

»Du scheinst dir ja sehr sicher gewesen zu sein, dass ich ja sage.« Verena wandte ihm ihr Gesicht zu.

»Berufsrisiko.«

»Was hättest du gemacht, wenn ich nein gesagt hätte?« Er sollte nicht denken, er könne über sie verfügen, ohne sich mit ihr abzusprechen.

»Abgesagt.«

»Aha.«

»Aber nur sehr ungern.«

»Weil Frau Rawowa sich schon darauf eingerichtet hat.«

»Weil ich mit dir den Abend verbringen will.« Enzinger beugte sich zu ihr und küsste sie. Seine Lippen fühlten sich fest und warm an. Er zog sie an sich. Verena schloss die Augen. Ihr Handy klingelte.

»Ja?«, fragte sie atemlos, nachdem sie das Telefon aus den Tiefen ihrer Tasche gekramt und den Anruf entgegengenommen hatte.

»Frau Irlenbusch?«

»Ja.«

»Schwester Bergenbach hier. Entschuldigen Sie bitte die späte Störung.«

»Ist etwas mit Leo?«, fragte Verena alarmiert.

»Wir hatten Ihnen doch versprochen, uns zu melden. Frau Ritte ist wach und ansprechbar.«

Verena legte eine Hand auf den Türöffner. »Das war

die Klinik«, sagte sie zu Enzinger und wollte aussteigen. »Leo ist wach.«

»Bleib noch eine Sekunde.« Enzinger griff nach ihrer Hand. Er küsste sie wieder. Drängend. Fordernd.

Verena schob ihn weg. »Ich muss zu Leo. Jetzt.«

»Und was ist mit mir?« Seine Stimme klang hart.

»Hattest du gedacht, ich würde dich direkt mit in mein Bett nehmen?«

»Ich ...«, er verstummte und presste erneut seine Lippen mit einer Gier auf ihre, die ihr die Luft nahm. Verena wand sich aus seiner Umklammerung. Wütend riss sie die Tür auf.

»Dass du mir mit Ruth hilfst und mich zu einem schicken Essen ausführst, macht mich noch lange nicht zu deinem Eigentum.« Sie stieg aus dem Wagen, knallte die Tür hinter sich zu und ging über die Straße in Richtung ihres Autos. Sie hatte nur zwei Gläser Wein getrunken, musste also noch fahren können. Sie hörte, wie hinter ihr Enzinger den Motor startete und langsam über die Straße rollte.

»Tut mir leid, Verena.« Zerknirscht schaute er durch das hinuntergelassene Fenster zu ihr auf. »Ich war nur so ...«

»Was? So unbeherrscht?«

»Ja. Wenn du es so nennen willst.«

»Wie würdest du es denn selbst bezeichnen?«

»Verrückt nach dir.« Enzinger lächelte wieder sein Jungenlächeln.

»Wir reden morgen.« Verena schloss ihren Wagen auf und stieg ein, ohne die Tür zu schließen. »Jetzt muss ich zu Leo.« Sie nickte ihm zu. Er hatte eine Chance verdient. Aber bei aller Sympathie und vor allem bei dem Mehr an Sympathie, das sie bei sich für ihn feststellte, der letzte Kuss hatte eine Grenze überschritten und sie vorsichtig werden lassen. »Sag mir bitte, was ich dir für Nina Rawowas Dienste schulde. Du bekommst das Geld dann morgen.«

*

»Sie schläft. Aber Sie können trotzdem zu ihr.«

»Danke.« Verena folgte der Nachtschwester durch den schmalen Gang, durch den Besucher die Intensivstation betreten konnten. Die Zentrale erinnerte sie an die Kommandobrücke eines Film-Raumschiffes. Bildschirme, Überwachungsmonitore, Dioden blinkten. Jedes Aufleuchten ein Signal, dass die Arbeit der Ärzte und Schwestern erfolgreich war. Für den Moment. Herzfrequenzen. Die Schwester führte Verena zu einem der Zimmer, die mit einer großen Glasscheibe von der Zentrale getrennt um sie herum angeordnet waren, und öffnete die Tür. Leo lag in der Mitte des Bettes und atmete gleichmäßig.

»Wenn etwas ist, ich bin da.« Die Nachtschwester wies auf den Platz hinter den Monitoren. Verena nickte und trat näher an Leos Bett. Vorsichtig strich sie ihr mit den Fingerspitzen über den Handrücken. Leos Haut fühlte sich warm an. Es hätte alles viel schlimmer kommen können. Der Unfall hatte sie nicht getötet. Verena starrte ihrer Kollegin ins Gesicht, ohne sie wirklich anzusehen, und fragte sich, wie Leo darüber denken würde. Sie hatte Angst. Vor Leos Reaktion auf den Unfall. Vor ihrem Schuldgefühl. Vor ihrer Hilflosigkeit.

»Wie spät ist es?« Schleppend. Mühsam. Müde. Aber Leo. Verena schaute ihr in die Augen, nahm sie wahr. Dünnes Lächeln.

»Nach Mitternacht.«

»Mir geht es scheiße.«

»Ich weiß.«

»Ich kann mich nicht richtig erinnern, was passiert ist, aber sie haben gesagt, das sei normal.«

»Du hattest einen Unfall.«

»Ist die Maschine noch brauchbar?«

»Ich erkundige mich danach.«

»Sie haben mir gesagt, dass ich sie wahrscheinlich nicht mehr brauchen kann.«

Verena schluckte. »Ich weiß.«

»Scheiße.« Leo zog ihre Hand unter Verenas streichelnden Fingern weg. »Unterhalb der Rippen ist ein Wirbel gebrochen und hat ein paar Nervenstränge abgeklemmt. Sie wissen nicht, ob es wieder wird.«

»Wann wissen sie es?«

»Wenn es sich verändert. Oder eben nicht.«

»Ich hätte dich abholen müssen. Dann wärst du nicht mit dem Motorrad gefahren und ...«

»Du weißt, dass das Blödsinn ist?«

»Nein.«

»Es ist Blödsinn.«

»Aber ...«

»Verdammt, für was hältst du dich? Meine Mutter? Du musst doch nicht auf mich aufpassen. Ich entscheide selbst, was ich tue und lasse. Und ich habe entschieden, mit der Maschine zum Einsatzort zu kommen.«

»Du wolltest mir einen Gefallen tun.«

»Ja.«

»Also bin ich ...«

»Nein. Bist du nicht.« Leo schluckte. Verena sah, dass sie weinte, ohne eine Miene zu verziehen. »Ich bin verantwortlich für mich. Ich alleine. Ich brauche keinen, der die Schuld auf sich nimmt. Ich brauche keine Hilfe.« Sie drehte den Kopf zur Seite. »Nimm mir das nicht weg.«

»Ich will dir nichts wegnehmen, Leo, aber ...«

»Dann halt den Mund«, schrie Leo unvermittelt. Aus ihrer Miene sprang Verena eine Energie entgegen, die nicht zu dem geschwächt daliegenden Körper zu passen schien. »Du sagst, du weißt. Du sagst, du verstehst.« Sie schlug mit der Faust auf die Bettdecke. Es gab ein dumpfes Geräusch. »Nichts weißt du! Nichts verstehst du. Du liegst nicht hier. Du kannst dich bewegen. Deine Beine benutzen, wie du möchtest.« Leo erschlaffte. Tränen liefen ihr über die Wangen, aber sie schluchzte nicht. »Warum passiert das? Nein …« Sie lachte bitter. »Die Frage ist falsch gestellt. Warum passiert mir das?« Sie ballte ihre rechte Hand zu einer Faust, hob sie langsam und schlug wieder und wieder damit auf ihren Oberschenkel. »Nutzlos. Nutzlos. Nutzlos.« Leo zitterte. Verena setzte sich neben sie und nahm sie in den Arm. Leo wehrte sich nicht. Wie ein Kind ließ sie sich umfangen, lehnte sich an Verena. Sie weinte stumm.

»Es tut mir leid«, murmelte Verena. Sie schaukelte sanft hin und her. »Es tut mir so unendlich leid.« Leo befreite sich aus der Umarmung. Sie wischte sich die Tränen von der Wange. Schluckte. Verena beobachtete sie. Es schien ihr, als würde Leo ihr Leid in die Hand nehmen und es wie ein seltsames Tier betrachten, ohne zu wissen, ob dieses Tier sie beißen würde. Leos Blick veränderte sich. Stahl. Ein Panzer. Sie verschloss das Tier in einem Käfig, und Verena wusste, sie würde es nur noch in unbeobachteten Momenten herauslassen.

Verena stand auf, ging zum Fenster und schob die Verdunkelung zur Seite. Sie musste warten, bis Leo aus eigenem Antrieb das Thema wieder ansprach.

»Was ist mit dem Fall? Ist es einer?«, fragte Leo.

»Ja.« Verena drehte sich wieder zu ihr um. Sicheres Terrain. »Es ist einer.« Sie fasste die Informationen in knappen Worten zusammen. Leo brauchte keine langen Erklärungen. Sie verstand auch so.

»Was ist mit Todt?«

»Er ist ein Arschloch. Ein Chauvi, wie er im Buche steht. Und ein gewiefter Ermittler.« Sie verstummte, biss sich auf die Lippe.

»Kommst du mit ihm klar?«

»Schwer. Er ist nicht durchschaubar.«

»Du sollst ihn ja nicht heiraten.«

»Das hatte ich auch nicht vor.« Sie zögerte. Sollte sie Leo von Enzinger erzählen? »Heute hat er mir gesagt, dass seine Frau gestorben ist. Dann ist er ohne weitere Erklärung weggegangen.«

»Er muss dir auch keine Erklärung liefern.«

»Das stimmt.«

»Aber?«

»Nichts aber«, sagte Verena und schwieg.

»Frau Ritte braucht jetzt Ruhe, Frau Irlenbusch«, unterbrach die Nachtschwester die Stille. »Sie können morgen wiederkommen. Zu den offiziellen Besuchszeiten.«

Verena nickte.

»Kommst du wieder?« Leo. Blass in ihrem Bett. Das Tier hinter der Wand aus Stahl. Sie wussten beide, dass es darauf lauerte auszubrechen.

»Natürlich.«

*

Es konnte nicht sein, dass sie ihn nicht fand. Er hatte in ihrer Küche gestanden. Mit ihr gesprochen. Er war da gewesen. Und jetzt schien es, als ob es ihn nie gegeben hätte.

»Was machst du da?« Ihre Tochter Susanne stand im Türrahmen.

»Nichts Wichtiges.« Rose Hoss schlug das Telefonbuch zu. Sie fühlte sich ertappt.

»Du solltest aufhören, Dinge zu tun, die nicht wichtig sind.«

»Ja, du hast recht.« Sie wollte nicht, dass Susanne mitbekam, was sie vorhatte. Nicht aus Sorge um ihre Gesundheit, sondern weil sie sie für unfähig hielt. Rose Hoss wusste um das Urteil, das ihre Tochter über sie gefällt hatte, seit Mia verschwunden war.

»Du solltest auch aufhören, mir immer recht zu geben.«

»Ich gebe dir nicht immer ...«

»Doch. Das tust du«, unterbrach Susanne sie. »Du nimmst Rücksicht auf mich. Warum? Hast du ein schlechtes Gewissen mir gegenüber? Das wäre aber das erste Mal.«

»Susanne, ich habe Angst um Mia. Wahnsinnige Angst. Ich muss etwas unternehmen, sonst werde ich verrückt.«

»Wie es mir dabei geht, interessiert dich nicht?« Susanne lachte bitter auf. »Nein, natürlich nicht. Selbst jetzt, wo es einmal nicht um dich geht, schaffst du es trotzdem. ›Du wirst verrückt vor Angst‹, ›Du musst etwas unternehmen‹.« Die Tochter bebte vor Wut. »Ich habe genauso große Angst um Mia wie du. Ich bin ihre Mutter. Verstehst du das?« Susanne schrie jetzt. Die Adern an ihrem Hals traten hervor. »Du bist meine Mutter. Hilf mir jetzt. Sei für mich da. Einmal.«

Rose Hoss schlang die Arme um sich. Sie presste die Lippen aufeinander und schwieg. Sie wollte ihrer Tochter nichts darüber erzählen, was sie bereits unternommen hatte: ihr Versuch, seine Telefonnummer herauszubekommen. Das Telefonbuch der Stadt hatte sie durchgeblättert.

»Ich mache alles wieder gut.« Rose flüsterte. Ihre Tochter zitterte. Wartete auf eine Antwort. Sie starrte sie an, schüttelte den Kopf. Sie drehte sich um und ging zur Tür.

Als sie im Telefonbuch nicht fündig wurde, hatte sie die Auskunft angerufen, aber der Name war häufig, im ganzen Land gab es Männer mit seinem Namen. Nur hier nicht. Aber er lebte doch hier. Zumindest sein Autokennzeichen verriet das. Sie musste Kontakt zu ihm aufnehmen. Mit ihm reden. Ihn davon überzeugen, Mia nichts anzutun. Sie würde die Schuld und die Strafe und den Tod auf sich nehmen. Ihn anflehen. Ihn bitten. Oder ihn töten.

*

Die letzten Meter schob er den Anhänger rückwärts in die Garage, bis er ein leises Klacken hörte, als dieser an die Wand stieß. Millimeterarbeit. Die Garage des Reihenhauses war ursprünglich für ein paar Fahrräder und die Familienkutsche geplant gewesen, nicht als Aufbewahrungsort für einen Heißluftballon. Er hatte ein wenig ausprobieren müssen, bis er die optimale Aufteilung gefunden hatte, aber schließlich war es ihm gelungen. Erschöpfung machte sich in seinem Körper und in seinem Denken breit. Ein langer Tag. Sein Fall, die Ermittlungen streckten sich und kamen nicht so recht voran. Die Fahrt mit dem Ballon hatte geholfen. Mal wieder. Er sah auf seine Uhr. Spät. Er seufzte, zog im Herausgehen mit der Linken am Griff des Garagentors, das sich mit einem leisen Quietschen schloss, und wappnete sich.

Durch das Fenster neben der Haustür konnte er sehen, dass die Lampe in der Abzugshaube über dem Herd in der Küche brannte. Ansonsten war alles dunkel. Christoph Todt runzelte die Stirn, steckte den Schlüssel ins Schloss und versuchte, die Tür zu öffnen. Es ging nicht. Er zog ihn wieder heraus, versuchte es erneut. Der Schlüssel drehte und drehte, aber die Tür blieb verschlossen. Er klopfte. Kein Laut war zu hören. Er rüttelte an der Tür. Sie blieb verschlossen. Frustriert schlug er mit der flachen Hand auf das Türblatt und wandte sich ab, um hinter das Haus zu gehen. Am Küchenfenster verharrte er, presste sein Gesicht an das kühle Glas und versuchte, etwas im Inneren des Hauses zu erkennen. Er blinzelte. Wie Nebel zog ein feiner Schleier über seine Augen, und er konnte nichts sehen.

Das Gartentörchen knarrte laut, als es aufschwang, und erinnerte ihn an sein Versprechen, es zu reparieren. Er setzte es in Gedanken auf die Liste der unerledigten Dinge, die ihm die Zeit abverlangten, die er nicht hatte.

Auch im hinteren Teil des Hauses war alles dunkel. Durchzogen mit dem Schleier, der mit seinem Blickfeld zu wandern schien und es ihm unmöglich machte, etwas zu erkennen. Die Terrassentür war verschlossen. Er drückte und klopfte. Kaltes Glas. Er hämmerte mit den Fäusten dagegen, bis die Scheiben vibrierten. Nichts. Alles still und dunkel. Er nahm einen Stein von dem Haufen an der Seite des Gartens, der irgendwann zu einer Mauer werden sollte, holte aus und schlug ihn gegen das Fenster. Nichts. Er schrie ihren Namen, tobte, spürte, wie sein Herz in seiner Brust raste und sie eng werden ließ.

»Annika!« Er erwachte. Öffnete die Augen. Dämmerlicht. Starrte an die Decke. Spürte sich. Seinen Schweiß. Wie er den Rücken hinunterrann. Wie seine Glieder zitterten. Annika. Er hatte gedacht, es wäre vorbei. Die Träume. Die Angst. Die Panik. Immer wieder war er in den ersten Nächten, nachdem sie gestorben war, schreiend aufgewacht. Zitternd und schwitzend. Dann die Ruhe. Die traumlosen Nächte, in die er wie in eine Gruft eintauchte und aus denen er am nächsten Morgen wieder ans Tageslicht kroch. Nicht erholt. Aber mit der Gewissheit, dass der Abstand größer werden würde. Und jetzt träumte er wieder.

Er drehte den Kopf zur Seite. Das war nicht sein Schlafzimmer, nicht sein Bett. Ein Wust dunkler Haare neben ihm auf dem Kissen. Ein Gesicht, von den Spuren der Nacht gezeichnet. Er kannte ihren Namen nicht. Konnte sich nicht erinnern, wie er hierhergekommen war. Vorsichtig bewegte er sich, glitt aus dem Bett, tastete im Dunkeln nach seinen Kleidern. Er wusste nichts über den Menschen, der da atmete und schlief. Traumlos. Ruhig. Aber sie hatten zusammengefunden, weil es für sie beide an irgendeinem Punkt gestern Abend oder in der Nacht richtig gewesen war. Jetzt war es nicht mehr richtig, zumindest nicht für ihn. Trotzdem wollte er nicht einfach gehen und ihr ein Gefühl des Benutztwordenseins hinterlassen. In der Küche fand er einen Zettelblock. Nahm den Kugelschreiber, zögerte. Was sollte er schreiben? Einen Dank? Einen Gruß? Eine vage Perspektive? Er legte den Stift aus der Hand, zerknüllte den Zettel und verließ die Wohnung. Auf der Straße zog er sein Handy aus der Tasche. Verena Irlenbusch hatte gestern mehrfach versucht, ihn zu erreichen. Sicher schlief sie noch. Die Nachtwache würde ihn gewiss jetzt schon ins Präsidium lassen.

Kapitel 12

Herber Kaffeegeruch strömte Verena entgegen, als sie die Tür zum Büro öffnete. Der Raum war leer. Die Schranktür, hinter der sich die winzige Ersatzküche befand, stand offen. Die kleine Lampe der Kaffeemaschine leuchtete, und am Boden der Kanne brutzelte ein Rest brauner Brühe vor sich hin. Verena schaltete die Maschine aus und füllte Wasser in die Kanne, um zu verhindern, dass der Rest einbrannte. Mit einem Handgriff öffnete sie das Fenster, ihre Handtasche warf sie auf den Stuhl neben ihren Schreibtisch.

»Guten Morgen.« Christoph Todt blieb im Türrahmen stehen, zögerte kurz und ging dann zu seinem Arbeitsplatz. Er setzte sich, nahm einen Notizblock in beide Hände und blätterte einzelne Seiten um.

»Morgen.« Verena setzte sich ebenfalls. »Alles okay?«

»Danke. Ja.« Er stützte sich auf die Ellbogen und griff sich mit allen Fingern an die Stirn.

»Sieht aber nicht so aus.«

Christoph Todt sah sie durch seine Finger hindurch an, presste sie einmal fester auf seinen Schädel und ließ sie dann sinken. »Doch. Alles gut.«

»Also, wegen …«

»Einen wunderbaren guten Morgen wünsche ich.« Ein Kollege stand in der geöffneten Tür, die eine Hand auf der Klinke, in der anderen schwenkte er eine Akte. »Ich hab geklopft, aber ihr habt nicht reagiert. Noch geschlafen?« Er grinste.

»Nein.« Verena räusperte sich. »Was gibt es denn?«

»Ein kleines Wunder gibt es hier.« Der Kollege hob die Akte hoch. »Auferstanden aus den Tiefen des Archivs.« Er machte eine Pause, wohl um den Satz gebührend wirken zu lassen, und setzte eine enttäuschte Miene auf, als weder Verena noch Christoph Todt reagierten. »Also, damit euch das mal klar ist, liebe Kollegen. Das hier«, er hob die Akte erneut hoch, »ist keine Selbstverständlichkeit. Absolut nicht. Ich kann euch da Dinger erzählen.« Er schob das Telefon auf Christoph Todts Schreibtisch ein Stück zur Seite und lehnte sich an die Kante. »Ein Kollege hat mal nach einer Akte zu einem Fall gefragt, der sich vor fünfundzwanzig Jahren in einem Haus schräg gegenüber dem alten Präsidium ereignet hat, weil sich neue Sachlagen ergaben. Meint ihr, wir hätten die finden können? Nichts. Wie vom Erdboden und so. Weg. Verschwunden. Tutto kompletti nada.«

»Sehr interessant«, warf Christoph Todt ein und rückte sein Telefon gerade. »Wirklich ungeheuer spannend.«

»Aber jetzt der Hammer«, fuhr der Kollege fort, beugte sich vor und ignorierte Christoph Todts bissige Bemerkung. »Sie ist schließlich wieder aufgetaucht.« Er machte eine Pause und sah erwartungsvoll in Verenas Richtung, weil er sich vielleicht von ihr mehr Bewunderung erhoffte. Sie lächelte verhalten und verschränkte die Arme. Auch wenn sie nicht so direkt unhöflich sein wollte wie Christoph Todt, nervte der Kollege sie ebenfalls. »Nach einem Jahr. In Bayern.«

»Na, da war die Freude sicher groß«, tönte es aus Christoph Todts Richtung.

»Allerdings.« Der Kollege stand auf, knallte die Akte

auf Verenas Schreibtisch und ging zur Tür. »Vielen Dank für die überschwänglichen Danksagungen. Das wäre nicht nötig gewesen«, sagte er in ironischem Ton. Er schlug die Tür hinter sich zu, und Verena konnte das Knallen seiner Absätze auf dem Flurboden leiser werden hören, je weiter er sich entfernte.

»Kein Neuzugang für die Freundesliste.« Christoph Todt zuckte mit den Schultern, stand auf und kam zu Verenas Schreibtisch. Er griff nach der Akte und öffnete sie.

»Ach, sieh an.« Er zog ein Blatt Papier heraus, drehte es so, dass Verena es lesen und das Bild darauf sehen konnte.

Verena nahm das Blatt entgegen und las die Informationen, die dort aufgeführt waren: Cornelia Vogt, geboren am 23. Januar 1948, gestorben am 20. September 1971. Todesursache: Schädelfraktur in Sturzfolge. Sie war 23 Jahre alt. Sie legte das Blatt neben das Foto und beugte sich darüber. Sie nickte.

»Die unbekannte Dritte.«

»Sieht so aus. Die Haare, die Frisur, das Gesicht. Auch wenn das Bild hier«, er zeigte auf das Porträtbild in der Akte, »deutlich besser ist als diese Aufnahme. Die Ähnlichkeiten sind frappierend.«

»Wir müssen es trotzdem überprüfen.«

»Sehe ich auch so.« Christoph Todt runzelte die Stirn und griff sich wieder an den Kopf.

»Kopfschmerzen?«

»Geht schon.«

»Wenn Sie reden wollen, über das, was Sie mir da gestern gesagt haben?«

»Nein, das will ich nicht.« Er drehte sich um und ging zum Wandschrank. Er riss die Tür auf und nahm die Kanne von der Warmhalteplatte. »Was zum Teufel ist das denn?« Er schwenkte die Kanne, in der eine hellbraune

Brühe hin und her schwappte. »Das ist doch kein Kaffee.« Er knallte die Kanne wieder auf die Platte und warf die Schranktür zu.

»Nein, das ist das Ergebnis, nachdem ein vergesslicher Kollege es verbaselt hat, die Maschine auszuschalten.« Verena zog die Akte näher zu sich und schlug sie auf. »Vielleicht sollten Sie sich erst mal beruhigen, bevor wir weitere Schritte unternehmen. In diesem Zustand können Sie keine Zeugen befragen.«

»Und vielleicht sollten Sie damit aufhören, sich in mein Privatleben einzumischen, Frau Irlenbusch«, erwiderte Christoph Todt. Er marschierte zur Tür, riss sie auf und verschwand aus Verenas Blickfeld. »Ich kümmere mich jetzt endlich darum, dass wir mehr über das verschwundene Mädchen erfahren. Das hat ja bisher auch noch niemand gemacht.«

Verena starrte ihm hinterher. Fassungslos schüttelte sie den Kopf. Was war denn das gewesen? Sie griff zum Telefon und wählte die Nummer ihres Vorgesetzten. Vielleicht konnte er helfen, bevor es zwischen ihnen beiden hoffnungslos eskalierte.

»Du hast recht. Es ist wirklich schwierig«, bestätigte Walter Rogmann Verena, nachdem sie ihm von dem Vorfall und Christoph Todts Auftreten in den letzten Tagen berichtet hatte. »Aber es gibt Gründe.«

»Darf ich die vielleicht erfahren?«

»Hat er dir was erzählt?«

»Er hat gesagt, seine Frau sei gestorben.«

»Mehr nicht?«

»Gibt es ein Mehr?«

»Verena, wenn er es dir nicht erzählt, dann darf ich es auch nicht.«

»Walter, sein Verhalten beeinflusst unsere Zusammenarbeit. Es ist wahnsinnig schwierig.«

»So wie du es darstellst, wirkst du nicht zwingend beruhigend auf ihn ein.«

»Ich bin nicht sein Kindermädchen. Außerdem habe ich selbst genug um die Ohren. Das weißt du.«

»Ich weiß es und nehme Rücksicht. So wie ich auf Christoph Todts Lage Rücksicht nehme. Weil ich meine Mitarbeiter schätze und versuche, ihnen den Rücken freizuhalten. Auch wenn das nicht den allgemeinen Vorschriften entspricht und ich damit ein gewisses Risiko eingehe. Letztlich hänge ich am Fliegenfänger für das, was ihr veranstaltet.« Walter Rogmann machte eine Pause. »Hast du ihm von deinen Schwierigkeiten mit Ruth erzählt?«

»Nein, aber er weiß es.«

»Woher?«

»Weil er sie gesehen hat.«

»Aber darüber gesprochen habt ihr nicht.«

»Nein.«

Walter Rogmann räusperte sich. Verena nickte, obwohl ihr klar war, dass Rogmann sie nicht sehen konnte. »Ich benehme mich unmöglich. Bitte entschuldige.«

»Wie weit seid ihr mit den Ermittlungen?«, fragte er ohne Reaktion auf ihren letzten Satz. Seine Art, ihr zu zeigen, dass alles gesagt war und die Dinge von ihm so akzeptiert wurden, wie sie waren. Sie hatte verstanden.

»Wir wissen jetzt, wer die dritte Frau auf dem Bild ist.«

»Gut.«

»Es gibt einen Zusammenhang zwischen dem Bild und den Morden, aber wir wissen noch nicht welchen.«

Rogmann brummte zustimmend.

»Die Einzige von den fünfen, mit der wir sprechen

können, leugnet, die Frau auf dem Bild zu sein, und will anscheinend nichts sagen.«

»Nehmt sie euch noch einmal vor.«

»Ja.«

Rogmann schwieg. Verena konnte ihn atmen hören. Dann sagte er: »Verena?«

»Ja?«

»Versaut es nicht.«

»Nein.«

Sie betrachtete das Telefon, nachdem sie aufgelegt hatte. Rogmann hatte recht. Sie wollte das Rätsel knacken und diesen Fall lösen. Sie musste. Auch ohne Leo. Mit Christoph Todt.

Sie zog die Akte zu sich, blätterte durch die nüchternen Fakten, die Berichte vom Fundort der Leiche, die Mitschriften darüber, was die Kollegen vor zweiundvierzig Jahren aufgenommen hatten.

Die Zeugenaussagen und der Bericht des Rechtsmediziners waren im hinteren Teil der Akte. Sie stutzte, blätterte zurück, zählte. Es waren fünf Vernehmungsprotokolle. Fünf. Verdammt. Sie schlug mit der Hand auf den Tisch. Wie konnte sie nur so blöd gewesen sein.

»Ich habe mir die Akte zum Fall Mia kopiert. Die Kollegen haben außerdem versprochen, uns sofort zu informieren, wenn etwas geschieht«, sagte Christoph Todt in einem Tonfall, der in nichts an seinen Ausraster von vorhin erinnerte, und blieb vor Verenas Schreibtisch stehen. Er reichte ihr den Stapel Papier wie einen Blumenstrauß zur Versöhnung nach einem heftigen Ehekrach.

»Wir sind blind, total blind.« Verena starrte ihn an. »Wir sind so mit unseren persönlichen Sachen beschäftigt, dass uns das Offensichtliche nicht aufgefallen ist.«

Christoph Todt hob eine Augenbraue. »Und das wäre?«, fragte er und legte die Unterlagen zum Fall Mia zur Seite.

Verena nahm das Bild, drehte es so, dass er es sehen konnte, und tippte darauf. »Was sehen Sie?«

»Ich sehe fünf Menschen. Drei Frauen, zwei Männer. Sie feiern, was auch immer. Ich sehe die Zeitung mit dem Bildausschnitt. Ich sehe ein geschlossenes Fenster.«

Verena nickte. »Richtig. Das sehen wir. Aber wir haben uns die ganze Zeit die falsche Frage gestellt. Wir müssen nicht das suchen, was wir sehen, sondern das, was wir nicht sehen. Das Auge, durch das wir auf diese Szene blicken.«

»Wir haben den Scheißfotografen vergessen. Irgendwer muss das Foto ja geschossen haben.« Christoph Todt schloss für einen kurzen Moment die Augen und sog die Luft ein. »Sie sind klasse, Verena!«

*

Rose Hoss parkte ihren Wagen auf dem letzten kleinen Parkplatz hinter der Kfz-Meldestelle, nahm ihre Handtasche vom Beifahrersitz und stieg aus. Sie atmete tief ein und ließ die Luft langsam wieder mit einem Seufzer entweichen, während sie sich aufrichtete. Ihr Herz stolperte. Sie zog ihr Nitrospray aus der Tasche und nahm einen Zug. Atmen. Konzentrieren. Keine Zeit für Schwäche. Mit Mias Rettung konnte sie die Fehler an ihren Kindern wiedergutmachen. Sie wusste, dass ihre Chancen, bei ihrer Suche nach Mia weiterzukommen, sehr schlecht waren. Aber sie würde es sich nie verzeihen können, wenn sie es nicht versuchen würde. Sie musste ihn finden.

Die Luft in der Wartehalle des Straßenverkehrsamtes in

Poll war stickig. Auf den Stühlen, die in mehreren Reihen dicht hintereinander wie in einem Theater aufgestellt worden waren, saßen Menschen, die meisten waren Männer. In den Händen hielten etliche Nummernschilder, Bündel mit Papieren und Handys. Bei anderen lagen sie unter den Stühlen. Einige lasen Zeitung oder tranken Kaffee aus weißen Pappbechern, andere dösten mit vorgebeugtem Oberkörper und auf die Knie gestützten Ellbogen. Es roch nach Schweiß, Ungeduld und Automatenkaffee. Rose Hoss ging zu dem kleinen grauen Automaten an der Wand neben der Eingangstür, zog eine Wartenummer und suchte sich einen freien Stuhl. Den Zettel mit ihrer Nummer hielt sie in der Hand, drehte und wendete ihn. Sie dachte an die Schere in ihrer Handtasche. Sie hatte auf dem Arbeitstisch der Tochter gelegen. Satsuki Hasami, eine schmale, schlanke Ikebanaschere. Sie hatte sie genommen und in ihre Tasche gepackt. Spitz und scharf und handlich. Kühles Metall. Hergestellt, um Schönes zu erschaffen. Nicht, um zu töten. Rose Hoss schluckte. Sie musste sich darüber im Klaren sein, was sie ihm sagen, was sie tun würde, wenn sie ihn gefunden hatte. Er war größer als sie. Stärker. Sie würde ihn nicht überwältigen können. Oder sich wehren. Das hatte sie auch damals nicht geschafft, als er auf sie eingeschlagen hatte, nur mühsam zurückgehalten von den anderen. Er hatte geschrien, als er begriff, was geschehen war. Sie hatte den Hass in seinen Augen gesehen. Damals. Und heute wieder. Noch stärker. Ohne, dass er sie schlug. Aber es konnten nicht nur die Jahre sein, die diese Feindseligkeit genährt hatten, sonst wäre er viel früher über seine Grenzen getreten und zur Ursache dessen geworden, was erst jetzt geschah. Da war noch etwas gewesen, hinter dem Hassgefühl. Trauer, die ihn selbst betraf. Wehmut und Sehnsucht nach etwas, was in ihm wohnte und was er nun zu verlieren befürchtete. Sie schloss die Augen. Vielleicht täuschte sie sich auch, und ihre Angst gaukelte ihr seine Gefühle vor, um die Hoffnung auf sein Mitleid mit ihr nicht preisgeben zu müssen. Der Stuhl neben ihr knarzte, als ein junger Mann sich setzte. Breitbeinig nahm er seinen Platz ein. Rose Hoss rückte unwillkürlich ein Stückchen zur Seite, gab ihr Terrain auf und machte sich klein.

Er roch nach Tabak, Essen und altem Leder. Auf seinen Wangen lag ein dunkler Bartschatten. Er bemerkte ihren Blick und lächelte. Dann nickte er und beugte sich vor, stützte die Ellbogen auf die Knie und verfiel in die allgegenwärtige Duldungsstarre.

»Hallo?« Etwas stieß sie in die Seite. Rose Hoss schreckte hoch. Sie musste eingeschlafen sein. »Das ist doch Ihre Nummer, oder?« Der junge Mann hielt ihr einen kleinen weißen Zettel entgegen.

»Bitte?«, entgegnete sie verwirrt.

»Ihr Nummernzettel ist Ihnen aus der Hand gefallen.« Er zeigte mit dem Zettel zwischen den Fingern auf die Anzeigetafel über den Schaltern, ohne sich aus seiner vornübergebeugten Haltung zu lösen. »Das ist doch Ihre Nummer.«

Rose Hoss sah auf. »Ja. Danke.« Sie räusperte sich und stand auf. Es fiel ihr schwer. Sie hatte das Gefühl, ihre steifen Muskeln rieben ebenso aneinander wie das Leder der Jacke ihres Nebenmannes. Sie ging zum Schalter und legte den Nummernzettel zwischen sich und die Sachbearbeiterin hinter dem Schreibtisch.

»Ich habe eine große Bitte.«

»Und die wäre?« Die Sachbearbeiterin hob den Kopf, musterte Rose Hoss und schob die Tastatur von sich.

»Es ist etwas komplizierter.«

»Fassen Sie sich am besten kurz. Es warten noch etliche Kunden nach Ihnen.«

Rose Hoss warf einen unwillkürlichen Blick über die Schulter nach hinten. »Ja.« Sie öffnete ihre Handtasche und nahm das Blatt, auf dem sie das Kennzeichen notiert hatte, hervor. »Ich muss wissen, wem dieses Auto gehört.«

»Diese Auskunft darf ich Ihnen nicht geben.«

»Hören Sie, es ist ungeheuer wichtig für mich.«

»Ich darf trotzdem keine Angaben über Fahrzeughalter machen. Das verbietet mir der Datenschutz.«

»Aber es geht um meine Enkeltochter«, sagte Rose Hoss leise. Die Sachbearbeiterin seufzte.

»Wenn Ihre Enkeltochter von dem Halter des Fahrzeuges geschädigt wurde, sollten Sie sich an Ihre Versicherung wenden oder Anzeige bei der Polizei erstatten. Die können dann herausfinden, wer der Halter des Wagens ist, den Sie suchen. Ich darf Ihnen keine Auskunft geben.« Sie sah Rose Hoss an und dann an ihr vorbei auf die Wartenden. »Wenn Sie sonst nichts anderes …?«

»Nein.« Rose Hoss schüttelte den Kopf. »Nein. Nichts anderes. Nur das. Es ist wichtig.« Sie schob die Hand über den Schreibtisch, als ob sie nach den Fingern der Sachbearbeiterin greifen und sie festhalten wollte, zögerte und hielt inne. »Bitte!«

»Nein. Nichts zu machen. Tut mir leid.« Sie drückte auf einen Knopf, und Rose Hoss hörte ein leises Signal über ihrem Kopf. »Der Nächste bitte«, sagte die Sachbearbeiterin und blickte an ihr vorbei auf die Wartenden. Zögernd stand Rose auf. Sie hatte damit gerechnet, aber trotzdem eine kleine Hoffnung gehegt, die nun zerplatzte und eine Welle von Abscheu gegen sie selbst hochspülte. Ihre Schwäche, ihr Unvermögen, für Mia da zu sein. »Der Nächste bitte«, wiederholte die Sachbearbeiterin und schaute nun demonstrativ an ihr vorbei. Rose Hoss drehte sich um und ging an den Stuhlreihen vorbei nach draußen in Richtung ihres Wagens.

»Hallo?« Sie hörte schnelle Schritte. »Warten Sie mal.«

»Ja?« Rose Hoss wandte sich um. Der junge Mann in der Lederjacke.

»Ich habe drinnen gehört, was Sie für ein Problem haben.«

»Und?«

»Sie wollen doch wissen, wem ein bestimmtes Auto gehört.«

»Ja.«

»Warum wollen Sie das wissen?«

»Das geht Sie nichts an.« Rose Hoss wandte sich um und schloss ihren Wagen auf. Das würde sie niemandem sagen. Bestimmt nicht diesem Wildfremden.

»Ich frage, weil ich Ihnen vielleicht helfen kann.« Er legte die Hand auf die geöffnete Tür. Rose Hoss sah ihn an. Wartete. »Ich kann Ihnen den Namen und die Adresse besorgen, die Sie suchen.«

»Kennen Sie das Kennzeichen? Wissen Sie, wem es gehört?«

»Nein, ich weiß es nicht.«

»Wie wollen Sie mir dann helfen?«

»Ich kenne es noch nicht. Aber ich kann es herausfinden.«

»Das ist nicht legal.«

Der junge Mann lachte. »Warum gehen Sie dann nicht zur Versicherung oder zur Polizei und erstatten Anzeige?«

Rose Hoss nickte langsam. »Was wollen Sie dafür von mir?«

»Zweihundert Euro.«

Rose Hoss schwieg. Sie hatte keine andere Möglichkeit.

Sie schob die Hand des jungen Mannes weg und setzte sich in den Wagen. Sie öffnete das Handschuhfach und zog eine Brieftasche hervor, die unter einem Stapel verknitterter Landkarten lag.

»Einhundert.« Sie blätterte dem jungen Mann zwei Geldscheine in die Hand. »Warten Sie«, ergänzte sie und holte ein anderes Portemonnaie aus ihrer Handtasche. »Und fünfzig. Mehr hab ich nicht.«

Der junge Mann betrachtete das Geld nachdenklich, runzelte die Stirn und schloss dann seine Hand darum. »In Ordnung. In drei Stunden bin ich wieder hier. Mit dem Namen und der Adresse.«

Kapitel 13

Mia erwacht. Ihr Herz rast. Sie kann nicht denken. Sich nicht bewegen. Der ganze Körper schmerzt. Sie liegt auf dem Rücken. Es ist dunkel. Sie hat keine Kraft für die Angst, die in ihr lauert. Langsam bewegen sich ihre Lippen. Platzen und springen auf. Sie bleibt stumm, schließt die Augen. Mama. Alles dreht sich. Mama. Gedanken versanden. Mama. Ihr Herz schlägt. Einmal. Noch einmal. Langsamer. Mama. Die Dunkelheit dringt in sie ein.

*

»Meine Mutter ist nicht zu Hause.« Die Tochter von Rose Hoss klang resigniert. »Ich weiß nicht, seit wann sie weg ist. Ich weiß nicht, wo sie hin ist, und ich weiß nicht, wann sie wiederkommt. Sie hat mir nicht Bescheid gesagt, bevor sie ging.«

»Wir müssen dringend mit ihr sprechen.«

»Wissen Sie etwas Neues über Mia?«

»Nein, das tut mir leid. Die Kollegen arbeiten mit Hochdruck. Wir haben unsere Erkenntnisse jetzt zusammengeführt, aber …«

»Ihre Erkenntnisse zusammengeführt?« Mias Mutter lachte trocken, bis ihre Stimmung in Trauer und Verzweiflung umkippte. »Ich will mein Mädchen wiederhaben. Ich will meine Kleine«, schrie sie.

Verena schwieg und ließ sie weinen. Es war so schwierig, am Telefon die Menschen zu trösten. Am liebsten hätte sie die Frau in den Arm genommen und festgehalten.

»Möchten Sie, dass ich dem Notfallseelsorger Bescheid gebe oder einem Psychologen? Die können Ihnen vielleicht helfen«, sagte sie und versuchte, so sanft wie möglich zu klingen.

»Die können mir mein Kind auch nicht zurückbringen, genauso wenig wie Sie«, flüsterte Mias Mutter.

»Nein, das können sie nicht. Aber die Kollegen tun alles Menschenmögliche. Das müssen Sie mir glauben.«

Die Frau am anderen Ende der Leitung schluchzte leise.

»Ich verstehe Ihre Sorgen und Ihre Trauer, aber Sie müssen uns auch helfen. Bitte sagen Sie Ihrer Mutter, dass sie sich sofort bei uns melden soll, sobald sie wieder auftaucht.«

»Ja.« Es klickte leise im Hörer. Verena legte auf und ließ die Hand noch einen Moment auf dem Apparat liegen, bevor sie wieder zu der Akte von Cornelia Vogt griff und sie aufschlug.

»Meinen Sie, die Tochter sagt die Wahrheit?«, fragte Christoph Todt. Verena runzelte die Stirn.

»Wieso sollte sie lügen?«

»Wieso hat Rose Hoss gelogen?«, konterte er. »Wir müssen sie dazu bringen, die Wahrheit zu sagen. Wenn sie dabei war, weiß sie, wer das Bild gemacht hat. Und sie ist die Einzige, die es uns noch verraten kann.« Es klopfte an der Tür.

»Ja?« Verena klappte die Akte wieder zu. Ein Kollege trat ein, hinter sich eine Frau mittleren Alters.

»Frau Szymańska.« Christoph Todt stand auf, ging um den Schreibtisch herum und reichte ihr die Hand. »Ist Ihnen noch etwas eingefallen?«

»Ah, ihr kennt die Dame«, sagte der Kollege und zog sich zurück. »Dann ist ja gut.«

»Nein, nichts eingefallen«, begann Anna Szymańska, aber Christoph unterbrach sie.

»Setzen Sie sich.« Er schob ihr einen Stuhl zurecht, so dass sie zwischen Verena und ihm Platz nehmen konnte.

Anna Szymańska schüttelte den Kopf und umklammerte die Griffe ihrer Handtasche. »Er ist immer noch nicht zurückgekommen«, sagte sie mit einem ängstlichen Unterton. »Ich mache mir große Sorgen.«

»Sie meinen Werner Hedelsberg?«

»Ja. Nicht in der Kneipe und nicht zu Hause. Und er geht nicht an sein Telefon.«

»Haben Sie ihn kontaktiert, nachdem wir bei Ihnen waren?«

»Was heißt kontaktiert?« Ihr Akzent nahm für einen kurzen Moment überhand.

»Hat er Sie angerufen, oder Sie ihn?«

»Nein.« Sie schüttelte verwundert den Kopf. »Das habe ich Ihnen doch gerade gesagt.«

»Wir haben Herrn Hedelsberg zur Fahndung ausgeschrieben und suchen ihn mit den Mitteln, die uns zur Verfügung stehen. Der Aushilfskellner hat uns die Handynummer von Herrn Hedelsberg gegeben, aber wie es scheint, ist sein Telefon ausgeschaltet«, mischte sich Verena in das Gespräch.

Anna Szymańska runzelte die Stirn. »Was heißt zur Fahndung ausgeschrieben?«

»Dass wir ihn suchen.«

»Warum?«

»Weil wir ihn finden müssen.«

»Glauben Sie, dass er tot ist?« Sie schlug sich die Hand vor den Mund. »Oder glauben Sie sogar, dass er ein Mörder ist?« Sie blickte zwischen Verena und Christoph Todt hin und her. Wartete auf eine Antwort.

»Wir dürfen keine Möglichkeit außer Acht lassen. Deswegen ist es sehr wichtig, dass Sie uns alles sagen, was Sie wissen«, sagte Christoph Todt mit weicher Stimme. Anna Szymańska starrte ihn an.

»Werner ist kein Mörder. Er ist ein guter Mann.«

»Das können wir nicht beurteilen. Wir müssen uns an das halten, was wir an Informationen vorliegen haben.« Verena konnte erkennen, dass die Frau Tränen in den Augen hatte. »Sie mögen Werner Hedelsberg?«

Anna Szymańska nickte.

»Sie machen sich wirklich Sorgen.«

»Ja.«

»Weiß er das?«

»Nein.« Sie zuckte mit den Schultern. »Ich glaube nicht.« Wenn er Dreck am Stecken hat, weiß sie nichts davon, dachte Verena. Entweder weil er es vor ihr verborgen hat, oder weil er wirklich nichts getan hat.

»Haben Sie beide Nummern überprüft?«, fragte Anna Szymańska unvermittelt mit neuer Hoffnung in der Stimme.

»Beide Nummern?«

»Ja. Werner hat zwei Handys. Eins für die Kneipe und eins mit so einer Bezahlkarte, das er nur benutzt, wenn ihm das andere wieder gesperrt wird.«

»Nein«, sagte Christoph Todt in harschem Ton. »Warum haben Sie uns das nicht früher gesagt?«

»Weil ich nicht daran gedacht habe.« Anna Szymańska griff nach Stift und Block, die Verena ihr reichte, notierte die Nummer und gab Christoph Todt das Papier.

»Danke.« Er nickte, und Verena sah, dass er sich beherrschte, um nicht eine weitere wütende Bemerkung loszulassen. »Gibt es noch etwas, woran Sie nicht gedacht haben, als wir das erste Mal miteinander gesprochen haben?«

Sie zuckte langsam mit den Schultern. »Ich weiß nicht. Was wollen Sie denn wissen?«

»Warum wird ihm denn das Handy gesperrt?«, fragte Verena.

»Weil er die Rechnungen nicht pünktlich bezahlt.«

»Passiert das öfter? Hat Herr Hedelsberg finanzielle Schwierigkeiten?«

»Ich weiß nicht. Ich bekomme mein Geld immer pünktlich.«

»Hat er Ihnen je etwas von seinen Problemen erzählt? Vielleicht schon vor dem Tag, an dem er verschwunden ist.«

»Nein.« Sie schaute auf ihre Hände. »Er hat nie viel gesagt. Er hat mich eigentlich auch nie richtig wahrgenommen.« Sie atmete langsam aus. »Bis auf diesen Morgen.« Sie lächelte zaghaft. »Und ich dachte ...« Das Lächeln erstarb, und sie stand auf. »Sagen Sie mir, wenn Sie etwas Neues hören?« Sie machte eine Pause. »So oder so.«

»Ja.« Verena nickte, erhob sich ebenfalls. »Ich bringe Sie noch zum Ausgang«, erklärte sie und öffnete Anna Szymańska die Tür.

»In diesem verdammten Fall läuft nichts so, wie es laufen sollte«, empfing Christoph Todt sie, als sie wieder das Büro betrat. Er saß an Verenas Schreibtisch und legte gerade wieder den Hörer auf den Apparat zurück. »Sie ist immer noch nicht wieder da.«

»Wer?« Verena runzelte die Stirn. Sie hing in Gedanken noch dem Gespräch mit der Polin nach.

»Rose Hoss. Ich habe gerade mit ihrer Tochter telefoniert.«

»Ich glaube nicht, dass Anna Szymańska ein doppeltes Spiel spielt«, meinte Verena nachdenklich.

»Haben Sie mir überhaupt zugehört?«

»Bitte? Entschuldigung.« Verena fuhr sich mit der flachen Hand über die Stirn. »Ich habe nicht zugehört.«

»Die Tochter von Rose Hoss hat mir gesagt, dass ihre Mutter noch nicht wieder zu Hause ist.« Christoph Todt griff nach einem Kugelschreiber und ließ ihn durch die Finger gleiten. »Und jetzt zu Ihnen. Was Anna Szymańska angeht, stimme ich Ihnen zu.«

»Ihre Sorge um Werner Hedelsberg erschien mir echt.«

»Wir sollten sie trotzdem im Auge behalten. Ich habe die Nummer an die Kollegen weitergegeben. Sie versuchen, ihn zu orten, und erstellen ein Bewegungsprofil der letzten Tage. Aber das bringt uns jetzt nicht schnell genug weiter. Wir müssen anders vorgehen.« Er hielt die Akte hoch. »Weiter im Text. Hier. Bericht einer Zeugenvernehmung.«

»Warum fahren wir nicht hin? Zu Rose Hoss? Wer weiß, vielleicht sitzt sie am Küchentisch, lässt sich von ihrer Tochter verleugnen und lacht sich ins Fäustchen.« Verena setzte sich auf den Stuhl an seinem Schreibtisch. Interessante Perspektive, dachte sie und betrachtete die Aktenstapel und Ordner, die sich auf ihrem Tisch türmten. Christoph Todts Schreibtisch war nahezu leer. Leos persönliche Sachen, die auf dem Tisch gestanden hatten, und den Inhalt einer Schublade hatte er in einen Karton geräumt und im Schrank verstaut. Nun lagen ein Block, sein altmodisches Handy und zwei Stifte neben dem Telefon. Verena beobachtete ihn. Er schlug eine Seite der Akte um, in der Verena vor Anna Szymańskas Besuch nach Informationen gesucht hatte, ohne auf ihre Bemerkung zu reagieren.

»Haben Sie gehört?« Verena sprach lauter. Er stutzte, blätterte zurück und hob abwehrend die Hand.

»Das gibt es nicht.« Christoph Tod sog die Luft scharf durch die Zähne ein. »Ich glaube, ich weiß, wer das Bild gemacht hat.«

*

Diesmal war es still, als sie den Wagen parkten und ausstiegen. Nur ein leises Rauschen aus den Baumwipfeln war zu hören. Die Fenster des Taubenhauses waren geschlossen. Im Haus brannte Licht. Christoph Todt stieg die drei Stufen bis zur Haustür hoch und klingelte. Ein altmodischer Gong ertönte im Inneren. Verena steckte die Hände in die Taschen ihrer Jacke. Sie fror.

»Ja?« Franz Haller öffnete die Tür. Er trug dieselben Kleidungsstücke wie bei ihrem ersten Besuch, hatte aber nun noch ein Geschirrtuch als Serviette um den Hals hängen.

»Herr Haller, wir haben noch einige Fragen an Sie. Dürfen wir reinkommen?«, bat Christoph Todt in einem neutralen Tonfall. Statt einer Antwort drehte Haller sich um und schlurfte durch den Flur in die Küche. Verena folgte den beiden Männern. Im Inneren des Hauses war es stickig und roch es nach abgestandenem Essen. An den Wänden hingen gerahmte Fotos, die einen jüngeren Franz Haller zeigten. Schnittig, mit Hut und Siegerlächeln. Er war sehr von sich überzeugt, dachte Verena, während sie die Bilder betrachtete und auf ihnen vergeblich nach Ähnlichkeiten mit dem alten Mann suchte, den sie hier vor sich sah.

Franz Haller setzte sich auf einen Stuhl am Kopfende des Tisches und wies auf die freien Stühle und die Holzküchenbank. »Alles frei«, brummte er und griff wieder zu seiner Gabel, die er auf dem Tellerrand abgelegt haben musste, als es geklingelt hatte. Verena blieb stehen, und auch Christoph Todt machte keine Anstalten, sich zu setzen.

»Warum haben Sie uns angelogen, Herr Haller?«, eröffnete er das Gespräch, stützte sich mit beiden Händen auf dem Tisch ab und beugte sich zu Haller herunter.

»Hab ich das?« Haller spießte ungerührt eine weitere Bratkartoffel auf die Gabel.

»Sie haben gesagt, Sie hätten versucht, mit den Beteiligten Kontakt aufzunehmen.«

»Das war nicht gelogen.«

»Sie wollten, dass wir glauben, Sie wären erst nach dem Tod von Cornelia Vogt zu der Gruppe gestoßen.«

»Was mir ja auch gelungen ist.«

»Herr Haller«, mischte sich Verena in den Dialog zwischen den beiden Männern ein, »Sie waren dabei, als Cornelia Vogt zu Tode kam.«

»Gut recherchiert.« Er lachte leise, schnitt ein Stück Bratwurst ab und bestrich es mit Senf.

»Sie streiten es also nicht ab?«

»Nein.« Er schob den Bissen in den Mund und kaute ausgiebig, während er ein weiteres Stück abschnitt. »Warum sollte ich?«, fragte er, als sein Mund wieder leer war. »Ich vermute, Sie haben Einblick in die Akten. Und darin steht, dass ich anwesend war.«

»Und Sie finden es nicht ungewöhnlich, dass Sie uns beim ersten Besuch darüber nichts gesagt haben?«

»Nein. Absolut nicht.« Er griff nach seinem Glas, trank einen Schluck und stellte es mit großer Sorgfalt wieder neben seinem Teller ab. »Da Sie so ein exorbitant gutes Gedächtnis haben, erinnern Sie sich sicher auch an den Teil unseres Gesprächs, in dem ich Sie darauf hinwies, dass ich zu einhundert Prozent Journalist war und auch heute noch bin. Ich gebe nie alles preis.«

»Von diesem Grundsatz sollten Sie allerdings zügig abweichen, Herr Haller.« Christoph Todt griff mit der linken Hand nach einem Stuhl, zog ihn zu sich heran und setzte sich.

»Sollte ich?«

»Sagen wir mal so. Sie sind dabei gewesen, als eine junge Frau unter Drogeneinfluss zu Tode kam. Mehr als vierzig Jahre später sterben die anderen Anwesenden unter Umständen, die einen direkten Zusammenhang nahelegen.« Er rückte ein Stück näher an Haller heran. »Und? Hört sich das für Sie nicht nach einer guten Story an?« Haller hustete. Der Atem rasselte in seiner Brust, und ein pfeifendes Geräusch begleitete jeden seiner Atemzüge. Christoph Todt legte das Foto auf den Tisch zwischen sich und Haller und ließ seine Hand darauf liegen.

Haller schaute kurz darauf. Dann blinzelte er. Seine schweren Lider senkten sich, und Verena erkannte die Mühe, die er hatte, sie wieder zu heben. Er seufzte.

»Ich habe das Foto geschossen.« Er sah Christoph Todt direkt in die Augen. Der nickte. »Nicht mehr und nicht weniger.« Christoph Todt schwieg. Verena fing seinen Blick auf und verstand. Sie biss sich auf die Lippe, um die Fragen, die ihr auf der Zunge gelegen hatten, für sich zu behalten. Es war still im Zimmer. Eine Uhr tickte. Verena hörte ihren eigenen Atem. Haller hielt den Blickkontakt zu Christoph Todt, nur seine Hände zitterten.

»Herr Haller, warum haben Sie die anderen umgebracht?«, fragte Verena schließlich leise.

»Was?« Franz Haller zuckte zusammen und tauchte wie aus einem Traum wieder auf. »Was sagen Sie da?«

»Martin Schlendahl und Gisela Arend sind tot. Werner Hedelsberg ist verschwunden.«

»Ich habe nichts mit dem Tod der beiden zu tun.« Er

stand auf, nahm den Teller und trug ihn quer durch die Küche zur Spüle. »Warum suchen Sie nicht nach diesem Hedelsberg?« Er drehte den Wasserhahn auf, ließ ihn laufen, bis heißer Dampf aufstieg, und hielt dann den Teller unter den Wasserstrahl. »Versuchen Sie nicht, mir irgendeinen Mist anzuhängen.«

»Herr Haller, bitte begleiten Sie uns aufs Präsidium, damit wir …«, begann Christoph Todt, aber Haller fiel ihm ins Wort: »Ihr Geschwätz können Sie sich sparen, mein junger Freund. Ich habe mit diesen beiden Morden nichts zu tun.«

*

Der Mann war nirgendwo zu sehen. Natürlich, dachte Rose Hoss, er kommt nicht. Warum sollte er auch. Er hat ja eine Einfältige gefunden, die sich von ihm hat ausnehmen lassen wie eine Weihnachtsgans. Auf dem Parkplatz hinter der Meldestelle hatte sie keine Lücke finden können, und so musste sie den Wagen weiter entfernt an einem Supermarkt abstellen. Sie beeilte sich, die kurze Strecke zurückzulaufen, weil sie auf keinen Fall zu spät kommen wollte. Und so stand sie da, ein wenig außer Atem, und schimpfte mit sich und haderte über ihre eigene Dummheit. Nein, nicht Dummheit. Verzweiflung. Sie spürte wieder dieses Ziehen in der Brust, den Schmerz in ihrem Herzen, von dem sie nicht wusste, ob er aus ihrer Seele oder aus den müden Zellen kam. Sie schwitzte in der prallen Sonne. Der Schweiß lief ihr in einem dünnen Rinnsal den Rücken herunter.

»Hallo?«, fragte eine Männerstimme, und Rose Hoss wandte sich um. Enttäuschung machte sich in ihr breit. Es war nicht der junge Mann, der ihr die Adresse versprochen hatte.

»Ja?«

»Sind Sie ...«, er stockte, setzte neu an und schien zu überlegen. »Also, ich soll ...«, stammelte er und kratzte sich. Anscheinend irritierte sie ihn. »Sind Sie die Frau, die gerne die Adresse hätte?«, brachte er schließlich zustande.

»Ja. Die bin ich.« Rose Hoss empfand eine ungeheure Erleichterung und musste fast lachen. Ein ehrlicher Ganove.

»Hier«, sagte er und hielt ihr einen kleinen braunen Umschlag hin. Sie nahm ihn an sich und schaute hinein. Ein weißer Zettel, wie man ihn von jedem Notizblock abreißen konnte. Ein paar Zeilen handschriftlich darauf vermerkt. Sonst nichts. Sie nahm ihn heraus und las. Der Name war ein anderer. Nicht der, den sie erwartet hatte. Aber ein Name. Und eine Adresse in der Stadt. So nah? Er hatte so dicht bei ihr gewohnt, und sie hatte es nie bemerkt? Konnte das sein? Oder war es ein falscher Name? Von dem jungen Mann hastig hingeschmiert, um ihr irgendetwas zu präsentieren? Sie runzelte die Stirn. Nein. Das machte keinen Sinn. Dann hätte er nicht extra jemanden schicken müssen. Er hätte einfach fernbleiben und das Geld einstreichen können.

Das Haus lag auf der feineren Seite der Straße, allein in einer Reihe anderer gegenüber, die jüngeren Datums waren und vermutlich mit ihren Bergen von Kinderspielzeug, praktischen Vorgärten und raumgreifenden Familienkutschen nicht alle Alteingesessenen glücklich machten. Eine Mauer grenzte es von der Straße ab. Ein Tor. Dahinter ein kurzer Weg. Rose Hoss beugte sich zu dem Namensschild herunter. Messing, die Farbe der Gravur verblasst. Wer immer hier wohnte, tat das schon lange.

Sie legte die Hand auf das Metall, spürte den Klingelknopf unter ihrer Fingerspitze, zitterte. Was genau wollte sie tun? Wenn er öffnete, was wäre ihr Plan? Sie dachte wieder an die Schere in ihrer Tasche. An ihre Angst vor seiner Stärke. An Mia.

»Wer ist da?« Die Stimme in der Gegensprechanlage drang wie durch Blech zu ihr nach draußen, nachdem sie den Knopf gedrückt und ein entferntes Echo auf ihre Bewegung weit hinten im Haus gehört hatte. Aber sie erkannte sie. »Hallo?« Es knisterte und knackte. »Hallo?« Sie wusste nicht, was sie jetzt tun sollte. Sie hatte nicht weiter gedacht als bis zu diesem Augenblick. Sie wollte ihn finden. Das hatte sie. Und nun? Sie, die alte, herzkranke Frau gegen ihn, der zwar nicht jünger, aber größer war als sie und ein Mann.

Rose Hoss drehte sich um, setzte einen Fuß vor den anderen, langsam zunächst, dann immer schneller werdend, bis sie an ihrem Wagen angekommen war und sich in seine Sicherheit geflüchtet hatte. Der Rhythmus in ihrer Brust veränderte sich, stockte. Eins, zwei, nichts. Nichts. Ihr wurde schwindelig, ihre Hände umklammerten das Lenkrad. Eins, zwei, eins, nichts. Eins. Sie versuchte, ruhig zu atmen, starrte nach vorn auf die Straße. Nichts. Eins. Zwei. Am Tor in der Mauer stand ein Mann. Er schaute nach links und nach rechts, wieder nach links. Er suchte etwas. Sie? Hatte er sie durch eine Kamera beobachtet? Wusste er, dass sie da war? Zu ihm gekommen, um …? Um was zu tun? Sie wusste es immer noch nicht. Das wurde ihr jetzt klar. Genauso wie ihr die Notwendigkeit eines Plans bewusst wurde, um endlich handeln zu können. Langsam zog er das Tor hinter sich zu. Mit ruhigen Schritten ging er zu einem Wagen, schloss ihn auf. Rose Hoss löste ihre verkrampften Hände vom Lenkrad, schluckte und startete den Motor. Die Vibrationen beruhigten ihren Herzschlag. Vielleicht würde er sie zu Mia bringen.

Kapitel 14

»Die DNA-Ergebnisse sind da.« Verena öffnete den Umschlag mit dem Bericht des Labors und las.

»Wie lange dauert es, bis der Erkennungsdienst mit allem Drum und Dran fertig ist?« Christoph Todt fuhr den Computer hoch.

»In einer Stunde schicken sie Haller hoch zu uns, sofern er keine Einwände gegen das Erfassen seiner Fingerabdrücke hat und Widerstand leistet. Dann dauert es länger.« Sie runzelte die Stirn. »An beiden Leichen wurden DNA-Spuren eines Mannes gefunden. Desselben Mannes.«

»Es wird eng für Freund Haller«, warf Christoph Todt ein, aber Verena schüttelte den Kopf.

»Noch kann das Labor die Ergebnisse keiner Person direkt zuordnen. Ich fordere die richterliche Anordnung für die Probe bei Haller an. Die Verdachtsmomente reichen aus. Dann werden wir sehen.«

Christoph Todt nickte und wartete, bis Verena das Gespräch beendet hatte, bevor er selbst zum Hörer griff.

»Wir möchten uns gerne mit Ihnen ein wenig ausführlicher über Franz Haller unterhalten«, sagte er, nachdem der Chefredakteur von Hallers ehemaliger Zeitung sich gemeldet und Christoph Todt sich vorgestellt hatte. Verena streckte sich über ihren Schreibtisch und schaltete das Telefon auf laut, damit sie mithören konnte. Gelächter füllte den Raum.

»Ja. Der Franz ist einer, über den man viel erzählen kann«, dröhnte es aus dem Hörer.

»Sie auch?«

»Ich kenne ihn aus meiner Anfangszeit hier.« Der Ton wurde sachlicher. »Er ist ja deutlich älter und hat dann auch die Zeitung gewechselt.«

»Dieser Artikel, über den wir gesprochen haben ...«

»Ja«, fiel der Chefredakteur Christoph Todt ins Wort, »ehrlich gesagt haben Sie mit Ihrem Anruf meine Neugier geweckt, und ich bin ins Archiv hinuntergestiegen, um mir den Artikel anzusehen.« Er räusperte sich. »Dann kam auch die Erinnerung wieder. Das war eine wirklich große Sache damals.«

»Inwiefern?«

»Franz war der Erste hier in der Region, der wirklich bei einem solchen Drogenexperiment dabei war und sozusagen hautnah darüber berichten konnte. Dass die junge Frau dabei aus dem Fenster stürzte, war natürlich tragisch, aber aus redaktioneller Sicht ein Hammer.«

»In dem Artikel, den wir gelesen haben, wurde der Vorfall aber nur am Rande erwähnt.«

»Sie haben nur diesen gelesen? Nicht den aus unserer Boulevardabteilung?«

»Nein, bisher nicht.« Christoph Todt schlang seine Finger um das Kabel des Hörers. Verena sah, wie es in ihm arbeitete und er sich darüber ärgerte.

»Das war eine dicke Schlagzeile wert und brachte den Franz ein großes Stück weiter in seiner Karriere. Vorher war er ja eher im journalistischen Mittelfeld anzutreffen.«

»Er war nicht erfolgreich?«, mischte sich Verena in das Gespräch.

»Bitte?«, fragte der Chefredakteur irritiert.

»Entschuldigen Sie. Irlenbusch. Ich bin Herrn Todts

Kollegin. Sie sind auf laut gestellt.« Sie ging um den Schreibtisch herum und wiederholte die Frage: »Er war zu diesem Zeitpunkt nicht sehr erfolgreich?«

»Nein. Er war nicht gut. Ist es, wenn Sie mich fragen, auch nie geworden. Er war nur ungeheuer ehrgeizig und ließ seine Mitmenschen unter seinem ungeheuren Geltungsdrang leiden. Er wollte unbedingt Karriere machen. Was ihm ja später auch gelungen ist. In den letzten Jahren vor seiner Rente hat er sogar noch ein paar Romane verbrochen. Aber auch die waren eher mittelmäßig.«

Verena dachte an die Bilder und Fotos in Hallers Wohnung. »Haben Sie lange mit ihm zusammengearbeitet?«

»Nein. Wie gesagt. Unsere Wege haben sich irgendwann getrennt. Zum Glück, muss ich sagen. Ich habe ihm nicht nachgetrauert. Franz Haller ist kein allzu angenehmer Mensch. Sehr auf sich bezogen.« Er machte eine Pause, und durch die Lautsprecheranlage hörte sich sein Atmen an wie ein Schnaufen. »Wissen Sie, wir Journalisten sind nicht unbedingt Paradebeispiele für soziale Kompetenz, aber Haller setzte dem Ganzen immer noch einen drauf.«

»Haben Sie ein Beispiel dafür?«

»Ich kann es ja nur so sagen, wie ich es empfunden habe.«

»Wie haben Sie es empfunden?«

»Kalt. Haller war hartherzig, ohne es vermutlich bewusst zu wollen. Alles, was er tat, auch wenn es nach außen hin den Anschein machte, gut für das Redaktionsteam oder die Zeitung zu sein, machte er letztlich nur für sich. Für sein Fortkommen und vor allem für seine Reputation. Er wollte immer als der große Macher dastehen.«

»Ist ihm das gelungen?«

»Nach außen hin schon. Aber die Redaktion wusste

unbestreitbar Bescheid, und jeder hatte so seine Meinung über ihn.« Der Chefredakteur lachte bitter auf. »Teamarbeit war damals als Wort zweifellos noch nicht so in aller Munde, aber selbstverständlich mussten wir auch zusammenarbeiten. Bei Haller konnte es passieren, dass er zwar in einer Besprechungsrunde einen Kompromiss einging und an Stellen zustimmte, an denen er eine andere Meinung hatte. Aber dann stand er auf, ging raus und machte einfach das, was seiner Meinung nach richtig war, ohne sich auch nur im Geringsten an die Absprachen zu halten. Wie die anderen dastanden, war ihm komplett egal.«

»Netter Zeitgenosse«, murmelte Christoph Todt leise.

»Bitte? Ich konnte Sie nicht verstehen.«

»Wissen Sie, ob er dieses Verhalten auch in den anderen Redaktionen an den Tag gelegt hat?«

»Nur einiges vom Hörensagen. Das Einzige, was ich weiß, ist, dass er später einige prestigeträchtige Posten in Verbänden gesammelt hat, aber auch da seine bewährte Schiene gefahren ist. Die anderen arbeiten lassen und selbst die Ernte einfahren wollen.«

»Haben Sie noch Fragen an ihn?«, flüsterte Christoph Todt und sah Verena an. Sie schüttelte den Kopf.

»Danke für Ihre Zeit. Sie haben uns sehr geholfen.«

»Gerne.« Wieder ein Räuspern. »Eins noch. Ich habe Sie nicht gefragt, warum Sie das alles wissen wollten.«

»Nein, das haben Sie nicht.«

»Vermutlich würden Sie es mir sowieso nicht sagen, auch wenn ich Ihnen damit einen Gefallen getan habe.«

»Richtig.«

»Sie haben ja jetzt meine Nummer. Vielleicht ergibt sich die Gelegenheit zur Revanche. Eine gute Quelle ist immer sehr willkommen.« Der Chefredakteur legte auf.

»Er hat jetzt nicht versucht, Sie zu ...«

»Doch. Hat er.« Christoph Todt legte beide Hände flach auf den Schreibtisch, stand auf und grinste wie ein kleiner Junge.

Verena bemühte sich, durch den Mund zu atmen. Der Geruch, der ihr bereits in Hallers Haus aufgefallen war, verdichtete sich in ihrem Büroraum zu einem nur schwer zu ertragenden Gestank. Eine Mischung aus Moder und Schweiß, die nicht nur von Hallers schäbiger Kleidung auszugehen schien, sondern die aus seinen Poren drang. In dem Mann vor sich erkannte sie den Franz Haller, dem sie in seinem Haus begegnet war, kaum. Nur die Augen blickten wachsam und schnell. Verena begriff die kalte Intelligenz dahinter. Sie durften sich nicht von seinem Äußeren täuschen lassen.

»Sie haben also das Foto damals gemacht«, knüpfte Christoph Todt an Hallers Aussage an, nachdem sie die Formalien geklärt und ihn über seine Rechte belehrt hatten.

»Sie hatten mich gebeten, ihr Experiment mit der Kamera zu begleiten«, gab Haller ohne Umschweife zu. »Sie kannten wohl meine Arbeit und fanden sie gut. Ich war zu dem Zeitpunkt schon sehr weit mit meinen Recherchen über die Droge und die Szene. Natürlich wusste ich von dem Verbot in den USA, und mir war klar, dass es nicht lange dauern konnte, bis sie sie auch hier aus dem Verkehr ziehen würden. Das habe ich Ihnen ja schon einmal erläutert. Aber verstehen Sie, was das bedeutete?«, wandte er sich an Verena.

»Sagen Sie es mir.«

»Es war meine letzte Chance, noch einmal einen großen Artikel darüber zu schreiben. Eine Reportage. Hautnah.« Franz Haller legte seine Hände übereinander in den Schoß. »Die große Story.« Er lächelte. Christoph Todt und Verena schwiegen beide. Ohne sich darüber abgesprochen zu haben, wussten sie, dass es das Beste war, einen Verdächtigen erst einmal frei über das Geschehene reden zu lassen, ohne ihn mit Fragen in eine bestimmte Richtung lenken zu wollen. Dabei kamen oft Dinge zur Sprache, die auch für die Ermittler neu, aber wichtig für die Lösung des Falles waren. »Ich war fast vierzig und hatte bisher nichts auf die Beine gestellt, nur Alltagsgeschichten und Berichte über Verkehrsunfälle. Aber das reichte mir nicht. Verstehen Sie?« Haller redete sich in Rage. »Ich wollte aus dieser verdammten Lokalredaktion raus. Ich konnte mehr, und ich wusste das auch.«

»Diese Story war Ihr Durchbruch.«

»Ja. Das war sie. Niemand war jemals so dicht dran gewesen.«

»Wie ging es danach für Sie weiter?« Verena schlug ihren Notizblock auf.

»Ich wechselte die Redaktionen. Jedes Mal verbunden mit einem Aufstieg, bis ich schließlich Chefredakteur wurde.«

»Und ohne diese Story?«

Haller zuckte mit den Schultern. »Hätte es noch länger gedauert. Oder es wäre nie passiert. Ich weiß es nicht. Nur weil man etwas unbedingt will, heißt das noch lange nicht, dass man es auch bekommt. Aber diese Chance bot sich mir, und ich habe zugegriffen.«

»Was ist damals genau passiert?« Christoph Todt lehnte sich auf seinem Stuhl zurück.

»Es ist zweiundvierzig Jahre her.«

»Ein Mensch ist dabei zu Tode gekommen, Sie haben daraus einen Artikel gemacht, der entscheidend für den weiteren Verlauf Ihrer Karriere war. Wenn Sie mir jetzt sagen, Sie erinnern sich nicht, dann glaube ich Ihnen das nicht.«

Haller nickte. Er räusperte sich, blinzelte. Verena sah, dass er nachdachte, abwägte, taktierte.

»Wenn ich Ihnen das jetzt alles erzähle, werden Sie mich fragen, warum ich vorher nichts davon gesagt habe.«

»Das werden wir.«

»Und werden Sie es verstehen können, wenn ich Ihnen sage, dass ich genau das befürchtet habe, was jetzt eingetreten ist?«

Christoph Todt nickte stumm.

»Werden Sie mir auch glauben, wenn ich Ihnen sage, ich habe nichts mit den Morden zu tun?«

»Ich glaube grundsätzlich nicht.«

Haller lachte leise auf. »Das dachte ich mir bereits. Darin sind wir uns sehr ähnlich.«

»Erzählen Sie, wie es war.«

»Um Sie glauben zu machen?«

»Um mich zu überzeugen.«

»Wissen Sie, Herr Todt, ich bin ein alter Mann. Ich habe in meinem Leben viele Menschen getroffen, von denen ich dachte, ich müsste sie überzeugen.« Er wurde ernst. »Sie gehören nicht dazu.«

»Warum nicht?«

»Ich bin ein alter Mann und muss meine Energien da einsetzen, wo es sich für mich lohnt.«

»Sich von einem Mordverdacht zu befreien lohnt also nicht?«

»Doch. Natürlich. Aber das brauche ich nicht zu tun. Das werden Sie für mich erledigen.« Er streckte beide Hände vor und zeigte mit jeweils einem ausgestreckten Finger auf Verena und Christoph Todt.

»Inwiefern?«

»Weil es Ihre Arbeit ist, Herr Kommissar.«

Christoph Todt schwieg, und Verena merkte, wie schwer es ihm fiel, sich zurückzuhalten.

»Sehen Sie, das waren keine Junkies, die sich einfach den Stoff reinziehen wollten. Da ging es um mehr. Um etwas Höheres«, brach Haller die Stille.

»Um was?«, übernahm Verena das Gespräch.

»Um Erkenntnis. Um Wissen. Um Wahrheit.«

»Die Sie protokollieren sollten.«

»Sie hatten mich darum gebeten, und ich war dort. Es war nett. Eine fröhliche Gesellschaft. Trotz des wissenschaftlichen Hintergrundes. Sie waren neugierig auf das, was geschehen würde, wenn sie die Droge nehmen würden. Sie wollten dokumentieren, um nachher zu analysieren. Verstehen Sie?«

»Wer war alles dabei?«

»Fünf. Eigentlich hatten sich sechs angekündigt, aber es kamen dann nur diese fünf. Alles Studenten. Die Männer studierten Medizin und zwei der Frauen Psychologie. Eine Biologie.« Verena nickte. Das stimmte mit dem überein, was sie über die Mordopfer herausgefunden hatten. Martin Schlendahl gehörte offensichtlich zu den Medizinern, Gisela Arend war die Biologin. Das hieß, dass auch Werner Hedelsberg den Plan gehabt hatte, Arzt zu werden. Lag der Grund, warum er schließlich hinter der Theke einer Kneipe gelandet war, in diesen Geschehnissen?

»Sie hatten alles vorbereitet. Aber eine der Frauen, Cornelia, das war die, die nachher umkam, wollte zunächst nicht. Sie hatte Angst.«

»Weswegen?«

»Ich weiß es nicht genau. Es gab Streit deswegen. Ihr Freund, dieser Werner, hat ihr ganz schön zugesetzt.«

»Er wollte, dass sie mitmacht.«

»Ja. Und die andere Psychologiestudentin, diese Rose, auch.«

»Was haben die beiden gemacht?«

»Auf sie eingeredet, geschmeichelt, gedroht. Einmal die ganze Palette rauf und runter. Bei ihrem Freund hatte ich den Eindruck, dass da noch mehr dahintersteckte. Ich hatte das Gefühl, dass die Beziehung der beiden auf sehr wackligen Füßen stand.«

»Nach ihrem Tod ist LSD in ihrem Blut festgestellt worden. Haben Sie gesehen, wie sie es genommen hat?«

»Nein. Nicht direkt. Ich konnte nicht jeden von ihnen in jedem Augenblick beobachten. Ich habe Fotos gemacht, Notizen aufgeschrieben. Dass sie es wirklich genommen hatte, wurde mir klar, als auch sie Zeichen eines Rausches bekam. Etwas später zwar als die anderen, aber das Zeug wirkt ja bei jedem anders.«

»Haben Sie selbst auch die Droge genommen?«

»Nein. Definitiv nicht. Wenn es um die Arbeit geht, muss man einen klaren Kopf bewahren.«

»Kurz bevor Cornelia Vogt aus dem Fenster gesprungen ist, was ist da geschehen?«

»Sie stand auf und lief herum, stand am Fenster und schaute hinaus. Redete und sang. Tat, als würde sie ein Baby im Arm halten. Ihr Kind, aus Licht und einer neuen Liebe geboren und so weiter und so weiter. Eigentlich schien sie mir sehr friedlich.« Er verstummte und blickte über Verenas Schulter hinweg in den Raum, als könnte er dort Cornelia Vogt sehen und ihr leises Singen hören.

»Und weiter?«, fragte Verena leise.

»Ich weiß es nicht. Ich habe nicht mehr auf sie geachtet, weil einer der Männer, Werner, anfing, zu krakeelen.«

»Was hat er getan?«

»Um sich geschlagen, gebrüllt.«

»Was haben Sie gemacht?«

»Ich sollte ja nur mit meiner Kamera dokumentieren. Aber er ging auf die anderen los. Da habe ich die Kamera weggelegt und versucht, ihn zu beruhigen.«

»Wie?«

»Ich habe ihn festgehalten, aber er hat mich geschlagen. Hat sich wie wild gewehrt, mich angegriffen und zu Boden gedrückt.«

»Und Sie?«

»Er war zwar kräftig, aber ich war nüchtern.« Haller schluckte. »Als ich ihn überwältigt hatte und wieder wahrnahm, was um mich herum passierte, war es bereits zu spät, und das Mädchen war aus dem Fenster gesprungen.«

»Und das Foto?«

»Ist kurz vorher entstanden. Also, kurz bevor dieser Werner ausrastete.«

»Haben Sie danach noch Kontakt zu den Beteiligten gehabt?«

»Ich habe ihnen die Bilder zukommen lassen.«

»Was ist mit der Dokumentation?«

»Ist nicht geschrieben worden. Sie wollten es nicht mehr. Verständlich. Ich habe dann meine eigenen Artikel verfasst.«

»Und verkauft.«

»Richtig.« Haller streckte den Rücken und hob die Schultern. »Ich musste leben.« Sein Geruch schwappte wie eine Welle zu Verena herüber. Sie zuckte zurück.

»Sie mussten Karriere machen.«

»Auch.«

»Waren Sie vor drei Tagen in der Zahnarztpraxis von Martin Schlendahl?«, fragte sie.

»Nein.«

»Wo waren Sie?«
»Zu Hause.«
»Den ganzen Tag?«
»Ja.«
»Alleine?«
»Fragen Sie meine Tauben.«
»Sie haben also keine Zeugen?«
»Nein.«

»Ich werde nicht schlau aus ihm«, meinte Verena und ließ einen Bleistift durch ihre Finger tanzen, nachdem sie das Gespräch mit Haller beendet hatten. »Auf der einen Seite sperrt er sich, auf der anderen Seite gibt er freiwillig eine Menge Informationen preis, die ihn nicht zwingend entlasten.«

»Was er berichtet hat, klingt alles sehr einleuchtend. Ich denke, er hat recht.«

»Womit?«

»Dass wir beide seine Unschuld beweisen werden.«

»Er ist distanziert. So als ob ihn das alles nichts angeht.«

»Ein Schutzmechanismus? Er nimmt Abstand vom Geschehen, um nicht mit der Wahrheit über sein eigenes Verhalten konfrontiert zu werden?«

»Jemand wie Haller braucht keinen Schutz vor seinem eigenen Gewissen.«

»Oder er hat wirklich nichts mit Schlendahls und Arends Tod zu tun.«

»Mal angenommen, er ist es nicht. Wer bleibt dann übrig?«

»Hedelsberg.«

»Von dem wir immer noch keine Spur haben.«

»Was auch bedeuten kann, dass er tot ist.«

»Wir dürfen nichts außer Acht lassen.«

»Was ist, wenn es noch jemand ganz anderer ist?«

»Wer?«

»Haller sprach von sechs jungen Leuten, die sich verabredet hatten.«

»Aber sie waren nur zu fünft.«

»Und dieser Sechste geht nun hin und ermordet die, die sich damals getroffen haben.« Verena setzte sich hin, stützte ihren Kopf auf beide Hände und schloss die Augen. Ein stechender Schmerz zog von ihrem Nacken bis nach vorn vor die Stirn und breitete sich dort mit einem dumpfen Pochen aus. »Wir wissen nicht, wer es war. Wenn es ihn denn wirklich gegeben hat und er nicht nur der Erinnerungslücke eines alten Mannes zuzuschreiben ist.«

»Oder ein sehr geschicktes Ablenkungsmanöver.«

»Die Bedeutung dessen, was der Mörder tut«, murmelte sie, legte ihre Hand auf die Akte und zog sie langsam zu sich heran. »Das ist der Schlüssel. Das ist immer der Schlüssel. Wir dürfen es nur nicht übersehen. Es gibt immer ein Warum.« Sie schlug die Akte auf, nahm die obere Hälfte der Blätter ab und reichte sie Christoph Todt.

Auf die Grundlagen konzentrieren. Fakten sortieren. Auch wenn es schien, dass jede Richtung, in die sie gingen, zu einer Sackgasse wurde. Es gab die Lösung. Sie erkannten sie nur nicht. Gesichter tanzten vor Verenas Augen. Akten. Blut. Sie sah Cornelia Vogt fallen. Hörte ihr Schreien. Hatte sie überhaupt geschrien? Oder war sie stumm gestorben? Das Lied für ihr ungeborenes Kind auf den Lippen. Die Bilder drehten sich immer schneller. Verena wurde schwindelig. Sie schnappte nach Luft. Es war zu viel. Viel zu viel in diesem Augenblick. In diesem Fall. In ihrem Leben. Jeder Gedanke, den sie fasste, entwischte ihr, verlor seine Schärfe und verschwand im Durcheinander der Masse. Ruth. Leo. Enzinger. Es waren zu viele Bälle, die sie in der Luft halten wollte, ohne jonglieren zu können. Sie prasselten auf sie herab, schlugen ihr ins Gesicht, fielen wild durcheinander.

»Ich muss mal raus hier.« Sie stand ruckartig auf, griff nach ihrer Jacke und ihrer Handtasche. »Ich brauche Luft. Eine Pause. Ich muss einen klaren Kopf bekommen. Sie haben meine Nummer, wenn etwas ist. In ungefähr anderthalb Stunden bin ich zurück.« Ohne seine Reaktion abzuwarten, verließ sie das Büro.

Sie parkte in derselben Nische, die sie auch vor zwei Tagen genutzt hatte, als sie dem betreuenden Arzt von Gisela Arend einen Besuch abgestattet hatte, und fuhr mit dem Fahrstuhl direkt in die zweite Etage. Dort befand sich die neurologische Praxis. Es hatte etwas gedauert, bis sie sich im Klaren darüber gewesen war, wohin sie in ihrer Pause gehen und mit wem sie sprechen wollte. Zu Ruth, wo mit Sicherheit neue Probleme auf sie warten würden, die sie sich jetzt nicht einmal vorstellen konnte? Zu Leo, sich wieder mit den unsicheren Perspektiven auseinandersetzen, die das Leben ihrer Kollegin ab nun begleiten würden? Bin ich schlecht, wenn ich das alles für einen Moment nicht ertragen will?, fragte sie sich und suchte ihren Blick im Rückspiegel. Seit langer Zeit fielen ihr wieder die braunen Sprenkel in ihrer Iris auf, die sie schon als Kind gehabt hatte. Sternentaler hatte Ruth sie genannt und ihr das Märchen erzählt. Auch wenn das Mädchen dort zum Schluss belohnt wurde, war sie doch erfroren, weil sie nur auf die anderen und nicht auf sich geachtet hatte. Es gab Grenzen für alles. Grenzen ihrer inneren Kraft. Auftanken. Bevor es weiterging.

Sie drückte die Tür zur Praxis auf und war sich im

gleichen Augenblick darüber im Klaren, dass es doch keine so gute Idee gewesen war, hierherzukommen. Trotz des späten Nachmittags saßen eine Menge Patienten im Wartezimmer, das sie vom Empfangsbereich her einsehen konnte. Unsicher blieb sie stehen. Harald Enzinger würde keine Zeit haben, um sich ihr zu widmen. Wie albern, überhaupt auf die Idee zu kommen, mitten am Tag hier aufzukreuzen. Am besten wäre es, wenn sie einfach wieder umkehren, zurück zum Präsidium fahren und dort einige Schritte laufen würde.

»Kann ich Ihnen helfen?« Die freundliche Stimme der Arzthelferin hielt sie auf.

»Nein.« Verena wandte sich zu ihr um. »Ich wollte zu Doktor Enzinger. Privat. Aber das hat sich erledigt.« Sie lächelte und wies auf das Wartezimmer. »Ich melde mich später bei ihm. Sie können ihm ja ausrichten, dass ich da war.« Sie öffnete die Tür zum Flur.

»Doktor Enzinger? Sind Sie sicher, dass Sie in der richtigen Praxis sind? Wir haben hier keinen Doktor Enzinger.« Sie legte ihre Hand auf das Telefon. »Möchten Sie, dass ich unten in der Zentrale anrufe? Dort gibt es ein Verzeichnis aller hier im Ärztehaus praktizierenden Ärzte. Sie helfen sicher gerne.«

Verena stutzte. »Aber hier ist doch die neurologische Praxis?«

»Das stimmt. Aber von Doktor Dückelmann.« Sie lächelte geduldig. »Soll ich mich nun erkundigen?«

»Nein. Danke.« Verena schüttelte den Kopf. Als sie sich zum ersten Mal über den Weg gelaufen waren, hatte er doch gesagt, er hätte hier eine Praxis. Oder täuschte sie sich? Sicher hatte sie sich nur verhört oder ihn falsch interpretiert. Sie zog ihr Handy aus der Tasche. Kein Empfang. Sie trat näher an die Fensterfront, die auch in diesem

Stockwerk die gesamte Breite einnahm, und wartete darauf, dass die kleinen Balken auf ihrem Display erschienen. Dann tippte sie seinen Namen und die Fachrichtung in das Eingabefeld der Suchmaschine.

»Also doch«, murmelte sie zufrieden, als der Eintrag erschien: H. A. Enzinger, neurologische Praxis. Er hatte eine Praxis, nur die Adresse war eine andere. »Ich lasse nach«, sagte sie zu sich selbst und packte das Handy wieder ein, nachdem sie auf die Uhr gesehen hatte. Sehr viel war von ihrer Pause nicht mehr übriggeblieben. Jedenfalls nicht genug, um noch zu der anderen Adresse zu fahren. Sie seufzte. Ruths Haus lag auf dem Weg zum Präsidium.

»Alles in Ordnung. Alles gut«, empfing Nina Rawowa Verena und führte sie ins Wohnzimmer. Ruth saß am Esstisch, vor ihr ein Mensch-ärgere-dich-nicht-Spiel, ein halbvolles Glas und ein kleiner Teller mit frischen Obststücken. Ruth sah von dem Spielbrett auf, lächelte kurz und hob dann den Würfel auf.

»Zwei, ich habe eine Zwei«, jubelte sie und zählte die Schritte mit ihrer Spielfigur ab. »Ich gewinne bald«, verkündete sie, und Verena hatte den Eindruck, sie schon lange nicht mehr so gelöst gesehen zu haben. Auch wenn sie noch nicht wusste, wie sie Nina Rawowa finanzieren sollte, es musste irgendwie gehen. Die Alternative, Ruth in ein Pflegeheim zu bringen, schien ihr mit einem Mal noch abwegiger.

»Was haben Sie eigentlich mit Doktor Enzinger vereinbart?«, fragte sie Nina Rawowa und setzte sich zu Ruth an den Tisch.

»Bisher nicht viel.« Nina Rawowa ging in die Küche und kam mit einem weiteren Glas zurück. Sie stellte es vor Verena hin und goss ihr ein. »Er hatte mich ursprünglich nur für diesen Abend engagiert, aber dann gesagt, ich solle noch etwas bleiben.«

»Wie hoch ist denn Ihr Lohn genau?« Verena nahm den Würfel entgegen, den Ruth ihr hinhielt, und würfelte, ohne genau hinzusehen.

»Du hast eine Vier«, sagte Ruth laut und deutlich.

»Herr Enzinger hat mich für eine Woche bezahlt. Sie müssen sich um nichts kümmern.«

»Davon hat er mir nichts gesagt.« Verena runzelte die Stirn. Das musste sie unbedingt mit ihm abklären. Seine Hilfe bei der Organisation war sehr willkommen. Abhängig wollte sie sich allerdings nicht von ihm machen, auch wenn diese Überlegungen Nina Rawowa nichts angingen.

»Verena, du musst deine Figürchen setzen, sonst können wir nicht weiterspielen.« Ruth stupste Verena in die Seite. »Los, mach schon.« Automatisch griff Verena nach dem Würfel.

»Kennen Sie Doktor Enzinger schon länger?«

»Nein.« Nina Rawowa schüttelte den Kopf. »Nein. Er hat mich über einen Pflegedienst-Service engagiert. Wieso? Sind Sie nicht zufrieden mit meiner Arbeit?« Nina Rawowa wirkte aufgeschreckt. »Ist etwas nicht in Ordnung?«

»Doch, doch«, beruhigte Verena sie, während sie nach ihrer Mensch-ärgere-dich-nicht-Figur griff und sie um vier Felder vorsetzte. »Sie machen das wunderbar.« Verena stand auf, beugte sich zu Ruth herunter und gab ihr einen Kuss auf die Stirn. »Viel Spaß euch beiden!« Ruth nickte eifrig und winkte ihr nach, ohne sie anzusehen.

Kapitel 15

Sie war schon einmal in der Gegend gewesen. Vor vielen Jahren. Mit den Kindern und ihrem Mann. An einem der wenigen Sonntage, die Zeit ließen, um einen dieser Ausflüge zu machen, von denen die Mütter der anderen Familien in der Nachbarschaft oft erzählten. Aufs Land fahren nannten sie es. Die Wagen vollgepackt mit Kindern, den Picknickkorb bis zum Bersten mit Leckereien gefüllt und die Aussicht auf einen Tag Familienglück im strahlenden Sonnenschein. Dass es meistens anders endete, weil eins der Kinder sich übergab oder weil das Wetter umschlug und sie vom Regen durchnässt abends wieder auf den Hof rollten, wussten sie schon am Morgen.

Rose hatte gehofft. Wollte dem Leben einen dieser Tage abtrotzen. Sie wollte Fröhlichkeit und Ausgelassenheit. Luft und Sonne im Gesicht statt den stets über die Erde gebeugten Rücken. Aber so war es nicht gekommen. Vielleicht weil sie es nicht gewohnt waren, miteinander Schönes zu erleben, war ein jeder mit seinen Erwartungen in den Tag gegangen, ohne mit den anderen darüber zu sprechen. Weil sie auch das nicht gewohnt waren. Man sprach nicht. Man funktionierte. Klaglos. Und obwohl sie es schafften, nicht zu streiten, nicht zu hetzen, nicht zu schreien, krochen die Erkenntnis und die Enttäuschung darüber, keine heile Familie zu sein, in ihre Gedanken und hinterließen hässliche Narben.

Rose setzte den Blinker und bog rechts in dieselbe Straße ab wie Sekunden vorher der Wagen, dem sie folgte. Sie hatte sich bemüht, nicht aufzufallen. War hinter ihm geblieben, hatte Abstand und andere Wagen auf der Autobahn zwischen sich und ihn gelassen. Immer in der Hoffnung, dass er sie nicht entdecken würde. Zu ihrem Glück fuhr er ein konstantes Tempo. Rose Hoss schaltete das Radio aus. Während der Fahrt über die Autobahn hatte die ganze Zeit im Hintergrund leise die Musik gedudelt. Den Sender hatte ihre Tochter eingestellt. Es war nicht ihre Musik. Zu laut, zu hektisch, zu unverständlich. Normalerweise störten sie die leisen Töne nicht. Es fiel ihr nicht schwer, Worte an sich vorbeifließen zu lassen. Jetzt wollte sie sich konzentrieren können. Immer weniger Autos befuhren die immer kleiner werdenden Straßen, und die Gefahr, von ihm entdeckt zu werden, wuchs. Sie nahm den Fuß vom Gas.

Die Hauptstraße wand sich auf eine kleine Anhöhe hinauf. Rechts und links vereinzelte Häuser. Ein Straßendorf, wie so viele in der Gegend. Hinter einer Kurve sah sie seine Bremslichter aufleuchten und den Wagen in eine Einfahrt abbiegen. Sie fuhr vorbei, schaute nach rechts und beobachtete, wie er parkte. Nach einem halben Kilometer entdeckte sie einen Feldweg, wendete und hielt in der Nähe des Hauses an. Sie stieg aus. In der Stille des Dorfes erschien ihr das Geräusch ihrer Autotür laut und unangemessen. Sie zuckte zusammen. Sie behielt die Einfahrt im Blick. Ihr Herz schlug wild, aber sie ignorierte es genauso wie die leichte Übelkeit, die sich in ihr ausbreitete. Ihr Nitrospray war fast leer. Mehr als ein oder zwei Stöße enthielt es nicht mehr. Sie musste damit haushalten, es aufbewahren für den Moment, in dem nichts anderes mehr ging. Sie ballte die Hände zu Fäusten. Sie wollte nicht wieder versagen. Auch wenn es Wahnsinn war, was sie da tat. Sie durfte nicht. Mia. Nur sie zählte und sonst nichts. Rose ging, so schnell sie konnte, über die Straße und drückte sich im Schutz der Büsche vorwärts.

Sein Wagen stand mitten in der Kieseinfahrt vor einem Carport, der viel Platz bot, aber außer einem rostigen Buick und einem neueren Wagen, der noch funktionstüchtig und in Benutzung schien, leer war. Hinter einer Wiese, die sich an den Carport anschloss, stand ein Taubenhaus. Sie hörte die Vögel unruhig gurren und gegen die verschlossenen Türen flattern. Sie lauschte und bewegte sich behutsam vorwärts, bis sie ihn auf den Treppenstufen vor der Eingangstür stehen sehen konnte. Er wartete. Stand da mit gesenktem Kopf. Wie ein Raubtier in Lauerstellung, dachte sie und spürte, wie ihr ein Schauder über den Rücken lief. Er hob die Hand und hämmerte gegen die Tür. Verharrte reglos, legte dann den Kopf in den Nacken, beugte sich zurück und schaute zu den oberen Fenstern hoch. Rose Hoss biss sich auf die Lippe. Hier würde sie Mia nicht finden. Es war offensichtlich, dass er hier nicht lebte, sondern nur jemanden besuchte. Als Eingeladener, fragte sie sich, oder als ungebetener Gast, wie er auch ihr begegnet war. Mit dem Tod im Gepäck. Er ging die Stufen rückwärts hinunter, ohne sich umzudrehen, und trat dann an ein Gartentörchen. Mit wenigen Handgriffen hatte er es geöffnet, lenkte seine Schritte zum Taubenhaus und verschwand darin, ohne die Tür hinter sich zu schließen. Als er wieder ins Freie trat, begleitete ihn ein Schwarm Vögel. Das Gurren wurde lauter. Rose Hoss sah, wie er den Kopf schüttelte und sich suchend umsah. Dann verschwand er unmittelbar in den Büschen hinter dem Taubenhaus. Rose Hoss wartete. Sie horchte, aber außer den aufgeregten Geräuschen der Vögel und ihrem eigenen Herzschlag konnte sie nichts hören. Am besten, sie würde zurück zu ihrem Auto gehen und dort darauf warten, was geschehen würde, solange er noch in dem kleinen Waldstück verschwunden war. Aber was, wenn sie sich irrte? Wenn er doch nicht fremd hier war, sondern nur irritiert darüber, dass jemand, mit dem er fest gerechnet hatte, nicht da war. Was, wenn hinter dem Taubenhaus in dem Stück Wald Mia versteckt gehalten wurde? Sie rang nach Luft und versuchte, den Schmerz zu unterdrücken, der sich in ihr ausbreitete. Mias Gesicht, klein und verängstigt, erschien so klar vor ihr, dass sie die Hände ausbreitete, um das Kind zu umarmen. Was war, wenn sie nicht mehr lebte? Seit vier Tagen war sie verschwunden, die Polizei tappte im Dunkeln. Rose Hoss stöhnte, als ihr bewusst wurde, wie hilflos sie war. Wieder hatte sie versagt. Wieder hatte sie nicht das Richtige getan. Wieder hatte sie einen Fehler gemacht, der ein Leben kosten konnte. Mias Leben.

Rose Hoss löste sich aus ihrem Versteck hinter den Büschen, ging schneller und immer schneller über den knirschenden Kies, ohne darüber nachzudenken, ob sie sich verriet. Sie rannte und stolperte den schmalen Trampelpfad entlang, der sich hinter dem Taubenhaus in den Wald zog. Sie musste ihn einholen. Nach zwanzig Metern verengte sich der Pfad. Sie blieb stehen, rang nach Luft und sah sich um, konnte ihn aber nicht entdecken. War er überhaupt hier entlanggegangen? Hatte sie eine Abzweigung verpasst? Sie wandte sich um, ging einige Schritte zurück, stutzte. Die abgebrochenen Äste und das niedergedrückte Gras erweckten den Eindruck, als ob hier jemand gewesen war. Ihr Herz raste. Die Anstrengung war zu groß. Mit der rechten Hand tastete sie nach einem Baum, der ihr Halt geben konnte. Atme. Atme. Atme.

Nicht umfallen. Ein Stoß Nitro. Du musst Mia helfen. Rose beruhigte sich. Langsam schob sie einen Fuß vor, folgte der Spur weiter in den Wald hinein, den Blick fest auf den Boden gerichtet. Beinahe hätte sie es übersehen. Aber im Grün und Braun des Dickichts erschien das Blau der Jeans falsch. Ein Fuß, ein Herrenschuh, ein Bein. Rose Hoss schrie auf, schlug im gleichen Moment die Hand vor den Mund. Wer auch immer da lag, rührte sich nicht mehr. Sie hielt die Luft an. Bemerkte die Fliegenschwärme. Moschusgeruch fraß sich in ihr Bewusstsein. Altes Fleisch. Süß und ekelerregend. Es raschelte vor ihr. Sie versuchte, durch den Mund zu atmen, den Gestank auszuschließen, aber es gelang ihr nicht. Sie schluckte, kämpfte gegen den Drang an, sich zu übergeben. Mit zitternden Händen bog sie die Äste des Strauches zurück, die ihr den Blick versperrten. Ein Mann lag auf dem Boden. Jeans und Hemd. Ein Jackett, achtlos ein paar Zentimeter neben seinem Kopf hingeworfen. Rose Hoss blinzelte. Über die Stellen seines Körpers, die nicht von Kleidung bedeckt waren, krochen Maden, und sie erkannte, dass das Rascheln von ihnen kam. Sie wimmelten durcheinander, schlängelten und krochen auf der Suche nach weiterer Nahrung über den Leichnam und rieben ihre Panzer aneinander. Am rechten Armgelenk blitzte das Metall einer Armbanduhr durch die Insektenschicht.

»Kein schöner Anblick, nicht wahr?«

Rose Hoss fuhr herum.

»Vermutlich liegt er schon ein paar Tage hier. Ich hatte mich bereits gewundert, dass ich ihn nicht finden konnte. Aber hier«, er umfasste mit einer Geste den Wald, »hätte ich ihn nicht vermutet.« Er sah ihr ins Gesicht, seine Miene in Stein gegossen. Keine Regung, kein Ekel, kein

Mitleid mit dem Toten vor ihnen auf dem Boden. Ein dünner Schweißfaden lief Rose Hoss' Rücken hinunter. Sie zitterte.

»Was machst du hier?« Seine ruhige Stimme. Plauderton. Als ob sie sich in der Stadt zufällig getroffen hätten und nun überlegen könnten, ob sie zusammen einen Kaffee trinken gehen würden. Rose Hoss rang nach Luft.

»Wo ist Mia?«

»Nicht hier.«

»Bring mich zu ihr. Bitte.«

Nachdenklich betrachtete er sie. Dann griff er nach einem Ast, hob ihn hoch und schlug zu. Rose Hoss sah den Schlag kommen. Sie rührte sich nicht. Wartete auf den Schmerz. Aber es kam nur Dunkelheit.

*

»Was hältst du noch von einem kleinen Imbiss, bevor wir in die Oper gehen?«, fragte Harald Enzinger ohne weitere Begrüßung, als Verena das Telefongespräch annahm. »Du hast doch sicher wieder nichts gegessen.«

»Nein. Also ja.« Verena grinste in den Hörer.

»Kommt ihr denn weiter?«

»In anderthalb Stunden vor der Oper?« Sie wollte jetzt nicht mit Harald Enzinger über den Fall diskutieren. »Es gibt in der Nähe ein paar nette kleine Restaurants.« So blieb außerdem noch genügend Zeit, um den letzten Stand der Dinge mit Christoph Todt abzuklären. Wenn er nicht wieder pünktlich in den Feierabend entschwunden war.

»In Ordnung.« Es klickte im Hörer. Harald Enzinger hatte aufgelegt. Verena zögerte. Sie hatte in der Kürze des Gesprächs keine Gelegenheit gefunden, ihn nach den

Missverständnissen zu fragen. »Ach, egal«, murmelte sie und nahm sich vor, beim gemeinsamen Essen mit ihm darüber zu sprechen.

»War ja klar.« Verena stellte ihre Tasche auf den Schreibtisch und tippte auf die Tastatur. Mit einem leisen Surren fuhr der Computer aus dem Ruhemodus hoch. »Der Herr ist bereits ausgeflogen. Hätte ich mir ja denken können.« Ärgerlich betrachtete sie das Chaos auf Leos Schreibtisch, den Todt mehr und mehr für sich vereinnahmte. Akten lagen übereinander, aufgeschlagen, ineinandergeschoben und mit bunten Post-its versehen. Sie ging um die beiden Tische herum und griff nach der Akte, die zuoberst auf dem Haufen lag. Dabei stieß sie mit der Hüfte an die Tischkante. Es surrte, und der Bildschirm flackerte auf.

»Suchen Sie etwas Bestimmtes?« Christoph Todt lehnte im Türrahmen.

»Ich dachte, Sie wären schon weg.«

»Berechtigt Sie in Ihren Augen meine Abwesenheit zum Durchwühlen meines Schreibtisches?« Mit wenigen Schritten stand er neben ihr.

»Das ist nicht Ihr Arbeitsplatz. Das ist Leos Arbeitsplatz.« Verena blieb stehen. Für einen Augenblick verschwand die Lässigkeit aus seinem Blick, und sie erkannte ein weiteres Stück des Christoph Todt, der ihr im Auto eines seiner Geheimnisse anvertraut hatte. Sie biss sich auf die Lippe. Er sammelte sich im Bruchteil einer Sekunde. Fassade.

»Da haben Sie natürlich völlig recht, Frau Irlenbusch«, erwiderte er und nahm ihr mit spitzen Fingern die Akte aus den Händen. Verena blinzelte und holte tief Luft. »Und das wollen wir auch weder vergessen noch ändern.«

»Es tut mir leid.« Sie überließ ihm die Papiere, ging um

ihn herum und blieb Rücken an Rücken mit ihm stehen, um ihm nicht in die Augen sehen zu müssen. »Tut mir wirklich leid. Es sollte nicht so abweisend klingen, wie es rübergekommen ist. Ich hatte mich nur geärgert, dass Sie nicht da waren und wieder so früh abgehauen …« Sie verstummte und wandte sich zu ihm um. Jetzt standen sie dicht voreinander. Er verharrte, neigte den Kopf zur Seite. Sie konnte sehen, wie er nachdachte, aber was ihn bewegte, verriet er mit keinem Wort. Sein Atem ging gleichmäßig. Sein nach innen gewandter Blick ließ sie nicht los.

»Cornelia Vogt war schwanger, als sie starb.« Er trat einen Schritt zurück, schlug die Akte an einer der Markierungen auf und hielt sie ihr unter die Nase. Distanziert. Kühl. »Allerdings noch sehr frisch.«

»Weiß man, wer der Vater war?«

»Vielleicht steht es in den Protokollen. Ich lese jetzt von vorne nach hinten. Das dauert.«

Verena nickte. »Wissen wir etwas Neues von der Kleinen?«

»Nein.« Christoph Todt setzte sich an seinen Schreibtisch, lehnte sich auf dem Stuhl nach hinten und verschränkte die Arme hinter dem Kopf. »Ich habe die Kollegen auf unseren Stand gebracht und die weiteren Schritte koordiniert. Sie waren in Hedelsbergs Wohnung zur Spurensicherung und haben in der Kneipe nach Anhaltspunkten gesucht.«

»Gab es Ergebnisse?«

»Noch nicht. Das Labor arbeitet mit Hochdruck, aber zaubern können die auch nicht.«

»Langsam wird es eng. Sie ist seit vier Tagen verschwunden.« Verena sah die Mutter des Mädchens vor sich. Dunkle Ringe unter den Augen, in wenigen Tagen um Jahre gealtert. »Es muss schrecklich sein, nicht zu wissen, was mit dem eigenen Kind ist. Nicht helfen zu können.«

»Die Hilflosigkeit ist am schlimmsten«, erwiderte Christoph Todt leise, beugte sich nach vorn und legte seine Hände flach auf die Tischplatte. »Zu wissen, zu sehen, wie dein Kind leidet, und nichts tun zu können, weil du selbst dich nicht rühren kannst in deiner Starre. Nicht weißt, wie du dir selbst helfen sollst in deinem Schmerz. Vielleicht sogar zu einer Gefahr für dein eigenes Kind werden könntest.« Er verstummte.

»War es so bei dir?«, fragte Verena leise in die Stille hinein, nachdem sie eine Weile geschwiegen hatten. Das ›du‹ rutschte ihr einfach heraus, und er schien es zu akzeptieren.

Christoph Todt hob den Kopf und sah sie an. »Ich konnte ihr nicht helfen. Sie vermisste ihre Mutter so sehr. Verstand überhaupt nicht, was geschehen war. Und ich saß da, starrte die Wand an oder trank mir die Bilder aus dem Kopf. Ich verstand es auch nicht. Obwohl ich doch der Erwachsene war und es hätte verstehen müssen. Es ihr hätte erklären müssen. Sie beschützen müssen. Damit sie nicht denkt, die Mama hätte das ihretwegen getan, weil sie nicht brav genug gewesen ist.«

»Deine Frau. Sie hat sich …«

»Umgebracht.« Christoph Todt lachte, und Verena hörte die Narben in seiner Stimme, die nicht heilten, sondern nur überdeckt wurden. »Sie hat sich erhängt. In unserem Haus. In unserem Wohnzimmer. An dem Balken, den wir gemeinsam einige Jahre vorher angestrichen hatten.« Er schluckte. »Sie hat die Kleine vorher bei der Nachbarin abgegeben und sich dann …« Er schüttelte den Kopf, als würde er versuchen, die Erinnerung aus seinem

Kopf zu verbannen. »Ich war nicht da. Ich bin zu spät gekommen. Ich bin oft zu spät gekommen. Hab sie alleingelassen. War nicht da für sie und die Kleine. Für unsere Familie.«

Verena ging zu ihm, blieb an der Ecke des Schreibtisches stehen. Ungewohnte Nähe. Sie hätte ihm sehr gern die Hand auf die Schulter gelegt, ihn berührt und stumm ihren Beistand geleistet. Sie rührte sich nicht.

»Ich hatte einen dieser Fälle, die mich für Tage nicht losließen. Die ich nicht losgelassen habe, weil ich geglaubt habe, der Einzige zu sein, der wirklich etwas bewegen konnte. Der Beste zu sein, um den Täter zu finden. Der Fall ging mir an die Nerven. Ich habe ihn mit nach Hause genommen, in Gedanken. Ihn hin und her gewälzt. Tagelang. Bis ich nicht mehr konnte und Abstand brauchte. An diesem Abend bin ich nicht direkt nach Hause gefahren, wie ich es ihr versprochen hatte, sondern erst zum Ballon. Ich wollte es loswerden, bevor ich zu meiner Familie ging. Sauber. Unbelastet. Um für sie beide da zu sein.« Er strich mit der Hand über die Tischplatte, zog an der Ecke einer der Akten und knickte sie mit den Fingerspitzen um. »Das war ein Fehler. Mein Fehler zu ihren Lasten. Ich habe sie gefunden, so wie sie es wollte. Damit ich sehen konnte, warum sie es getan hatte.« Er schloss die Augen. Dann schlug er mit beiden Händen gleichzeitig auf den Schreibtisch. Verena zuckte zusammen und wich zurück, als er mit einem Ruck aufstand. »Es ist schrecklich, nicht helfen zu können und sich schuldig zu fühlen.« Er griff nach dem Telefonhörer. Verena sah, wie er schluckte, bevor er begann, die Nummer zu wählen. Sie ging langsam zu ihrem Platz zurück.

»Verena?« Leise. Heiser.

»Ja?« Sie drehte sich zu ihm um.

»Jetzt weißt du es.«
»Ja.« Sie nickte. »Jetzt weiß ich es.«

*

Strauss hatte er gesagt, und in ihrem Kopf hatten sich leichte Melodien zu heiteren Harmonien geformt. Mit dem, was ihr nun von der Bühne entgegenprallte, hatte sie nicht gerechnet. Die ersten Takte der Ouvertüre pressten Verena in ihren Sitz. Sie wandte den Kopf. Harald Enzinger saß neben ihr, konzentriert, ganz in das Geschehen vertieft. Sein Atem ging im Rhythmus der Musik, als würde er die harten Töne in seinem Inneren mitsingen. Verena schloss die Augen. Sie kannte Musik nur als Flucht aus dem Alltag, als Untermalung, hatte niemals andere Ansprüche daran gestellt oder sich ernsthaft dafür interessiert. Diese Töne und Stimmen forderten sie, klangen bizarr und experimentell. Unterbrochen von kleinen Inseln, in denen sie so etwas wie harmonische und ihrem Ohr viel vertrautere Melodienformen erkannte, kämpften sich die Sänger durch das Stück.

Sie versuchte, der Handlung zu folgen, sich zu konzentrieren. Jetzt wusste sie es. Todt hatte ihr sein Geheimnis offenbart, ihr vertraut. Jetzt verstand sie vieles von dem, was in den letzten Tagen geschehen war. Er tastete sich langsam in sein Leben zurück, in dem die Arbeit und sie als seine Kollegin eine große Rolle spielten. Er suchte. Er hatte ihr vertraut, nicht sie gebeten, ihm zu helfen. Daran sollte sie sich erinnern. Es lag nicht in ihrer Verantwortung. Verena schloss die Augen. Die Musik dröhnte. Melodienfetzen. Disharmonien. Aufrüttelnd bis zur Schmerzgrenze. Sie war froh darüber, das Programmheft am Eingang mitgenommen zu haben. Sie schlug die Seite mit der Inhaltsangabe auf, las, bemühte sich, den Anschluss zu finden. Wieder sah sie zu Harald Enzinger hinüber. Für ihn war Oper nichts Neues. Sie gehörte zu seinem Lebensstil, war selbstverständlich, trennte seine von ihrer Erfahrungswelt. Von seiner fordernden Art bei ihrer letzten Begegnung war nichts mehr zu spüren. Zuvorkommend, höflich und zurückhaltend war er auf sie zugekommen. Hatte sie zum Essen eingeladen, sich entschuldigt. Trotzdem bemerkte sie den Ausdruck in seinen Augen, der sie umfasste, sie sich zu eigen machen und verschlingen wollte. Absolut und kompromisslos. Und sie stand vor der Wahl, darauf einzugehen oder sich abzuwenden und ihre eigenen Wege weiterzusuchen. Sich nicht einzulassen auf Gefühle, die schwierig wurden, weil sie forderten. Keine ihrer bisherigen Beziehungen hatte mehr als ein heftiges Bedauern bei ihr hinterlassen, in dem Moment, als sie vorüber waren. Ihr war klar, dass, solange sie sich in den Bahnen bewegte, in denen er sie sehen wollte, er sie auf Händen tragen würde. Was, wenn sie diese Grenzen verließ? Sie empfand Unsicherheit, Zweifel. An Harald Enzinger und seiner Art. An sich selbst. An ihrer Einschätzung der Situation.

Auf der Bühne sann Elektra auf Rache für den getöteten Vater, verfiel dabei mehr und mehr dem Wahnsinn. Dabei klammerte sie sich an Erinnerungen an das Vergangene, erhöhte den Toten und scheiterte an den Realitäten.

»Hat es dir gefallen?«, fragte Harald Enzinger, als er mit ihren Mänteln von der Garderobe zurückkehrte.

»Ja. Es hat mir gefallen.« Verena runzelte die Stirn, horchte in sich hinein. »Doch.«

»Doch?« Harald Enzinger lachte. »Das hört sich aber nicht sehr überzeugt an.«

»Es hat mir Abstand verschafft. Ich habe nicht ein einziges Mal an den Fall gedacht.« Sie machte eine Pause. Es stimmte nicht ganz. Christoph Todt war ein Teil des Falles. »Oder an Ruth.«

»›Elektra‹ ist das kühnste Werk von Richard Strauss. Es gibt Leute, die nennen ihn einen Konservativen oder sogar Reaktionär, weil er später entgegen dem damaligen Trend in seinen Werken den romantischen Wohlklang pflegte.«

»Ich kenne mich nicht mit Opern aus. Ich kann nur sagen, ob und wie es mir gefallen hat.«

»Dieses Rachemotiv ist so greifbar.« Harald Enzingers Augen glänzten, und Verena hatte den Eindruck, er hatte ihr nicht zugehört. »Sie verfällt dieser Rache. Es ist das Einzige, was in ihrem Leben zählt. Den Tod desjenigen zu rächen, den sie liebte.«

»Aber sie zerstört die Leben der anderen damit, die nichts mit dem Mord zu tun hatten.«

Harald Enzinger schnaubte. »Die anderen sind ebenfalls schuld an dem, was geschieht. Niemand ist in so einem Spiel ohne Rolle. Alles verzahnt sich miteinander. Das Tun und das Nichtstun. Die Verfehlung.«

»Sie opfert ihren Bruder.«

»Sie macht ihn zu ihrem Werkzeug. Das ist ein Unterschied.«

»Aber das Ganze macht sie wahnsinnig. Sie verliert jegliche Bodenhaftung«, widersprach Verena.

»Sie erreicht ihr Ziel, bevor sie endgültig dem Wahnsinn verfällt. Das ist das Wesentliche.«

»Ist es nicht eher umgekehrt? Sie verliert den Verstand, weil sie nur noch diesen einen Gedanken hat?«

Harald Enzinger betrachtete sie nachdenklich und zuckte dann mit den Schultern. »Wie dem auch sei.« Er hielt ihr den Mantel hin, half ihr hinein und legte den Arm um ihre Schultern, während sie nach draußen gingen. Verena befreite sich aus seinem Griff.

»Ich wollte dich heute in meiner Pause im Ärztehaus besuchen.« Sie trat einen Schritt zur Seite, blieb stehen und fasste ihn am Ärmel. Er sah sie an. »Du warst nicht da.« Er nickte, zögerte und erwiderte, während er sich langsam zu ihr umdrehte: »Warum sollte ich auch?«

»Ich dachte, du hättest deine Praxis dort.«

»Wieso dachtest du das?«

»Als wir uns dort zum ersten Mal begegnet sind, sagtest du doch, deine Praxis wäre da.«

»Nein. Das sagte ich mit Sicherheit nicht. Du bist davon ausgegangen. Aber es stimmt nicht.«

»Warum hast du mich nicht korrigiert?«

»Warum sollte ich? Augenscheinlich hattest du in diesem Moment andere Probleme, und ich wollte dir helfen.«

»Warum?«

»Weil ich dich sehr interessant und nett fand und dich kennenlernen wollte. Darüber hinaus war mir absolut klar, dass du auf die plumpe Anmache eines älteren Herren wie mir mit Sicherheit nicht positiv reagieren würdest.«

»Stimmt. Das hätte ich nicht.« Sie sah ihn an. »Und warum wolltest du mich glauben lassen, dass du Nina Rawowa schon lange als bewährte Pflegekraft kennst?«

»Himmelherrgott, Verena.« Er fasste sie mit beiden Händen an ihren Oberarmen und zog sie an sich. Eine steile Falte erschien auf seiner Stirn, und sie spürte, wie er zitterte. Er räusperte sich. »Nimm doch einfach eine gute Tat an, wenn man sie dir anbietet. Ist das so schwer?«

»Ich bin nicht käuflich.« Sie versteifte sich und stand reglos vor ihm. Er ließ die Hände langsam sinken und strich ihr dabei über die Arme, bis er bei ihren Händen angelangt war. Behutsam griff er danach.

»Das war mir von vorneherein klar, Frau Kommissarin. Sie lassen sich nur überzeugen.«

Er beugte sich vor und berührte ihre Lippen mit seinen, ohne sie zu küssen. Abwartend. Zögernd. Und jeden Moment bereit, sich zurückzuziehen und den Abstand wieder zu wahren. Er bedrängte sie nicht. Verena hielt inne. Es forderte sie. Er forderte sie. Wie die Musik. Keine geläufigen Harmonien. Schwierig. Ungewöhnlich und nicht das, womit sie gerechnet hatte. Sie legte ihm die Arme um den Hals und zog ihn an sich.

*

Er drückte gegen die Tür. Das Glas unter seinen Handflächen war kalt und feucht. Mit einem leisen Knacken sprang sie auf. Christoph Todt setzte vorsichtig einen Fuß ins Innere des Hauses. Stille. Dunkelheit. Nur ein dünner Lichtschein aus dem Garten erhellte den Raum. Christoph Todt hörte das Geräusch des Brenners hinter sich. An. Aus. An. Aus. Das Feuer brüllte und zischte. Er wandte sich halb um. Sein Ballon stand auf der Wiese hinter seinem Haus. Riesig. Den engen Rahmen des Grundstücks sprengend, prall gefüllt mit Luft, ungeduldig. Bereit zur Abfahrt. Die unteren Kanten des Korbes tanzten über den Rasen. Berührten ihn immer wieder. Nur kurz, als würden sie von ihm wie von einem Trampolin emporschnellen und sich von der Erde lösen. Christoph Todt runzelte die Stirn. Wo waren die Sicherungsleinen? Er wollte umkehren und nach dem Rechten sehen, fand aber die Tür, die er selbst vor wenigen Augenblicken geöffnet hatte, nicht wieder. Er tastete nach dem Griff, fühlte nur die glatte Oberfläche des Fensterrahmens. Es gab keinen Ausgang. Er lehnte sich mit der Stirn gegen das kühle Glas und beobachtete den Ballon. Er wartete auf ihn. Ruhig. Ohne Eile. Er konnte nur fliegen, wenn er den Ballast abwerfen würde. Mit einem Mal empfand er die Dunkelheit und die Kälte des Hauses in seinem Rücken. Sie sprangen ihn an wie ein wildes Tier, rissen und zerrten an ihm, zogen ihn weiter hinein in den Raum. Der Ballon verblasste, je weiter er sich von dem Fenster entfernte, bis nur noch ein dunstiger Umriss in den vertrauten Farben zu erkennen war. Christoph Todt richtete sich auf. Er streckte den Rücken, schob die Schultern zurück und bewegte sich auf die Treppe zu, von der er wusste, dass sie in der Mitte des Hauses nach oben führen würde. Er spürte das Metall des Handlaufs. Er folgte der schlanken Linie, die ihn hinaufleitete, ohne dass er die einzelnen Stufen unter seinen Füßen bemerkte.

»Annika?« Seine Stimme füllte die Stille. Heiser und rau. »Annika?«, rief er erneut und lauschte. »Annika?« Ein drittes Mal, leiser jetzt und von der Erkenntnis geleitet, keine Antwort erwarten zu dürfen. Die Kälte und die Dunkelheit in seinem Rücken krochen ihm über die Schultern. Lasteten schwer und drückten ihn zu Boden. Er keuchte. Kroch voran, ohne weiterzukommen.

»Ich glaube, du wirst es schaffen«, sagte Verena Irlenbusch hinter ihm. Erstaunt wandte er ihr den Kopf zu. Sie saß auf der obersten Treppenstufe, die Ellbogen auf die Knie gestützt, und sah ihm zu, wie er sich abmühte. Sie wirkte interessiert, machte aber keine Anstalten, ihm zu Hilfe zu kommen. »Ich glaube, du wirst es schaffen«, wiederholte sie und nickte dabei. Dann stand sie auf und ging die Treppe hinunter. Er hörte ihre Schritte quer durch das Wohnzimmer. Wie sie die Tür zum Garten öffnete, hinaustrat und die Tür wieder hinter sich schloss. Er wusste, sie würde im Korb des Ballons sein, bereit zum Abflug. Christoph Todt schluckte, stand auf und ging zu der Tür.

Annika hatte ihm den Pinsel auf die Nase gedrückt, die Farbe über seinem Gesicht verteilt und sie lachend abgewischt, bevor sie ihn küsste. Da wuchs das Kind bereits in ihr, ihre Tochter, das Mädchen, das ihr so ähnlich sehen würde. Als sie auf die Leiter gestiegen waren und den dunklen Balken mit weißer Farbe gestrichen hatten, fiel das Licht aus dem Garten darauf, spielten die Sonnenflecken mit ihrer Wahrnehmung. Hell sollte ihr Haus sein. Hell und freundlich. Für alle offen. Ein Heimkehrhaus. Ein Zuhausehaus. Er hatte sie darin alleingelassen.

Die Wäscheleine zog eine Blutspur um den Balken. Dünn und rot. Ihre Lieblingsfarbe. Verschwand in der Falte ihres Halses. Sie hatte sich auf den Boden gekniet, die Schlinge gerade so hoch, dass sie sich hineinfallen lassen konnte. Graue Haut. Die Lider halb geöffnet. Eine Fliege krabbelte über ihr Gesicht. Verschwand in ihrem geöffneten Mund.

»Annika!« Er stürzte zu ihr, hob sie hoch. Der Körper noch warm. Er befreite sie aus der Schlinge.

Die Tötung eines Erwachsenen durch Erhängen ist nur möglich, wenn das Opfer überrascht wird.

»Christoph, auch wenn du ein Kollege bist, du kennst das Prozedere. Wir müssen ausschließen, dass sie … dass du …«

Die Tötung eines Erwachsenen durch Erhängen ist nur möglich, wenn das Opfer durch Drogen, Alkohol oder einer aus anderen Gründen eingetretenen Bewusstlosigkeit wehrlos ist.

»Die toxikologische Untersuchung hat nichts ergeben.«

Sitzen. Warten. Starren. Den eigenen Herzschlag als einziges Geräusch hören.

Die Tötung eines Erwachsenen durch Erhängen ist nur bei körperlicher Überlegenheit des Angreifers möglich.

»Es gibt keine Abwehrverletzungen, Christoph. Sie hat dir einen Abschiedsbrief geschrieben. Es war Selbstmord.«

Worte. Einsamkeit. Verlassenheit. Entfremdung.

»Sie hat die Entscheidung alleine getroffen, Christoph.« Verena Irlenbusch legte ihm die Hand auf die Schulter, zog ihn hoch. Annika glitt zu Boden, ihre Gesichtszüge verschwammen vor seinen Augen, verloren die Konturen. Es gibt keinen Schuldigen. Sie war frei, sich zu entschließen.

Sie nahm ihn in die Arme. Fest. Hielt ihn. Fest.

Christoph Todt schlug die Augen auf. Schweiß lief an seinen Seiten herunter. Die Laken unter ihm zerwühlt. Er hatte gekämpft. Gegen die Bilder. Eine Träne rann aus seinem Augenwinkel.

*

Es war ein Kampf. In ihrem Inneren. Mit ihm. Sie wollte sich gehen lassen, sich dem überlassen, was er ihr anbot, was er ihr gab und was er sich nahm. Ihr Körper reagierte, bäumte und drängte sich ihm entgegen, kundigen Händen, vielfach erprobt. Sie aber dachte. Kreiste um das Offenkundige, analysierte, wog ab und schwebte über sich wie eine Beobachterin. Er gierte nach ihrem Leib. Verzerrte Gesichtszüge. Tierische Wut. Seine Zähne schlugen in ihr Fleisch, seine Zunge leckte ihre Haut. Er drang in sie, entrückt und rücksichtslos auf eine Weise, die sie nicht kannte, die ihr fremd war. Sie abstieß und anzog. Ihr Schmerz und Freude bereitete. Fremde, einander nah.

»Ich hatte eine Frau. Sie ist gegangen, als sie mich nicht mehr aushielt. Vor Jahren«, sagte er danach. Er saß auf der Bettkante. Nackt. Den Rücken ihr zugewandt. Er stand auf, ging zur Tür und griff nach einem Bademantel, der daneben an einem Haken hing. Verena erkannte das Logo des Hotels an der Seite des Ärmels, als er wieder zum Bett kam und sich neben ihr ausstreckte.

»Hast du Kinder?«

»Nein.« Er strich mit der Hand über die Bettdecke. »Sie wollte niemals Kinder.«

»Bedauerst du das?«

»Ja. Sehr.« Er sah sie an. »Dadurch, dass dich jemand in Erinnerung behält, deinen Namen nennt, vergilbte Fotos von dir betrachtet und unter seinen Fingerspitzen deine Haut spürt, wenn er das Bild berührt, bleibst du unsterblich. An mich wird sich niemand erinnern.«

Verena zog die Decke über sich, wollte sich ihm nicht mehr nackt zeigen. Die Minuten der Distanzlosigkeit, die so leicht mit echter Nähe verwechselt werden konnten, waren vorbei. Mit dem Schweiß ihrer Körper zwischen den Laken versickert. Vor dem Fenster das Geräusch eines Lkws. Durch die Entfernung und das dicke Glas der Panoramascheibe gedämpft, drang es zu ihr durch, weil es der einzige Laut in der Stille zwischen ihnen war. Das Hotel lag an einer der Hauptverkehrsstraßen in der Nähe der Oper. Niemand hinter dem nobel wirkenden Empfangsbereich hatte Fragen gestellt, als sie eincheckten. Keine Fragen, keine Blicke. Die Fragen hatte sie sich selbst gestellt, als sie nebeneinander im Fahrstuhl standen, der sie auf die oberste Etage bringen sollte, und er sie an sich zog. Mit einer geübten Selbstverständlichkeit, die sie den unterschiedlichen Erfahrungshorizont zwischen ihnen beiden noch deutlicher spüren ließ. Sein Atem so dicht bei ihr.

»Warst du lange mit ihr zusammen?«, fragte sie, um die Stille zu durchbrechen, die sie mehr und mehr bedrückte. Es war kein einvernehmliches Schweigen zwischen ihnen. Nicht die Seelenruhe, die entstand, wenn man sich aushielt, weil man sich dem anderen nah fühlte. Ein Vakuum, ein schwarzes Loch, mehr als Leere. Es sog alles in sich auf, hinterließ mehr Schwärze und mehr Leere.

»Ja.« Er bewegte sich neben ihr. Den Hotelbademantel fest um sich geschlungen. »Wir haben geheiratet, nachdem ich mit dem Studium fertig war. Ihr Vater hatte eine sehr gut gehende Praxis. Ein gemachtes Nest.« Er lachte bitter.

»In das du dich gelegt hast.«

»Wenn du es so siehst. Ja.« Er griff nach ihrer Hand. »Aber du musst nicht meinen, ich hätte nicht dafür bezahlt. Ich habe viel dafür aufgeben müssen. Von meinen Träumen, meinen Vorstellungen vom Leben und von meinen Erinnerungen.«

»Und jetzt?« Sie zog ihre Hand aus seiner, versteckte sie in der Wärme ihrer Decke.

»Jetzt ist alles anders. Ganz anders.« Er rollte sich zur Seite und stand dann auf. Mit wenigen Griffen sortierte er seine Kleidung, die auf dem Boden lag, und zog sich an. »Ich begleiche die Rechnung an der Rezeption. Bleib, wenn du willst, bis morgen früh.« Er nahm seinen Mantel und ging zur Tür, blieb stehen und wandte sich zu ihr um. »Ich hatte etwas anderes erwartet, als ich dich ansprach. Mit dir hier in diesem Zimmer zu sein und ...« Er zögerte. Dann straffte er die Schultern. »Damit habe ich nicht gerechnet.« Er drückte die Klinke herunter und trat auf den Gang. »Es tut mir leid, Verena.«

Sie schwieg und sah ihm zu, wie er das Zimmer verließ, bevor sie ihre Sachen zusammensuchte und sich anzog.

Hatte er verstanden, wie sie sich fühlte, ohne dass sie es ihm erklären musste? Wieder empfand sie diese Zerrissenheit ihm gegenüber. Dieses Schwanken zwischen Zuneigung und Distanz. Sie waren noch nicht fertig miteinander. Sie nahm ihr Handy vom Nachttisch und stutzte. Seine Uhr lag da. Die Datumsanzeige zeigte den 20. September an.

»Herzlichen Glückwunsch zum Geburtstag, Harald«, murmelte sie und steckte die Uhr ein. Sie würde sie ihm am nächsten Tag vorbeibringen.

Kapitel 16

Rose Hoss erwachte. Die Schmerzen in ihrem Kopf konzentrierten sich auf die rechte Schläfe. Unwillkürlich hob sie die Hand und zuckte zurück, als sich über das dumpfe Pochen ein scharfer Wundschmerz legte. Ihr wurde übel. Sie lag auf hartem Boden. Kälte kroch ihr in die Glieder und ließ sie steif werden. Mühsam bewegte sie ihre Beine, krümmte und rollte sich zusammen wie ein Embryo. Sie zitterte. Sie schlug die Augen auf. Dunkelheit. Sie runzelte die Stirn, versuchte, ihre Gedankensplitter zu ordnen. Sie war ihm gefolgt, weil er sie zu Mia führen sollte. Ein Waldstück. Der Gestank der Leiche. Er hatte sie geschlagen. Dunkelheit. Sie bewegte behutsam ihre Fingerspitzen und spürte verkrustetes Blut in ihren Haaren und etwas, was sich wie Rindenstücke anfühlte. Wo war sie? Hatte er sie in das Haus gebracht? Wie viel Zeit war seitdem vergangen? Wo war er? Mühsam richtete sie sich auf, stützte sich auf ihre Hände, zog die Knie unter ihren Körper. Sie stöhnte auf. Schwindel. Übelkeit. Sie reckte das Kinn, schluckte, holte tief Luft. Solange sie nicht tot war, musste sie versuchen, Mia zu finden.

Sie kroch halb sitzend über den Boden, die rechte Hand weit nach vorn gestreckt, bis sie an einen Widerstand stieß. Ein Stück kaltes Metall, kantig, schmal, mit Löchern in regelmäßigen Abständen. Sie umfasste es, tastete sich nach oben, stieß ins Dunkel. Es klirrte. Ein Regal. Sie stand auf, hielt sich an den Seiten fest, schwankte. Alles drehte sich um sie, und erneut erfasste eine Welle der Übelkeit ihren Körper und brachte diesmal auch ihr Herz zum Stolpern. Das Spray. Ihre Hosentaschen waren leer. Sie wühlte mit den Fingern tief hinein, spürte aber nur den glatten Futterstoff. Ihr brach der Schweiß aus. Das Medikament musste ihr aus der Tasche gefallen sein, oder er hatte es ihr weggenommen. Sie versuchte, nicht in Panik zu geraten. Langsam atmen. Tief atmen. Nicht hecheln. Denk an Mia. Atme für Mia. Konzentriert und langsam bewegte sie sich, tastete, suchte den Weg, bis sie zu einer Wand kam. Unter ihren Fingern löste sich der Putz und fiel mit einem leisen Knistern zu Boden. Keller, dachte sie. Ich bin in einem Kellerraum. Es muss einen Ausgang geben. Als sie den Türrahmen und den Lichtschalter daneben fand, weinte sie.

Die Klinke knarrte, als Rose Hoss sie niederdrückte und die Tür nach innen öffnete. Warum hatte er den Raum nicht abgeschlossen? Hatte er gedacht, sie sei tot? Die Tür schleifte über den Boden. Sie verharrte, lauschte in den Gang hinein. Alles blieb ruhig. Sie drückte sich durch den Türspalt und blieb überrascht stehen. Sie hatte einen düsteren Flur erwartet. Einen alten, verrotteten Kellergang, der zu dem Haus passte, das sie in Erinnerung hatte. Die sauberen Fliesen in einem warmen Terrakotta-Ton, auf die nun der Lichtschein aus dem Raum fiel, den sie gerade hinter sich gelassen hatte, machten einen gemütlichen und freundlichen Eindruck. Drei weitere Türen gingen von dem Gang ab, eine Brandschutztür befand sich am Ende. Sie prüfte die Tür direkt neben ihrer. Sie war verschlossen, ebenso wie die anderen beiden. Die Brandschutztür ließ sich öffnen und führte in einen weiteren Flur, an dessen Ende sie eine Treppe nach oben erkannte. Rose Hoss runzelte die Stirn. War sie wirklich in dem Haus, zu dem sie ihm gefolgt war? Oder hatte er sie woanders hingebracht? Sie rang lautlos nach Luft, merkte, wie sehr sie sich anstrengen musste. Wieder lauschte sie. Leise Töne drangen an ihr Ohr. Musik aus einem der Räume über ihr.

Sie umklammerte das Treppengeländer und stieg langsam die Stufen hinauf. Schritt für Schritt. Herzschlag um Herzschlag. Bis sie in die Diele hineinsehen konnte, die eine Spiegelung des Raumes darunter war. Die Musik wurde lauter, schien aus dem Raum zu kommen, dessen Tür nur leicht angelehnt war. Rose Hoss ging langsam darauf zu, legte ihre Handfläche auf die Tür und drückte dagegen, bis der Spalt breit genug für sie war, um hindurchsehen zu können.

Er lag in einem dieser bequemen Sessel, deren Lehne man so weit zurückstellen konnte, dass eine fast gerade Liegefläche entstand, die Füße auf einem Hocker vor dem Sessel. Seine Augen waren geschlossen, seine Brust hob und senkte sich in gleichmäßigem Rhythmus. Neben ihm auf einem kleinen Beistelltisch standen eine Weinflasche und ein halbleeres Glas. Quer über seiner Brust konnte sie eine Schallplattenhülle erkennen. Die linke Hand hing schlaff herunter, sein Kopf war zur Seite geneigt, der Mund leicht geöffnet. Er schlief. Rose Hoss blieb stehen, reglos, den eigenen Atemrhythmus dem seinen angepasst. Ihr Blick fiel auf die Haustür, nur wenige Schritte entfernt von ihr. Morgenlicht sickerte durch die getönten Scheiben, und sie konnte die Zeitung sehen, die von außen quer im Briefkasten neben der Tür steckte. Der Schlüssel hing von innen im Schloss. Eine Zwischentür aus Holz stand weit offen und verdeckte halb einen Schlüsselkasten. Drei Meter trennten sie von draußen.

Von ihrer möglichen Rettung. Von der Hilfe, die sie holen konnte. Sie blinzelte, erinnerte sich. Das war nicht das Haus, zu dem sie ihm gefolgt war. Sie war in seinem Haus. Er hatte sie hierhergebracht und in den Kellerraum geworfen. Warum? Und warum hatte er sie nicht besser eingeschlossen? Sie tastete erneut nach der Wunde auf ihrem Kopf und sah das Rot an ihren Fingerspitzen, als sie die Hand wieder sinken ließ. Sie blutete. Hatte er ihre Verletzung für schwer genug gehalten, um sie wirklich lange ruhigzustellen?

Sie versuchte, sich durch den Schmerz in ihrem Kopf hindurch zu konzentrieren. Wenn er sie hier versteckte, dann vielleicht deswegen, weil er noch etwas mit ihr vorhatte. Wie waren seine Worte gewesen? »Du wirst es nicht verhindern können. Und du wirst den Schmerz fühlen. Das ist der angemessene Preis. Erst danach darfst du sterben.«

Er wollte, dass sie zusah, wie Mia starb. Dass sie litt, wie er vor langer Zeit gelitten hatte, als er das Liebste verlor. Durch ihre Schuld. »Du wirst es nicht verhindern können.« Sie hielt den Atem an. Mia war hier. Sie musste hier sein. Sonst machte es keinen Sinn, dass er sie hierhergebracht hatte. Wenn sie floh, ließ sie Mia im Stich. Sie schaute sich um. Wo konnte er sie versteckt haben? Er hatte sie in den Keller gebracht, vielleicht war auch Mia dort. Der Schlüsselkasten! Erleichtert seufzte sie auf, als sie an dem ordentlich sortierten und beschrifteten Bord einen Bund mit Türschlüsseln fand, ihn an sich nahm und am Wohnzimmer vorbei zur Treppe zurückschlich. Er schlief immer noch.

Im unteren Flur öffnete sie mit zitternden Händen nacheinander die einzelnen Türen und spähte hinein, jedes Mal in der Hoffnung, endlich ihre Enkeltochter zu sehen. »Wo bist du?«, flüsterte sie und merkte, wie ihr Tränen in den Augen brannten. »Wo?« Sie ließ den Schlüsselbund in der letzten Tür stecken und ging wieder zur Treppe nach oben. Das war ein Wohnhaus. Ein ganz normales Wohnhaus. Also würde sie hier auch die ganz normalen Räume finden, die in jedem Haus zu erwarten wären. Wo das Wohnzimmer war, wusste sie bereits. Die nächsten Minuten bestätigten ihre Vermutungen. Eine Küche. Eine Gästetoilette. Ein überquellendes Arbeitszimmer. Eine Garderobe. Blieb die Tür gleich neben der Haustür, die von dem kleinen Vorraum abging.

Die Tür war nicht verschlossen. Rose betrat den Raum.

Ein riesiges weißes Ding, das sie an ein liegendes Ei erinnerte, füllte den Raum beinahe vollständig aus. Das glatte Material glänzte. Es stand längs des Fensters. Daneben ein Stuhl, ein Garderobenständer und ein Regal mit weißen Handtüchern, auf dem einige Flyer lagen. Sie ging zu dem Ding, betrachtete es genauer. Eine schmale Kerbe zog sich kreisförmig um die obere Hälfte. Sie musste es öffnen, schauen, ob Mia darin lag. Mit ihrer Enkeltochter gemeinsam fliehen. Hilfe holen.

»Hast du sie gefunden, Rose?« Seine Stimme klang brüchig vom Schlaf. Rose Hoss blieb einen Augenblick reglos stehen, dann drehte sie sich zu ihm um. Er hielt das Weinglas in der Hand und prostete ihr zu. Die rote Flüssigkeit schwappte über und rann über seine Finger. Er beachtete es nicht.

»Ist Mia da drin?« Sie legte ihre flache Hand auf die kühle Oberfläche und strich darüber, als würde sie das Kind selbst streicheln.

»Willst du sie sehen?«

»Lebt sie?«

Er zuckte mit den Schultern. »Vielleicht. Ich weiß es

nicht. Ich habe nicht nachgesehen. Sie ist jetzt mehr als vier Tage darin.«

»Fast fünf Tage«, murmelte sie und spürte, wie Panik in ihr ausbrach. Wut, Schmerz und Hoffnungslosigkeit. Tage, in denen Mia eingesperrt war. In denen sie nichts zu essen und zu trinken bekommen hatte.

»Fünf«, bestätigte er freundlich. »Du hast recht. Es tut mir leid, dass es etwas länger gedauert hat, als ich geplant hatte, aber die Umstände …«

Rose Hoss spürte, wie Hass in ihr hochkroch. Hass, genährt durch Verzweiflung und Angst. »Du bist ein Monster«, schrie sie und versuchte vergeblich, die Bilder abzuwehren, die vor ihrem inneren Auge abliefen. Mia. Ihre Mia. Ihre kleine Mia. Sie stürzte sich auf ihn, hob die Fäuste, schlug mit ihrer ganzen Kraft auf ihn ein. Er lachte. Wein schwappte über sein Hemd.

»Ich bin ein Monster? Ach, findest du?« Er stellte das Glas auf die Fensterbank, umfasste ihre Handgelenke und bog sie nach unten. Sein Lachen erstarb. »Du musst es ja wissen, da du selbst eins bist.«

»Ich habe doch nicht ahnen können, wie es endet. Ich wollte nicht, dass das passierte.« Sie weinte. Er drängte sie in eine Ecke des Zimmers.

»Sie wollte es nicht. Sie hatte es mir vorher gesagt. Ihr habt sie gezwungen. Sie betrogen.«

»Sie war dabei. Wir dachten, sie hätte nur Angst. Wir dachten, sie wollte kneifen.«

»Du hast es ihr heimlich gegeben. Ihr untergeschoben. Sie hat dir vertraut.« Er baute sich vor ihr auf und hob die Hand zum Schlag. Rose Hoss blieb stehen.

»Schlag mich. Schlag mich ruhig tot. Du hast alles Recht dazu, da ich die Schuld trage.« Sie hob ihm ihr Gesicht entgegen. »Aber Mia nicht. Sie darf nicht sterben.

Nicht dafür.« Er schnaubte, ging zu einem Kästchen an der Wand neben der Tür und öffnete es. Rose erkannte eine Reihe von Knöpfen und Schaltern.

»Das«, er zeigte auf das weiße Ding, »ist übrigens ein Floatingtank. Ich nutze ihn zur Entspannung. Er ist völlig dicht, keine Geräusche, kein Licht dringt hinein. Er wird mit Wasser gefüllt, und man schwebt darin wie im Mutterleib.« Er drückte auf einige Knöpfe und legte einen kleinen Schalter um. »Das Wasser wird erwärmt, gefiltert und mit Salz angereichert. In ein paar Stunden läuft er voll. Wir haben also noch ein bisschen Zeit.«

»Bitte ...«, begann sie und brach ab. Ihre Wut, ihre Angst, ihre Panik lösten sich auf. Zerschmolzen zu einem Gefühl der unendlichen Hilflosigkeit. Tränen liefen ihr über die Wangen. Er trat einen Schritt auf sie zu und nahm das Glas von der Fensterbank. Aus einer kleinen Ampulle träufelte er eine klare Flüssigkeit in den Wein.

»Trink.«

»Nein.« Sie wich einen Schritt zurück.

»Trink!«

*

Verenas Muskeln vibrierten, während sie die Treppen hochstieg und den Flur zu ihrem Büro entlanglief. Sie hatte nur eine Stunde geschlafen, danach versucht, ihre bleierne Müdigkeit mit Kaffee zu verdrängen, und mit der Verlockung gekämpft, einfach im Bett liegen zu bleiben und allem aus dem Weg zu gehen.

»Ich bin schon seit zwei Stunden hier und hänge über den Akten. Der Kollege vom Labor hat angerufen und das Ergebnis der Untersuchung mitgeteilt: Die DNA stimmt nicht mit der Hallers überein«, rasselte Christoph Todt zur Begrüßung herunter, stand auf und ging zum Küchenschrank. Er holte eine Tasse aus dem Regal, schüttete Kaffee und einen Schuss Milch hinein. Er hielt ihr das dampfende Getränk unter die Nase. »Hier. Du siehst so aus, als könntest du ihn brauchen. Spät geworden gestern?«

Verena nahm die Tasse entgegen, umschloss sie mit beiden Händen und versuchte, den Redeschwall nach Wichtigem und Unwichtigem zu trennen.

»Er kann es also nicht gewesen sein?«

»Eher unwahrscheinlich. An keiner der beiden Leichen fanden sich Spuren von ihm. Er ist bereits wieder auf dem Weg nach Hause.«

»Mist.« Verena angelte mit dem Fuß nach ihrem Stuhl, ließ sich darauf fallen und schloss die Augen. Christoph Todt wollte augenscheinlich nicht an ihr Gespräch vom Vortag anknüpfen, und das war ihr im Augenblick nur recht.

»Aber ich habe noch etwas gefunden.« Er griff nach einer Akte und schlug sie auf. »Unsere liebe Rose Hoss hat damals in einer ihrer späteren Vernehmungen eine interessante Aussage gemacht.«

Verena sah ihn an und nickte.

»Laut rechtsmedizinischem Bericht war Cornelia Vogt ja schwanger. Rose Hoss wusste nichts davon. Sie erfuhr es erst durch die Vernehmungen. Aber sie vermutete damals, dass sie das nicht von ihrem aktuellen Freund war, sondern von einem gewissen Andreas Berghausen, weil es in der Beziehung zu Hedelsberg mehr als einmal gekracht haben musste.«

»Der Name Berghausen ist uns bisher noch nicht untergekommen.«

»Nein. Ich habe alles durchforstet.«

»Und wenn er der sechste Teilnehmer des Experimentes war, von dem Haller gesprochen hat?«

»Eine sehr vage Einschätzung.« Verena schüttelte den Kopf. »Ich habe eher den Eindruck, als ob Haller von etwas ablenken will. Eine mögliche sechste Person ist doch ideal, um uns in die Irre tappen zu lassen.«

»Wenn die Laborergebnisse nicht lügen, und das tun sie selten, hat er die beiden nicht umgebracht.«

»Es gibt keine Spuren von ihm an den Toten. Was ist, wenn Haller jemanden engagiert hat, um die Morde auszuführen?«

»Hedelsberg? Wir wissen nicht, was mit ihm ist«, erklärte Christoph Todt. Verena zuckte mit den Schultern.

»Und solange die DNA-Ergebnisse noch nicht vorliegen, kommen wir nicht weiter. Aber mal angenommen«, sagte sie langsam, trank einen Schluck Kaffee und sah Christoph Todt über den Rand der Tasse hinweg an, »Cornelia Vogt wusste, dass sie schwanger war, wollte aber nicht, dass die anderen das mitbekommen, weil das Kind wirklich von diesem Andreas Berghausen und nicht von ihrem Freund war.«

»War das nicht egal in dieser Zeit? Freie Liebe galt doch eher als erstrebenswert.«

»Ja, schon. Aber darauf will ich nicht hinaus.«

»Sondern?«

»Wenn sie wusste, dass sie schwanger war, dann hätte sie doch sicher nicht freiwillig an einem Drogenexperiment teilgenommen, freie Liebe hin oder her.«

Christoph Todt sah sie nachdenklich an und nickte. »So könnte ein Schuh draus werden. Sie ist schwanger, sie und der Vater des Kindes freuen sich darauf, aber niemand weiß es. Alle nehmen die Drogen. Sie bekommt auch eine Portion. Sie springt aus dem Fenster. Der Vater des Kindes rächt sich an denen, die schuld sind am Tod der Mutter und des Ungeborenen.«

»Worin besteht die Schuld? Haben sie ihr das Zeug gewaltsam verabreicht? Sie gezwungen? Das passt nicht in den Selbsterfahrungs- und Forschungskontext.«

»Oder sie haben es ihr heimlich untergejubelt. Sie nimmt es unwissentlich, springt im Rausch aus dem Fenster und stirbt.«

»Aber warum erst jetzt? Warum mehr als vierzig Jahre später?«

»Es muss etwas passiert sein, was ihn jetzt dazu bewegt.«

»Oder etwas ist weggefallen, was ihn vierzig Jahre davon abgehalten hat.« Sie stellte die Tasse ab. »Was wissen wir über diesen Andreas Berghausen? Denn dass er existiert, steht ja hier.« Sie deutete auf die Akte.

»Nicht viel.« Todt blätterte in der Akte. »Andreas Harald Berghausen, geboren am 20. September 1949. Die Kollegen haben ihn damals überprüft, aber er war zu dem Zeitpunkt nicht in der Stadt, weil er für die Uni unterwegs war. Er studierte ebenfalls Medizin.«

Verena runzelte die Stirn und schüttelte den Kopf.

»Sag das noch mal.«

»Die Kollegen haben ihn überprüft. Es gibt ihn also.«

»Das meine ich nicht.«

»Sondern?«

Verena griff nach ihrer Tasche und öffnete sie. Das kalte Metall der Armbanduhr schimmerte ihr vom Boden der Tasche entgegen. »Berghausen? Andreas Harald Berghausen? Geboren am 20. September 1949.«

»Ja.« Christoph Todt runzelte die Stirn. »Hab ich mich irgendwie unklar ausgedrückt?«

»Nein.« Sie schloss die Tasche mit einem Ruck und ging zur Tür. »Ich muss etwas überprüfen. Ich melde mich in einer Stunde bei dir.«

»Hättest du vielleicht die Freundlichkeit, mir zu sagen, was …«

»Nein.« Verena blieb stehen und wandte sich zu ihm um. »Ich muss mir erst ganz sicher sein.«

*

Harald Enzinger und Niklas Blomson stand auf dem Schild neben der Eingangstür, das auch die Sprechstundenzeiten und Telefon- und Faxnummer zeigte. Verena drückte auf die Klingel, und wenige Sekunden später ertönte ein Summer. Marmorfliesen auf dem Boden und frisch gestrichene Wände empfingen den Besucher. Ein schmaler dunkelroter Fußläufer leitete den Gast die wenigen Schritte bis zur Praxistür, an der ein weiteres Schild hing. Diesmal entdeckte sie nicht nur die Namen der beiden Ärzte, sondern auch jeweils ein Bild dazu.

Den Eingangsbereich nahm ein Empfangstresen ein, links und rechts öffneten sich Durchgänge zu Labor und Warteraum. Freundliche Farben, viel Licht. Ein Ort zum Wohlfühlen für Patienten und Personal.

»Doktor Enzinger ist nicht im Haus«, antwortete die Helferin freundlich, als Verena danach fragte.

»Wann kommt er? Ich warte.«

»Heute ist er nicht in der Praxis. Aber Sie können gerne im Wartezimmer Platz nehmen und mit Herrn Doktor Blomson sprechen.«

Verena zögerte. Blomson war gut. Eine weitere Informationsquelle. Sie holte ihren Dienstausweis heraus. »Es ist dringend«, sagte sie leise, und die Arzthelferin nickte.

»Sie können zu ihm, sobald er mit der Patientin fertig ist.« Sie sah Verena neugierig an, als würde sie gerne mehr über den Grund ihrer Anwesenheit erfahren, aber Verena wandte sich ab und nahm im Wartezimmer Platz. In der Ecke stand eine Kaffeemaschine, heißes Wasser für Tee direkt daneben. Auch hier viel Licht und Gemütlichkeit.

Niklas Blomson sah auch in Wirklichkeit so jung aus wie auf dem Foto. Er schaute um die Ecke in den Warteraum und kam ihr mit ausgestreckter Hand entgegen, als sie sich erhob. Blomson bat sie in eins der freien Sprechzimmer.

»Möchten Sie sich setzen?«

»Nein, danke.« Verena richtete sich auf und straffte die Schultern. »Ich hoffe, es geht schnell und ich muss Sie nicht weiter belästigen.«

Niklas Blomson betrachtete sie aufmerksam, setzte sich auf die Patientenliege, die in einer Ecke des Raumes stand, und streckte die Beine aus. Abwartend blickte er sie an. Verena überlegte. Was genau wollte sie von ihm wissen? Wie anfangen? Auf dem Weg hierher hatte sie versucht, ihre Gedanken zu ordnen, den Verdacht, der in ihr gekeimt war, abzuwägen. Der Name war ein anderer. Berghausen. Andreas Harald Berghausen. Nicht Enzinger. Es gab viele Menschen, die Medizin studiert hatten in dieser Zeit. Das musste nichts heißen. Und sicher hatten mehr Menschen am 20. September Geburtstag. Warum also war sie hier? Wenn sie recht hätte mit ihrer Vermutung, was bedeutete das? Für sie? Für Harald Enzingers Interesse an ihr? Hatte er das alles geplant? Er war ihr just in diesem Moment begegnet, als sie in den Fall eingestiegen war. Zufall? Absicht? Und seine Versuche, mit ihr über ihre Arbeit zu sprechen. Wollte er sie aushorchen? Wissen, wie weit sie mit den Ermittlungen waren, um ihr dann immer einen Schritt voraus zu sein? Wut kroch in ihr hoch.

»Womit kann ich Ihnen helfen, Frau Irlenbusch?«,

schreckte Niklas Blomson sie auf und verschränkte die Arme.

»Sie teilen die Praxis mit Harald Enzinger. Ist das richtig?« Sie konzentrierte sich, unterdrückte alles, was ihr Aufmerksamkeit stehlen könnte.

»Wie man es nimmt.«

»Wie man was nimmt?«

»Nun ja. Unsere Namen stehen beide auf dem Schild an der Tür, aber ich arbeite alleine.«

»Warum?«

Er zögerte.

»Ich bin nicht hier, um Ihre Praxis auseinanderzunehmen. Keine Angst.« Verena versuchte sich an einem Lächeln. »Das interessiert mich nicht.«

»Doktor Enzinger gibt seinen Namen noch eine Weile aus abrechnungstechnischen Gründen für den Praxisbetrieb her.«

»Sie haben selbst noch keine Kassenzulassung.«

Niklas Blomson zuckte mit den Schultern. »Es ist kein unübliches Verfahren, dass der ältere Kollege eine Zeitlang noch mit für die Praxis zeichnet. Nichts Illegales. Zumal Harald eigentlich sogar vorgehabt hatte, erst in zwei Jahren aufzuhören.«

»Was hat ihn davon abgehalten?«

»Persönliche Gründe.«

»Welcher Art?«

»Das darf ich nicht sagen. Schweigepflicht. Sie verstehen?«

»Das heißt, er ist krank?« Ein Schuss ins Blaue. Verena runzelte die Stirn. Er hatte ihr gegenüber kein Wort in dieser Richtung erwähnt. Ganz im Gegenteil. Körperlich war er topfit. Harald Enzinger machte auch nicht den Eindruck eines kranken Mannes. Hatte er es ihr verschwiegen aus Angst, das würde den Altersunterschied hervorheben und sie abschrecken?

»Frau Irlenbusch, ich bin Arzt. Und als solcher an meine Schweigepflicht gebunden.« Er sah sie nachdenklich an und sprach dann weiter. »Es muss Ihnen genügen, wenn ich Ihnen sage, dass er aus gesundheitlichen Gründen nicht mehr in der Lage war, seine ursprünglichen Pläne, was die Praxis betraf, in den nächsten Jahren beizubehalten.«

Verena presste die Lippen aufeinander. Sorge mischte sich unter die mühsam aufgerichtete professionelle Distanz. Hier würde sie nicht weiterkommen, das war klar. Um ihn von seiner Schweigepflicht zu entbinden, reichten ihr bloßer Verdacht und auch ihr persönliches Interesse nicht aus. »Ich verstehe. Danke so weit. Aber eine Frage habe ich trotzdem noch.« Sie hielt den Atem an. »Sagt Ihnen der Name Berghausen etwas?«

»Aber natürlich.« Er stand auf. »Enzinger hat genauso angefangen wie ich: Er ist damals bei einem praktizierenden Arzt mit eingestiegen.«

»Und dieser Arzt hieß Berghausen?«

Blomson lachte. »Nein. Der hieß Enzinger und hatte eine Tochter. Harald hat als angestellter Arzt angefangen und hat dann nicht nur die Praxis, sondern auch gleich die Tochter mit übernommen.«

»Und den Namen seiner Frau bei der Heirat ebenfalls.« Verena spürte, wie eine Welle von Übelkeit in ihr hochstieg. Sie schwankte. Niklas Blomson war sofort bei ihr, griff ihr unter die Arme und setzte sie auf den Besucherstuhl. Besorgt schaute er sie an.

»Alles in Ordnung?«

In Verenas Ohren rauschte es. Sie atmete tief durch. Schloss die Augen. Konzentrierte sich.

»Also hieß Harald früher Berghausen.« Sie wunderte sich über den festen Klang ihrer Stimme. »Hat er einen zweiten Namen?«

»Ja. Hat er. Aber den benutzt er nicht. Jedenfalls nicht, soweit ich weiß.« Niklas Blomson goss ihr ein Glas Wasser aus einer Karaffe, die auf seinem Tisch stand, ein und reichte es ihr. »Andreas. Er heißt Andreas.«

Kapitel 17

»Komm sofort her.« Verena nannte Christoph Todt Enzingers Adresse, während sie den Motor startete. »Ich weiß nicht, ob er da ist, aber du musst ihn verhören.«

»Wen muss ich verhören?«

»Harald Enzinger. Er ist Andreas Berghausen.«

»Warum muss ich? Hast du dich so an meine männliche Vorherrschaft gewöhnt, dass du ohne meinen Beistand so eine einfache Angelegenheit nicht durchführen willst?« Christoph Todts Ton wurde ernst. »Aber zur Sache. Wer ist Harald Enzinger?«

»Vermutlich der, den wir suchen.«

»Genauer bitte.«

»Ich kann jetzt nicht deutlicher werden, aber alles passt. Wir müssen mit ihm reden. Schnell. Wenn er auch derjenige ist, der die Kleine hat, zählt jede Minute.«

»Okay«, gab er knapp zurück, und Verena hörte einen Schlüsselbund klirren. »Bleibt noch eine Frage offen: Warum soll ich …?«

»Weil ich mit ihm geschlafen habe.«

»Ich hoffe auf eine ausführlichere Erklärung von dir, wenn wir hier fertig sind, Frau Irlenbusch. Dass das mal klar ist«, empfing Christoph Todt Verena an der Straßenecke, an der sie den Treffpunkt vereinbart hatten. Verena wollte ihren Wagen nicht direkt vor Enzingers Haus parken, um ihn nicht auf sich aufmerksam zu machen. »Ich verlasse mich vollkommen auf deine Aussage und riskiere eine gewaltige Bauchlandung, wenn du dich aus irgendeinem Grund doch irrst und Enzinger nicht Berghausen ist.« Christoph blieb einen Schritt hinter ihr.

»Alles spricht dafür. Das können keine Hirngespinste sein. Egal wie durcheinander ich jetzt bin. Meine Fähigkeiten als Kommissarin habe ich nicht alle verloren.«

»Ich habe die komplette Maschinerie angeworfen, ohne auch nur ein einziges Detail zu kennen«, erwiderte Christoph. Verena blieb stehen.

»Wenn ich recht habe, hänge ich sehr tief in der Sache drin. Allein schon der Umstand, dass ich nicht sofort alles hinwerfe und die Angelegenheit anderen Kollegen überlasse, kann mich meinen Job kosten. Sie werden tief wühlen und alles umdrehen, was ich die letzten fünf Tage gemacht habe. Die Vernehmung muss wasserdicht sein. Jedes Wort. Keine Fehler mehr. Deswegen möchte ich, dass du übernimmst. Ich vertraue dir.«

Christoph Todt nickte. »Danke.«

»Du hast was vergessen.« Verena streckte Harald Enzinger die Armbanduhr auf der flachen Hand entgegen, als er die Haustür öffnete. Verena erschrak über sein Aussehen. Die Haare wirr um den Kopf, die Kleidung zerknittert. Ein dunkelroter Fleck prangte auf seiner Hemdbrust wie Blut. Sie roch Wein in seinem Atem und trat einen Schritt zurück.

»Danke.« Harald Enzinger nahm die Uhr, machte aber keine Anstalten, Verena einzulassen.

»Hast du einen Moment Zeit für uns?«

»Uns?«

»Mein Kollege und ich würden gerne mit dir reden.«

Harald Enzinger zögerte, fuhr sich durchs Haar und gab die Haustür frei.

»Wenn es sein muss.« Sie folgten ihm. »Was ist denn? Braucht ihr einen fachlichen Rat?« Er führte sie ins Wohnzimmer. Verena schaute sich um. Über die gesamte Länge des Zimmers zog sich eine vollgestellte Bücherwand, deren Bretter sich im Laufe der Zeit unter der Last gebogen hatten. Eine Stereoanlage mit Plattenspieler stand auf einem Regal in Griffnähe eines Sessels. Bilder setzten Akzente. Kissen luden auf Sessel und Sofa ein. Alles nicht nur normal, sondern sympathisch, liebenswert. Verena spürte, wie ihre Hände feucht wurden. Sie ließ sich auf einen der angebotenen Stühle am Essplatz nieder und wartete darauf, dass Christoph Todt etwas sagen würde. Er schwieg. Ging die Bücherwand entlang, blieb bei der Plattensammlung stehen und zog eine Hülle heraus.

»Grateful Dead«, murmelte er und holte die Platte aus der Hülle.

»Vermutlich vor Ihrer Zeit, junger Mann.« Enzinger nahm ihm alles aus der Hand, legte die Schallplatte auf und startete den Plattenspieler. Es knisterte in den Boxen. Sekunden später füllte akustische Gitarrenmusik den Raum, bevor der Liedtext einsetzte. Verena kannte das Lied nicht, aber Christoph Todt nickte anerkennend.

»Mit dem Album hatten sie zum ersten Mal richtig Erfolg, nachdem das mit den Drogen sie nicht weitergebracht hatte, stimmt's?«

»Stimmt.« Harald Enzinger regelte die Lautstärke herunter, wandte sich Christoph Todt zu und verschränkte die Arme. »Aber Sie sind doch sicher nicht hergekommen, um mit mir über Musik zu diskutieren.« Er sah Verena an.

»Nein, sind wir nicht«, antwortete Christoph Todt an ihrer Stelle und lehnte sich an die Bücherwand. »Sie haben bei Ihrer Hochzeit den Namen Ihrer Frau angenommen, Herr Enzinger?«

»Ja, hab ich. Steht in meinem Pass.«

»Wie hießen Sie vorher?«

»Berghausen.«

»Harald Berghausen?«

»Ja.« Er schüttelte den Kopf. »Nein. Harald ist mein zweiter Vorname. Früher nannte ich mich Andreas.«

»Warum haben Sie Ihren Namen geändert?«

»Weil ich mich von der Vergangenheit …«, er verstummte, schüttelte den Kopf und fuhr Christoph an: »Können Sie mir sagen, was das hier soll?« Er wandte sich an Verena. »Was will dein Kollege von mir? Soll das ein Verhör werden?« Er ballte die Hände zu Fäusten.

»Harald.« Verena schluckte ihre Heiserkeit hinunter, stand auf und ging auf ihn zu. »Sagt dir der Name Cornelia Vogt etwas?« Harald Enzinger schloss die Augen. Er spreizte die Finger, ballte sie dann zu Fäusten, atmete ein und aus.

»Warum fragst du mich, wenn du die Antwort kennst? Du bist hier, weil du die Akte gelesen hast.« Er schob die Hände in die Hosentaschen. Seine Augenbraue zuckte. »Nicht schlecht. Nicht schlecht.« Er ging auf Christoph Todt zu und baute sich vor ihm auf. »Sie war meine Freundin. Sie ist gestorben. Steht alles in der Akte.«

»Du weißt auch, wer Martin Schlendahl, Werner Hedelsberg und Gisela Arend sind.« Verena wusste die Antwort.

»Natürlich kenne ich die. Seit langem. Seit viel zu langem. Was hätte ich darum gegeben, wenn ich ihnen nie begegnet wäre. Cornelia würde noch leben. Wir hätten ein Kind, eine Familie. Ich konnte sie nicht vergessen, als ich es noch wollte.« Er ging an Christoph Todt vorbei, beinahe beiläufig, und Verena erkannte zu spät seine Absicht. Sie sprang auf, aber da knallte bereits die Tür ins Schloss. Christoph Todt warf sich dagegen, rüttelte an der Klinke.

»Scheiße.« Er ging drei Schritte zurück. »Danke für dein Vertrauen, Frau Irlenbusch. Wie es aussieht, hast du recht mit deiner Vermutung.« Er nahm Anlauf und trat gezielt mit dem rechten Fuß auf eine Stelle neben dem Schloss. Es splitterte, aber die Tür blieb geschlossen. Erneut hob er sein Bein, winkelte es an und trat zu. Das Holz gab nach.

Im Flur blieben sie stehen. Eine Treppe führte nach unten in den Keller, eine nach oben. Die Türen zu den Räumen im Erdgeschoss waren angelehnt. Christoph Todt zog seine Waffe, gab Verena ein Zeichen und stieß die erste mit vorgehaltener Waffe auf. Die Küche war leer. Ohne das Treppenhaus aus den Augen zu lassen, liefen sie weiter. Verena zeigte auf die Tür direkt neben dem Eingang. Sie war als Einzige verschlossen. Christoph Todt drückte die Klinke herunter und schob die Tür auf, während er gleichzeitig mit der Waffe den Raum sicherte. Verblüfft blieb er stehen und starrte auf den Floater in der Mitte des Zimmers. Verena quetschte sich an ihm vorbei, entriegelte mit wenigen Handgriffen den Deckel und öffnete den Entspannungstank. Ein Gestank nach Urin und Kot erfüllte den Raum. Verena sah in das Innere des Floaters.

»Verdammt!«, flüsterte sie und unterdrückte eine Welle von Ekel, die sie zu überrollen drohte. Sie kramte nach ihrem Handy, tippte fieberhaft die Nummer des Notarztes ein. Zu spät, dachte sie. Zu spät. »Wo bleiben die Kollegen?«

Ein gedämpfter Schrei ertönte über ihnen.

»Nach oben«, gab Christoph Todt knapp Anweisung. Verena alarmierte die Einsatzzentrale. Wieder schrie die Frau.

Verena rannte hinter Christoph Todt die Treppe hoch in die erste Etage. Alle Türen standen weit offen. Sie lauschten in die Stille. Nichts. Draußen auf der Straße dröhnten Motorengeräusche auf und erstarben. Die Verstärkung rückte an. Sie hörte Enzinger lachen.

»Nach oben.« Christoph Todt riss eine Tür auf, und das Lachen klang lauter. »Er ist auf dem Dach.« Eine schmale Trittleiter führte durch den engen Schacht auf das Flachdach des Hauses. Christoph Todt kletterte zuerst über die Stiegen. Mit dem Kopf auf der Ebene des Dachbodens angekommen, verharrte er kurz und stieg dann weiter. »Hier ist ein Kaminschacht. Breit genug, um uns Deckung zu geben.« Er winkte Verena, ihm zu folgen. Sie sah die Waffe in seiner Hand.

»Ich kann dich hören, Verena. Gib dir keine Mühe. Und dein Kollege braucht sich auch nicht zu verstecken«, höhnte Enzinger. »Keine Angst. Ich habe keine Waffe.«

»Wer ist bei dir, Harald?« Verena wollte einen Schritt auf die Ecke des Schachts zugehen, aber Christoph Todt hielt sie zurück.

»Was ist, wenn er lügt?«

»Die Letzte von meiner Liste ist bei mir.« Verena hörte ein unterdrücktes Stöhnen.

»Rose Hoss«, flüsterte sie Christoph Todt zu. »Sie lebt noch.«

»Die Kollegen sind angekommen.« Christoph deutete auf die Straße. »Besser, wir überlassen ihnen jetzt die Sache.« Er streckte ihr eine Hand entgegen. »Lass uns nach unten gehen.«

»Verena?« Enzingers Stimme klang unsicher.

»Ja«, antwortete sie mit fester Stimme.

»Ich will mit dir sprechen. Nur mit dir. Sag deinem Aufpasser, er kann gehen.« Verena legte ihre Hand auf die von Christoph Todt, die sie festhielt.

»Auch wenn es ein Fehler ist und sie mich suspendieren werden. Ich muss das jetzt selbst klären.«

Christoph Todt zögerte, nickte und ließ sie los. Verena ging um den Schacht herum. Harald Enzinger stand nur wenige Meter von ihr entfernt am Rand. Mit beiden Händen hielt er die Oberarme von Rose Hoss umklammert. Die Frau schwankte und hatte Mühe, ihren Blick auf Verena zu richten. Sie stand unter Drogen, das war offensichtlich.

»Hast du ihr LSD gegeben?«, fragte sie Enzinger, der sie unverwandt anstarrte.

»Ich muss dir erklären, warum …«

»Erklären? Was willst du mir erklären?« Verena spürte, wie die Wut, die sie die ganze Zeit nicht zugelassen hatte, in ihr hochstieg. Sie schnürte ihr die Kehle zu, drohte, sie zu zerreißen. Ihr Vorsatz, sachlich zu bleiben, zerplatzte wie ein Ballon. »Du hast mich ausgehorcht, mich ausgenutzt. Wolltest wissen, wie nah ich dir schon auf den Fersen war.« Sie unterdrückte die Tränen, die in ihrer Kehle aufstiegen. »Du hast Menschen umgebracht.«

Harald Enzinger schüttelte den Kopf. »Nein«, sagte er ruhig. »Ich habe niemanden umgebracht. Ich habe ihnen geholfen, ihre Schuld zu begleichen. Sie sind selbst gesprungen. Weil sie es wollten.« Er ließ Rose Hoss los. Die Frau schwankte zwei Schritte nach vorn, weg vom Abgrund, und knickte in den Knien ein. Mühsam stützte sie sich mit den Händen auf dem steinigen Untergrund ab. Harald Enzinger ging zu ihr und beugte sich zu ihr herunter.

»Erzähl es ihr, Rose, wie es war. Damals«, flüsterte er ihr ins Ohr. Verena hörte jedes Wort. »Sag ihr die Wahrheit.«

»Es war ein Unfall«, murmelte Rose Hoss.

»Ein Unfall?« Enzinger stöhnte auf. Er krallte die Finger in ihre Schulter, schüttelte sie. »Du hast ihr das verdammte Zeug gegeben, obwohl sie gesagt hatte, sie wollte nicht mitmachen. Du hast es ihr ins Glas gemischt. Du hast zugesehen, wie sie zu dem Fenster gegangen ist, wie sie gesprungen ist.« Seine Stimme brach. Er weinte. »Du hast nicht verhindert, dass Cornelia gestorben ist. Dass mein Baby nie geboren wurde.« Er hob sie hoch und drängte sie an den Rand. »Los! Spring endlich!«

»Ich habe es nicht gesehen.« Rose Hoss versuchte, sich gegen ihn zu wehren. Sie sprach konzentriert, blinzelte. »Wo ist Mia? Lass sie frei! Bitte.« Sie sah Verena an. »Helfen Sie Mia, bitte. Es ist egal, was mit mir ist.« Verena schwieg und wich ihrem Blick aus. Der zusammengerollte Körper hatte ausgesehen, als ob das Kind schlief. Erst beim zweiten Hinsehen hatte sie die durchscheinende bläuliche Haut und die tiefliegenden Augenhöhlen erkannt. Den stillen Brustkorb.

»Nein«, flüsterte Rose Hoss. »Nein.« Sie stand, senkte den Kopf. Ein stummes Schluchzen schüttelte sie. Sie schlang die Arme um ihren Körper, schaukelte hin und her, wiegte das imaginäre Kind in ihren leeren Armen. Sie richtete sich auf, legte eine Hand auf Harald Enzingers Brust und wandte sich von ihm ab. Mit einem Schritt stand sie auf der Kante des Daches.

»Nein.« Enzinger sprang vor, griff nach ihren Schultern und zerrte sie zurück. »So leicht kommst du mir nicht davon.« Er stieß sie in Verenas Richtung. »Hier. Ich habe meine Pläne geändert. Nimm sie. Sie soll sehen, wie es ist, mit dem Schmerz zu leben. Sie soll ihn spüren. Soll ihn nie vergessen.«

Verena breitete die Arme aus und fing Rose Hoss auf, die auf sie zugetorkelt kam. »Christoph«, rief sie und hoffte, dass der noch hinter dem Kaminschacht wartete.

»Nein. Lassen Sie mich.« Rose Hoss schlug um sich. Blind vor Tränen. »Ich will nicht. Er hat recht. Ich bin schuld. Sie sind tot. Alle.« Sie zitterte, und Verena hatte Angst, dass sie erneut zusammenbrechen würde.

»Christoph!« Sie wandte sich im gleichen Moment um, als Harald Enzinger zugriff und Rose Hoss hochhob. Verena wollte ihm helfen, aber seine schneidende Stimme hielt sie auf.

»Bleib, Verena.« Sie fuhr herum. »Bitte«, murmelte er und streckte ihr die Hände entgegen. Sie wich vor ihm zurück. Er blieb stehen. »Keine Angst. Ich werde dir nichts tun. Weil du nichts getan hast.«

»Im Gegensatz zu den anderen, die du umgebracht hast.«

»Nicht ich habe sie getötet. Sie sind selbst gesprungen.«

»Du hast ihnen die Droge verabreicht.«

»Ich wollte es genau so, wie es damals mit Cornelia war.« Er schwieg. Ein Lächeln huschte über sein Gesicht. Er neigte den Kopf. »Sie war so wunderbar, verstehst du? Eine schöne Seele. Wir hatten uns gefunden, wollten Kinder, ein Leben. Uns lieben. Uns streiten. Uns gemeinsam durch die Zeiten bewegen.« Seine Züge verhärteten sich. »Sie haben mir Cornelia genommen. Mir mein Leben gestohlen. Keine Gegenwart. Keine Zukunft.«

»Warum erst jetzt, Harald? Cornelia Vogt ist seit mehr als vierzig Jahren tot.«

»Weil sie ein weiteres Mal sterben wird.« Er fasste sich mit beiden Händen an den Kopf und raufte sich die Haare.

»Verstehst du? Sie lebte in mir, weil ich lebte. Sie starb nicht, weil ich an sie dachte. An ihr Lächeln, ihre Stimme, ihren Körper. Sie blieb bei mir, weil ich mich an sie erinnerte. Meine Erinnerung hielt sie am Leben. Verstehst du?« Er richtete sich auf. Holte tief Luft. Kämpfte mit sich. »Meine Erinnerung wird sterben, Verena.« Er weinte stumm, verzweifelt über den Verlust, den er kommen sah. Verena begriff. Vieles von dem, was sie in den letzten Tagen hatte stutzen lassen, klärte sich, fand einen Grund. Ihr Mitleid siegte über ihre Abscheu. Sie blinzelte, merkte, dass auch sie weinte. Sie stand auf, ging zu ihm und legte die Arme um ihn. Sie strich ihm über den Rücken, gleichmäßig und langsam, spürte sein Schluchzen.

»Seit wann weißt du es?«

»Seit ein paar Wochen.« Er klammerte sich an sie. »Ich bin ein Monster, Verena. Ich habe ein Kind sterben lassen.« Er würgte. »Weil es mir egal war, was mit ihm passierte.«

»Ist es dir immer noch egal?«

»Was willst du hören? Die Wahrheit? Oder das, von dem ich glaube, dass du es hören willst?«

»Die Wahrheit.«

»Ich lausche, suche und horche. Aber da ist nichts. Kein Mitleid. Keine Reue. Obwohl ich weiß, dass sie da sein sollte. Dass ich sie finden würde, wenn ich diese Krankheit nicht hätte.« Er heulte auf wie ein waidwundes Tier. »Ruth kann lieben und weiß es nicht mehr. Ich kann nicht mehr lieben und bin mir dessen bewusst. Sag mir, welche Hölle die furchtbarere ist.«

»Du kannst hassen.«

»Noch. Noch kann ich es. Es wird verschwinden. Wie die Liebe und die Furcht und die Angst. Keine Gefühle mehr. Seelentot.«

»Deswegen wolltest du deine Rache, bevor die Krankheit zu weit fortschritt. Schlendahl, Gisela Arend. Du hast aufgeräumt. Dich abgearbeitet. Aber du bist nicht fertig geworden.«

»Nein. Das bin ich nicht. Es ist unvollständig.«

»Was ist mit Werner Hedelsberg? Wir haben ihn bisher nicht gefunden. Und was ist mit Haller? Er lebt noch.«

»Hedelsberg ist tot. Er liegt mit eingeschlagenem Schädel hinter Hallers Haus im Wald.« Er verzog den Mund. »Da ist mir jemand zuvorgekommen. Und Haller selbst? Es war sein Glück, dass er nicht da war, als ich ihm einen Besuch abstatten wollte.«

»Wie hast du es gemacht?«

»Ganz einfach.« Harald Enzinger hatte sich wieder gefangen, wirkte kalt. »Ich bin zu ihnen und habe ihnen das LSD untergemischt. Bei Martin war es der Kaffee. Er konnte nicht ohne. Noch nie.«

»LSD ist nicht tödlich.«

»Ich weiß.«

»Du wolltest ihn nicht töten.«

»Nein.«

»Was wolltest du?«

»Es so machen wie sie damals. Ihn hilflos sehen. Ausgeliefert an die Droge. Das Risiko eingehen. Alles konnte passieren.«

»Oder nichts.«

»Ja.«

»Und Gisela Arend?«

»Martins Tod hat mir klargemacht, dass der Preis für ein Leben nur das Leben sein kann. Wer weiß. Wenn Martin nur ein wenig ausgeflippt wäre, sich komisch verhalten, es vielleicht zu einer Nachricht in der Zeitung gebracht hätte.«

»Hätte es dir genügt?«

Enzinger zuckte mit den Schultern.

»Wie …?«, fragte Verena.

»Gisela brauchte ein bisschen Hilfe, bis sie sich zu ihrem letzten Schritt entscheiden konnte«, fiel Enzinger ihr ins Wort. »Aber mit gutem Zureden konnte ich ihr deutlich machen, was am besten für sie war.« Er kniff die Augen zusammen. »Das ging wunderbar.« Er kicherte hysterisch. »Weißt du, Verena, das Gute an dieser Krankheit ist, dass sie vieles erleichtert. Kein Gewissen, keine Beherrschung. Man kann sich dem Trieb überlassen.« Er machte eine Pause und grinste sein Jungengrinsen. »Wovon du ja auch profitieren durftest.« Enzinger kam auf sie zu, beugte sich zu ihr und flüsterte:«Keine Angst. Es war nicht alles gespielt.« Er küsste sie auf den Hals, strich ihr mit dem Handrücken über die Wange und lehnte seine Stirn gegen ihre. Verena versteifte sich. Eine Mischung aus Angst und Ekel presste ihr den Magen zusammen. Enzinger schloss die Augen. »Zuerst wollte ich dich nur aushorchen, wollte wissen, was ihr schon herausgefunden habt, damit ich meinen Plan auf jeden Fall zu Ende bringen konnte. Aber dann …«

»Aber was dann? Hat dich das Mitleid gepackt? Fandest du mich so umwerfend? So unwiderstehlich?« Verena stieß ihn fort, bebte vor Widerwillen.

»Nein. Ich fand dich so menschlich.« Er öffnete die Augen und suchte ihren Blick. »Wie du mit Ruth umgehst, wie du sie umsorgst, sie umhegst, sie liebst, obwohl sie nicht mehr die ist, die sie einmal war. Obwohl sie weggeht von sich. Du kümmerst dich. Ruth hat ein gutes Leben. Trotz allem. Trotz der Krankheit. Sie spürt deine Liebe, auch wenn sie es nicht mehr begreifen kann.« Er schluckte und legte den Kopf in den Nacken. »Ich habe Angst, Verena. Vor dem, was kommt. Vor dem, was ich nicht mehr wissen werde. Um das von mir, das gehen wird. Das Monster in mir wird wachsen. Mich aus meiner Seele verjagen. Da ist niemand, der auf mich achten wird. Der mich liebt.« Er streckte die Hand aus und strich ihr wieder über die Wange. Verena atmete ruhig und ertrug die Berührung. Enzinger drehte sich um und ging zum Rand des Daches. Verharrte, blickte in die Tiefe. Lachte.

»Deine Kollegen stehen dort unten bereit für mich. Aber mit ihrem Sprungtuch kommen sie nicht überall hin.« Er breitete die Arme aus. Verena rührte sich nicht. Ihr Herz raste. Sie rang nach Luft. Sie könnte, sie sollte, sie müsste jetzt nach vorn jagen, ihn festhalten, zurückreißen und sein Leben retten. Sie tat es nicht. Ließ ihn stehen. Ließ ihn denken. Ließ ihn entscheiden. Seelentot.

»Enzinger!« Christoph Todt stürzte aus seiner Deckung, rannte mit langen Schritten an Verena vorbei. Sie griff nach ihm, hielt ihn auf.

»Lass ihn, Christoph. Er will es so.« Lautlos sprang Harald Enzinger in die Tiefe. Kopfüber, die Arme fest an den Körper gepresst. Sie hörte nur das dumpfe Geräusch, als er zwischen den Büschen aufschlug.

*

»Hier.« Christoph Todt reichte Verena einen Plastikbecher mit Kaffee und setzte sich zu ihr auf die Bank. Er zog seine Jacke aus, hängte sie ihr um und ließ dann seine Hand auf ihrer Schulter ruhen. Verena umfasste mit beiden Händen den Becher, trank aber nicht. Sie starrte auf die Kollegen von der Spurensicherung. Wie weiße Maden krochen sie durch das Beet am Haus, untersuchten die Stelle, an der Harald Enzinger aufgeschlagen und gestorben war. Er hatte sein Ziel erreicht. Sein Genick war beim Aufprall gebrochen. Sie hatten ihn vor einer halben Stunde bereits mitgenommen. Ohne Blaulicht. Nicht wie der andere Notarztwagen, der im gleichen Moment eingetroffen war, in dem Harald gesprungen war. Verena hatte das Martinshorn nicht wahrgenommen. Nicht den flackernden blauen Schein. Nicht die Sanitäter, die ins Haus stürzten. Nicht die Rufe, das Hasten, die Eile. Sie war zu konzentriert auf das Geschehen gewesen. Mia lebte. An der Schwelle zum Tod, dehydriert. Die letzte Sekunde war angehalten worden. Rose Hoss stand unter ärztlicher Aufsicht. Es würde noch Stunden dauern, bis die Droge ihre Wirkung verlor, sie wieder bei klarem Verstand sein und das volle Ausmaß begreifen würde. Verena empfand großes Mitleid mit der alten Frau. Wäre Mia tot, trüge Rose die Schuld, die sie für sich selbst sehen würde. Würde Mia weiterleben, wäre die Verantwortung für die geschlagenen Wunden auf der Kinderseele eine reale, der ihre Großmutter sich stellen musste. Harald Enzinger hatte erreicht, was er wollte. Rose Hoss musste das Leid aushalten. Es ertragen und damit leben.

»Ich habe die Kollegen losgeschickt, um auf Hallers Grundstück nach Hedelsbergs Leiche zu suchen.« Christoph Todt beugte sich vor, stützte seine Ellbogen auf die Knie und verschränkte die Hände.

»Er hat gesagt, er hätte ihn nicht umgebracht.«

»Glaubst du ihm?«

»Ich weiß nicht, was ich ihm glauben soll.« Verena wandte ihm ihr Gesicht zu. »Wie viel hast du gehört, als du hinter dem Kamin gesessen hast?«, fragte sie und ließ ihn nicht aus den Augen.

»Eine Menge. Aber ich weiß nicht, ob ich es richtig verstanden habe.«

»Er hat mir sehr schnell eine Pflegerin für Ruth organisiert, mit ihr ein Diagnosegespräch geführt. Er war mit mir essen. In der Oper. Er hat mit mir …« Sie brach ab, wollte die Tatsache, dass er mit ihr geschlafen hatte, dass sie sich eingelassen hatte auf jemanden, der eine andere, eine erschreckende Seite hatte, nicht noch einmal laut aussprechen. Damit würde sie es akzeptieren, und das wollte sie nicht. »Er war aufmerksam, nett, charmant, fürsorglich.« Sie schüttelte den Kopf. »Nein. Er war es nicht. Er hat die Emotionen vorgespielt, nicht empfunden. Aus der Erinnerung heraus. So wie sie sein mussten. Täuschend echt. Er hat sogar sich selbst getäuscht.« Sie schluckte. »Und während all der Zeit verdurstete ein kleines Mädchen in seinem Haus.« Sie kämpfte mit den Tränen. »Ich verstehe es nicht. Ich verstehe mich nicht. Vielleicht hätte ich es merken müssen? Es musste doch Anzeichen geben. Sie waren sicher da, aber ich habe sie nicht erkannt.« Sie schluckte wieder. »Wenn ich mich nicht nur um meine eigene Achse gedreht, wenn ich stattdessen meinen Job besser gemacht hätte, würde Mia vielleicht nicht mit dem Tod kämpfen.«

»Es ist nicht deine Schuld. Er hat die Taten aus sich heraus begangen«, sagte Christoph Todt langsam, als ob das nicht seine Worte, sondern die von jemand anderem waren, und er würde sich nur erinnern. »Er hat die Entscheidung alleine getroffen.« Christoph Todt streichelte kurz ihre Schulter. »Es gibt keinen Schuldigen. Er war frei, sich zu entschließen.«

»Nein. Das war er nicht.« Sie griff nach seiner Hand, hielt sie für einen Moment fest und drückte sie. Dann stand sie auf und reichte ihm seine Jacke.

»Ich muss hier weg. Nachdenken. Überlegen, was ich tun kann und wie ich mich weiter verhalten soll.«

»Willst du mit Rogmann sprechen?«

»Später. Er erfährt früh genug, was ich für einen Mist gebaut habe.« Sie seufzte. »Ich gehe nach Hause zu Ruth. Das ist besser als jeder Polizeipsychologe.« Verena drehte sich um und folgte dem Pfad, den die Techniker zur Spurensicherung angelegt hatten, bis sie den Bürgersteig vor Enzingers Haus erreichte. Ein paar Schaulustige drängten sich hinter der Absperrung und versuchten, einen Blick auf das Geschehen zu erhaschen. Sie bückte sich unter dem Absperrband hindurch und ging auf den Wagen zu, als sie schnelle Schritte hinter sich hörte. Sie blieb stehen und drehte sich um.

»Ich würde dich gerne fahren«, sagte Christoph Todt und streckte ihr die Hand entgegen, um den Autoschlüssel entgegenzunehmen.

»Ich brauche keinen Aufpasser. Es geht mir so weit gut.« Sie lächelte, als sie die Sorge in seiner Miene erkannte. »Trotzdem danke. Ich weiß, wie es gemeint ist.«

Kapitel 18

Ruth saß im Garten hinter dem Haus. Sie schälte einen Apfel. Ihre Hände kannten noch die Bewegungsabläufe. Die Schale schlängelte sich zwischen ihren Beinen nach unten. Durch die geöffnete Terrassentür hörte Verena Nina Rawowa singen, während sie mit Geschirr klapperte. Die Pflegerin entdeckte Verena und hob eine Hand zum Gruß, bevor sie sich erneut ihrer Arbeit zuwandte. Ruth saß versunken in ihre Aufgabe da. Sie bemerkte Verena erst, als sie nur wenige Schritte von ihr entfernt war. Ein Strahlen ging über ihr Gesicht.

»Kind«, freute sie sich, legte den Apfel und das Messer beiseite und stand auf, um sie zu begrüßen. Sie runzelte die Stirn, näherte sich mit ausgebreiteten Armen und zog Verena an sich. Verena erwiderte die Umarmung, schmiegte ihr Gesicht an den Hals ihrer Großmutter und sog den vertrauten Geruch ein. Sie merkte, wie das Zittern in ihr sich Bahn brach, wie die Anspannung zusammenfiel, wie ihre Fassade bröckelte, ihre Kraft nachließ, die sie in den letzten Stunden aufrecht gehalten hatte. Sie weinte, ohne es zu wollen. Stumm stand sie da, an Ruth gelehnt. Wie ein Kind, in der Wärme und der Geborgenheit der Älteren. Ruth strich ihr behutsam über den Rücken, immer wieder, wiegte sie sanft hin und her und summte leise eine Melodie, mit der sie Verena schon als Kind getröstet hatte.

»Was ist los, Schatz?«, fragte sie nach einer Weile und

umfasste Verenas Schultern. Sie schob sie ein Stück von sich weg, betrachtete prüfend ihr Gesicht. »Hast du Ärger?« Sie wischte mit den Fingern die Tränen fort. »Nicht traurig sein. Ich bin ja da.« Sie drückte Verena auf einen der Stühle. Mit ein paar Handgriffen befreite sie den Apfel vom Rest seiner Schale und schnitt ihn in kleine Stücke. »Hier. Iss erst mal was.« Sie setzte sich auf den freien Stuhl neben Verena und faltete die Hände im Schoß. »Haben sie dich in der Schule geärgert?«

Verena lächelte. »So ähnlich, Ruth. Es sind viele traurige Sachen passiert.«

»Möchtest du sie mir erzählen?«

»Nein. Nicht jetzt. Später vielleicht.« Sie rückte mit ihrem Stuhl näher zu Ruth, lehnte den Kopf an ihre Schulter. Für Ruth war sie jetzt gerade ein Kind mit den Sorgen eines Kindes. Aber was machte das für einen Unterschied in der Liebe, die sie für sie empfand, ob die Sorge die eines Kindes oder einer Erwachsenen war. Was hatte Enzinger gesagt? Die Emotionen bleiben bis zum Schluss. Sie spürte Ruths streichelnde Hand auf ihrem Haar und schloss die Augen. Solange es nur möglich wäre, würde sie dafür sorgen, dass Ruth hier in ihrem Haus bleiben konnte. Mit Nina Rawowa und weiterer Unterstützung musste es gehen.

»Sie haben Werner Hedelsberg gefunden. Oder besser das, was von ihm übriggeblieben ist«, sagte Christoph Todt unvermittelt, nachdem sie den Hörer abgenommen und sich gemeldet hatte. Sie stellte die Teetasse ab, mit der sie auf dem Weg ins Wohnzimmer gewesen war, wo Ruth mit dem Mensch-ärgere-dich-nicht-Spiel auf sie wartete. »Wie Enzinger es gesagt hat, hinter Hallers Haus im Wald, mit eingeschlagenem Schädel.« Sie hörte, wie er

Kaffee eingoss und die Kanne wieder auf die Warmhalteplatte stellte. »Wir sind noch nicht fertig mit der Sache.« Es raschelte im Hörer. »Soll ich jemand anderen fragen, und du bleibst zu Hause?«

»Nein.« Verena beobachtete Ruth und Nina Rawowa nachdenklich. Die beiden Frauen lachten fröhlich, und mit großer Geduld zeigte die Pflegerin Ruth, wo sie ihre Spielfiguren hinstellen sollte. »Die Krankheit hat sein Wesen verändert, ihn die schrecklichen Dinge tun lassen. Er konnte kein Mitgefühl empfinden, weil es ihm genommen wurde. Trotzdem hat er nicht ein einziges Mal gelogen. Wenn er sagt, dass er Hedelsberg nicht umgebracht hat, muss es jemand anderer getan haben.«

*

Die Einfahrt des Hauses lag im strahlenden Sonnenschein. Die Fenster des Taubenschlags standen weit offen, und einige Vögel stolzierten über den Dachfirst. Verena hörte ihr leises Gurren, als sie ausstieg und nach Franz Haller Ausschau hielt. Auf ihr Klingeln hin blieb im Haus alles ruhig. Erst als sie um das Gebäude herum in den Garten gingen und nach dem Journalisten riefen, erhielten sie eine Antwort.

Franz Haller saß auf einem der Gartenstühle, den Kopf in den Nacken gelegt, und beobachtete den Himmel. Verena sah den Schatten des Raubvogels über den Bäumen vorüberhuschen. Sie wartete darauf, dass Haller aufspringen und mit einem ähnlich wilden Schauspiel wie vor einigen Tagen den Räuber verjagen würde. Aber Franz Haller blieb sitzen.

»Guten Tag, Herr Haller«, begrüßte Christoph Todt ihn und blieb stehen.

»Herr Kommissar.« Haller starrte unverwandt nach oben. Der Raubvogel stieß herab und griff eine der Tauben, die sich im Landeanflug befanden. »Ich hatte Sie schon früher erwartet, nachdem Ihre Kollegen hier den halben Wald umgegraben und mir Löcher in den Bauch gefragt haben.«

»Warum unternehmen Sie nichts dagegen?« Christoph Todt wies mit der Hand in Richtung des Taubenhauses.

»Das sind die ganz Alten. Die Jungen habe ich gestern weggegeben.«

»Sie geben Ihre Tauben auf?«

»Ich bin auch ein ganz Alter. Wie diese Schätzchen da oben. Ich habe viele Strecken zurückgelegt und immer wieder gut nach Hause gefunden. Aber irgendwann verirrt man sich. Und dann ist es vorbei. Die Schlauen von ihnen werden sich zurechtfinden.«

»Sind Sie einer von den Schlauen?«

»Bisher hab ich das geglaubt.«

»Sie haben den Kollegen gegenüber behauptet, Sie wüssten nichts darüber, wie die Leiche von Werner Hedelsberg auf Ihr Grundstück gelangt ist.«

»Das stimmt.« Franz Haller lachte. »Ich brauchte noch etwas Zeit.«

»Um was zu tun?«

»Meine Sachen in Ordnung zu bringen.«

Christoph Todt nickte und setzte sich neben Haller auf einen der freien Stühle. Er suchte den Blickkontakt zu Verena, und sie verstand ohne Worte. Das hier war seine Sache. Nicht, weil er es ihr nicht zutraute oder weil er glaubte, es besser zu können, sondern weil Haller ein Mann vom alten Schlag war. Von Mann zu Mann sprachen sich für Menschen wie ihn manche Dinge einfach besser aus. Verena lehnte sich an die Hauswand. Eine stumme Zeugin. Christoph Todt verschränkte die Arme und schwieg. Wartete. Das heisere Krächzen des Raubvogels war hoch oben zu hören. Er drehte ab. Seine Beute in den Krallen, die ihm das Überleben sichern würde. Für einen Tag, oder zwei. Dann käme er wieder. Vom Hunger und der Gier nach Nahrung getrieben.

»Vermutlich haben Sie schon irgendwelche DNA-Untersuchungsergebnisse in der Tasche, die mich als Hedelsbergs Mörder überführen«, meinte Haller nach einer Weile.

»Würden Sie denn versuchen, solchen Ergebnissen zu widersprechen?«

»Das hätte ja vermutlich sowieso keinen Sinn.«

»Wenig.« Christoph Todt beugte sich vor und stützte die Unterarme auf dem Tisch ab, ohne Haller anzusehen. »Warum?«

»Er wurde gierig.«

»Wonach?«

»Nach mehr. Nach dem, was ihm nicht zustand.«

»Was stand ihm denn zu?«

Franz Haller wandte sich Christoph Todt zu. Ein Lächeln zuckte um seinen Mund, aber die Augen blieben reglos. Kalt. »Nichts stand ihm zu. Gar nichts.« Verena hörte die Wut und den Zorn in Hallers Stimme. »Er war ein Parasit. Nährte sich von dem Verdienst der anderen.«

»Von Ihrem Verdienst«, sagte Christoph Todt ruhig.

»Er wollte Geld. Viel Geld. Anscheinend ging es mit seiner Kneipe immer mehr bergab.«

»Warum glaubte er, von Ihnen das zu bekommen, was er brauchte?«

»Wir kannten uns seit ewigen Zeiten.«

»Seit damals.«

»Ja. Seit damals.« Haller nickte.

»Haben Sie ihn zwischendurch einmal getroffen?«

»Nein.«

»Erzählen Sie mir, was passiert ist, als er hier auftauchte.«

»Er stand vor meiner Tür, wollte mit mir reden.«

»Haben Sie ihn hereingelassen?«

»Ich habe ihn zu Beginn ja noch nicht einmal erkannt«, erwiderte Franz Haller. »Erst als er anfing, von dem Experiment und dem Artikel zu sprechen, wusste ich, mit wem ich es zu tun hatte.«

»Und dann?«

»Ich habe versucht, ihn abzuwimmeln. Aber er ging nicht. Ich hatte nie viel für Schmarotzer übrig.«

»Sie mögen mehr die Erfolgreichen?«

»Ich mag die, die für ihren Lohn etwas leisten, die Einsatz zeigen. Ungewöhnliche Wege beschreiten, Risiken eingehen.«

Christoph Todt runzelte die Stirn. Verena sah, wie es in ihm arbeitete, bis sich seine Miene für einen kurzen Moment aufhellte und dann zu einer Maske erstarrte. Sie begriff, welchen Weg seine Gedanken gingen und zu welchem Ergebnis er gelangt war. Ihre Knie verloren jeglichen Halt. Lebenslüge. Alles beruhte auf einer Lüge. Werner Hedelsberg war nicht Hallers einziges Opfer. Es war kein Unfall gewesen, als Cornelia Vogt unter Drogeneinfluss aus dem Fenster gestürzt war. Die Schuld, die Gewissenslast und das Leid der anderen entbehrten jeglicher Grundlage. Sie trugen keine Verantwortung für den Tod der Freundin. Martin Schlendahl, Gisela Arend und Rose Hoss hatten mit der Vorstellung gelebt, den Unfall nicht verhindert und damit einen Menschen getötet zu haben. Auch wenn es ein entsetzlicher Fehler gewesen war, Cornelia Vogt ohne ihr Wissen und ohne ihr Einverständnis die Droge zu verabreichen, sie wäre nicht daran gestorben.

»Hat Hedelsberg niemals vorher versucht, Sie zu erpressen?«

»Nein.« Haller stand auf und reckte sich. »Vielleicht hat er mich als so etwas wie seine Rentenversicherung gesehen.«

»Er ist vorher auch bei Martin Schlendahl gewesen.«

»Hat er versucht, von ihm Geld zu bekommen?«

»Vermutlich.«

»Schlendahl hat ihn bestimmt abblitzen lassen.«

»Weil er nicht das wusste, was Hedelsberg wusste, sondern ihn mit sich in einem Boot sah?«, fragte Christoph Todt und beobachtete Franz Hallers Reaktion. Der Ältere neigte den Kopf zur Seite. Wieder dieses tote Lächeln. Als hätte seine Miene Herzlichkeit und Wahrhaftigkeit vergessen. Er hob eine Augenbraue und nickte anerkennend.

»Sie sind gut, Herr Kommissar. Hedelsberg muss mich beobachtet haben, damals. Ich hatte gedacht, alle wären so jenseits von Gut und Böse, dass keiner von denen auch nur das Geringste von dem mitbekommen würde, was wirklich geschehen ist.«

»Und, was ist wirklich geschehen?« Christoph Todt erhob sich ebenfalls und näherte sich Haller mit wenigen Schritten. Verena bemerkte seine Anspannung, seine Bereitschaft, auf jede Veränderung der Situation zu reagieren. Aber Franz Haller schien nicht an einen Fluchtversuch zu denken. Er blieb stehen, atmete ruhig ein und aus. Dann packte er Christoph Todt am Oberarm, trat zu ihm.

»Versprechen Sie mir, dass das, was ich Ihnen jetzt erzähle, unter uns bleibt«, zischte Franz Haller. Christoph Todt schwieg, ließ aber die Berührung des anderen zu. »Ich habe hart gearbeitet für das, was ich erreicht habe. Mein Ansehen, meine Erfolge. In der Erinnerung der Menschen und vor allem meiner Kollegen wäre ich nur noch der, der über Leichen gegangen ist.« Er lachte zynisch. »Womit ich ja sicher nicht der Einzige wäre.«

»Was ist geschehen? Damals. Mit Cornelia Vogt?«, fragte Christoph Todt erneut. Er wusste es. Genau wie Verena. Trotzdem wollte er es aus Hallers Mund hören. Wort für Wort. Das Eingeständnis des Horrors, der seine Tentakel bis heute ausgebreitet und Opfer gefordert hatte.

»Sie stand nur da am Fenster. Die Arme weit ausgebreitet. Ihre Augen.« Franz Haller schüttelte den Kopf. Sein Blick verlor sich. Holte die Erinnerung aus den Tiefen des Vergessens, das nie vollständig, sondern nur zugedeckt und verschleiert gewesen war. »Ich habe noch nie so viel Glück in den Augen eines Menschen gesehen. Sie strahlte, lachte von innen heraus.« Er schluckte. »Ich habe das Fenster geöffnet.« Zum ersten Mal seit Beginn ihres Gesprächs sah er Verena an, schien jetzt erst ihre Anwesenheit zu bemerken. »Man hatte doch schon gehört von denen, die dachten, sie könnten fliegen, und gesprungen sind. Stellen Sie sich doch vor! Diese Spinner hatten mich gebeten, ihr Experiment zu begleiten, darüber zu schreiben. Aber dabei zu sein, wie jemand wirklich sprang! Das war meine Chance. Die große Story. Endlich ein Durchbruch. Endlich Erfolg.«

»Aber sie sprang nicht«, sagte Verena leise.

»Nein. Sie sprang nicht.« Franz Haller schloss die Augen und breitete die Arme aus. Sein Körper spiegelte die Bilder, die in seinem Inneren abliefen. Er straffte sich. »Sie stand nur da. Strahlte, schwankte ein wenig, lachte.«

»Und da haben Sie sie gestoßen.«

»Sie starb glücklich.«

*

»Ich habe mit Niklas Blomson gesprochen, Enzingers Nachfolger in der Praxis.« Verena hielt den Blick unverwandt auf das Bett hinter der Scheibe gerichtet. Ihre Hand lag auf dem Glas, als ob sie die Gestalt darin berühren wollte. »Er hat mir erklärt, was genau mit Enzinger los war.«

»Enzinger wusste, dass er Alzheimer hatte?« Christoph Todt stand dicht neben ihr, schaute ebenfalls durch die Scheibe und folgte den Bewegungen der Intensivschwester, die Elektroden anbrachte, Monitore überwachte und Kabel überprüfte. Eine klare Flüssigkeit tropfte in stetigem Fluss aus dem Infusionsbeutel in einen Schlauch und von dort aus in den Körper der schlafenden Patientin.

»Nicht Alzheimer. Er hatte Frontotemporale Demenz.« Verena registrierte Christoph Todts fragenden Blick aus dem Augenwinkel. »Das ist etwas anderes als Alzheimer. Blomson hat es mir erklärt. Es verändert einen Menschen, bevor es ihm den Verstand raubt.«

»Und Enzinger wusste das?«

»Ja«, bestätigte sie leise und trat einen Schritt von der Scheibe zurück, als die Schwester den Intensivraum verließ und ihr ein kurzes Lächeln schenkte. »Als Blomson in seine Praxis einstieg, hat er einiges investiert. Unter anderem in ein Gerät zur Positronen-Emissions-Tomographie, das das Gehirn in Scheiben darstellen kann.« Sie lachte bitter. »Zur Eröffnungsfeier in der Praxis hat Enzinger sich mit großem Tamtam als Erster in die Röhre schieben lassen. Die Diagnose war nicht zu übersehen.«

»Was genau macht diese …?«, Christoph Todt brach ab und suchte nach dem Namen der Krankheit.

»Frontotemporale Demenz. Sie zerstört zuerst die Zellen in deinem Stirn- und Schläfenlappen und damit die Hirnareale, die für deine Emotionen und dein Sozialverhalten zuständig sind. Sie macht dich aggressiv und taktlos. Du wirst maßlos in allem, was du tust. Essen. Sex. Die Gier beherrscht dich. Das Denken bleibt lange. Viel länger als bei den anderen Formen der Krankheit.«

»Sicher schwierig, es immer treffend zu diagnostizieren. Es gibt genügend Leute, die immer so sind. Bei denen das erst gar nicht auffällt«, sagte Christoph Todt zynisch.

»Im besten Fall wirst du ein Riesenarschloch. Oder …«, Verena wandte wieder den Kopf in Richtung des Intensivbettes, »du wirst ein Monstrum.«

»Sie lebt. Mia lebt.«

»Ja.« Verena lächelte schwach. Eine Zeitlang standen sie beide schweigend nebeneinander und betrachteten das Kind vor sich.

»Die Ärzte sagen, sie kommt durch.«

»Ja.« Sie schluckte. »Wenn wir schneller gewesen wären, dann hätten wir ihr einiges ersparen können.«

»Das hätten wir. Vielleicht. Aber wir waren so schnell, wie es uns möglich war.« Er legte ihr eine Hand auf die Schulter. Verena spürte die Wärme, die von ihm ausging. Sie hatte etwas Tröstliches. »Wir haben gut gearbeitet. Und sie wird nicht alleine sein mit dem, was sie erlebt hat. Sie hat Familie. Eine Mutter, eine Großmutter, die sie lieben und ihr helfen werden.«

»Trotz deren eigener Probleme?« Verena drehte den Kopf zu Christoph Todt. »Meinst du, sie sind stark genug, um ihr Halt zu geben?«

Er nickte. »Sie sind die, auf die Mia vertraut, dass sie für sie da sind.« Er schluckte. »Und sie wird therapeutische Hilfe bekommen, um ihr Trauma zu überwinden.« Er holte tief Luft. Seine Stimme klang fester, als er weitersprach: »Es ist eine gute Idee, sich Hilfe zu holen, wenn man selbst Angst hat, es nicht schaffen zu können.«

»Ja. Das ist es wohl.«

*

»Wohin gehen wir?« Christoph Todt folgte Verena in den Gang, der sie weg vom Ausgang des Krankenhauses und hin zum Fahrstuhl brachte.

»Es wird Zeit, dass du jemanden kennenlernst.« Verena drückte einen der Knöpfe. Sie hatte die ganze Zeit geschwiegen, versucht, Abstand zu bekommen. Mia würde überleben. Sie würde größer werden, und vielleicht gelang es allen gemeinsam, sie zu einem fröhlichen und glücklichen Mädchen aufwachsen zu lassen. Verena nahm sich vor, sie nicht aus den Augen zu verlieren. »Wir haben gut gearbeitet. Aber es kann noch besser werden.«

»Gehen wir zu deiner Teampartnerin?«

»Zu unserer Kollegin.«

»Ich selber werde noch eine Zeitlang brauchen, bis ich meine Vergangenheit überwunden habe«, gab Christoph Todt zu und blieb unvermittelt stehen. »Die Träume sind wiedergekommen. Aber sie haben sich verändert. Es passieren neue Sachen darin. Sie lassen mich immer noch schweißgebadet aufwachen, aber sie geben mir ein Stück Hoffnung. Dass es eines Tages vorbei ist und nicht mehr weh tut.«

»Was ist mit deiner Tochter?«

»Ich will es bald versuchen. Sie nach Hause holen. Zu mir.« Er grinste schief. »Bevor sie ihren Vater vergisst. Es wird sicher nicht leicht, aber wir werden es hinkriegen. Ich werde um Hilfe bitten. Erst mal muss ich die Betreuung organisieren, wenn ich wieder richtig im Job sein will. Mit allem, was dazugehört.« Verena nickte und starrte auf ihre Hände.

»Glaubst du, du schaffst es? Willst du es? Jetzt schon?«

»Wenn ich jetzt einfach ja sagen würde, wäre das nur die halbe Wahrheit. Ich muss, weil ich irgendwann auch wieder ein geregeltes Leben möchte. Eine Sicherheit für mich und die Kleine. Aber ich will. Das Wollen überwiegt mittlerweile das Müssen.«

»Keine schlechte Voraussetzung«, entgegnete Verena. Der Fahrstuhl hielt mit einem Ruck. »Wir gehen weiter. Schritt für Schritt. Wir nähern uns unseren Zielen.«

»Ich habe immer gedacht, ich könnte alles aushalten. Ich habe gelernt, dass das nicht so ist.«

»Es ist keine Schande.«

»Nein. Nichts ist eine Schande. Das wird es nur dann, wenn wir es dazu machen.«

Verena legte ihre Hand auf seine, als sie vor der Zimmertür standen. »Bereit?«

»Bereit.«

»Leo?« Verena streckte den Kopf ins Krankenzimmer ihrer Kollegin, bevor sie die Tür ganz öffnete und den Weg für Christoph Todt freigab. Leo Ritte lag lang ausgestreckt in ihrem Bett, die Arme über der Bettdecke. Ihr Gesicht zeigte mehr Farbe als bei Verenas letztem Besuch, und sie wirkte trotz der Verbände und blauen Flecken auf ihrer Haut wacher und fitter. Leo Ritte wandte den Kopf. Sie erkannte Verena, lächelte.

»Sie sind mein Ersatz?«, fragte sie mit heiserer Stimme und musterte Christoph Todt von oben bis unten.

»Ich habe mit Verena zusammen an dem Fall gearbeitet, wenn Sie das meinen.«

»Meine ich.« Leo hustete. »Und? Wart ihr erfolgreich?«

»Wir wissen, wer was warum getan hat. Wir konnten einen zur Verantwortung ziehen für das, was er getan hat. Ein anderer hat selbst die Konsequenzen gezogen. Wenn du das meinst, ja. Erfolgreich? Nein. Zu viele sind gestorben. Ein Kind schwebt in Lebensgefahr ... Vielleicht, wenn wir schneller gewesen wären ...« Verena schob einen Stuhl an Leos Bett. Sie hockte sich auf den Stuhl, zog die Knie hoch und umklammerte ihre Beine.

»Scheiße«, murmelte Leo. »Und wie kommt ihr damit klar?«

»Ich muss darüber nachdenken, an welcher Stelle ich anders hätte handeln und damit die Sache verhindern können.« Sie sah Christoph Todt an. »Oder wo wir uns gegenseitig im Weg gestanden haben.« Er nickte.

»Auch wenn wir wissen, was wir falsch gemacht haben, ändert das nichts an dem, was geschehen ist.« Christoph Todt räusperte sich. »Aber wir lernen.« Er verschränkte die Hände. »Alle.«

»Der, der das Kind ...« Leo sah Verena an.

»Enzinger.«

»Du mochtest ihn.«

Verena löste die Umklammerung ihrer Beine und setzte einen Fuß auf den Boden. »Mögen?« Sie zögerte. »Es ist schwierig, das Gefühl zu beschreiben. Ich mochte ihn, war auf dem Weg, mich zu verlieben. Jetzt, wo ich weiß, was er getan hat, erschreckt mich dieser Gedanke.«

»Du kanntest ihn nicht.«

»Ich glaubte, ihn zu kennen.«

»Hättest du damit gerechnet?«

»Nein.« Verena spürte, wie ihr wieder die Tränen in die Kehle stiegen und ihr die Luft abschnürten. »Es war seine Krankheit«, wiederholte sie, um es zu begreifen. »Er war nicht grausam. Es hat ihn erbarmungslos werden lassen. Er war kein Monster, auch wenn er sich zum Schluss selbst so gesehen hat. Monster sind die, die Unmenschlichkeit willkommen heißen. Er hat sie gefürchtet.«

»Man kann nicht nur böse oder nur gut sein.« Leo strich mit der Hand über die Bettdecke. »Auch ich nicht. Oder du. Oder er.« Sie blickte in Christoph Todts Richtung. »Sie«, sprach sie ihn direkt an.

»Ich gebe mir Mühe. In beide Richtungen«, kam seine knappe Antwort.

»Das sollten Sie auch, Herr Kollege. Verena ist nämlich eine verdammt gute Polizistin. Sie verdient einen verdammt guten Partner.«

»Den hat sie doch.« Christoph Todt erwiderte Leos Blick.

»So schnell nicht wieder.« Leo räusperte sich und reckte das Kinn. »Können Sie nacktes Frauenfleisch ertragen, Herr Todt?«

»Kommt drauf an.«

»Okay.« Leo wandte sich an Verena. »Zieh mal die Decke von meinen Beinen.« Verena folgte der Bitte und schrak zurück. Leos Beine schillerten auf den Flächen, die nicht im Ruhegips lagen, in allen Facetten von Grün bis Violett.

»Guck dir meine Zehen an.« Leo zeigte mit dem Finger auf ihren rechten Fuß. »Jetzt.« Sie konzentrierte sich, schnappte nach Luft. Der große Zeh bewegte sich. Millimeterweise, aber Verena erkannte es. »Es kommt, haben die Ärzte gesagt. Mit viel Glück geht die Schwellung im Rückenmark zurück, und die Nerven bleiben nicht endgültig geschädigt. Sie geben dem Ganzen eine Perspektive, wenn auch nur eine kleine.«

Verena stand auf, ging ans Kopfende des Bettes und umarmte Leo stumm.

»Also muss ich mich so lange noch mit dem Kollegen da rumschlagen, bis du wieder auf dem Damm bist.«

»Sieht ganz so aus.« Leo wandte sich an Christoph Todt. »Sie scheinen brauchbar zu sein, sonst säßen wir jetzt nicht hier. Trotz allem. Oder haben Sie sich rausgehalten und Verena die Arbeit machen lassen?«

»Wie schön, dass Ihr Mundwerk ungebrochen zu sein scheint«, konterte Christoph Todt. »Also besteht noch Hoffnung«, ergänzte er in die eintretende Stille hinein, die für einige Sekunden anhielt. Dann lachte Leo. Laut. Herzhaft. Und lange.

Nachwort und Danksagung

»Da habe ich was für dich, das könnte interessant sein«, ist ein Satz, den Autoren und Autorinnen zwar häufig, aber nicht unbedingt gerne hören – weil wir lieber Geschichten erzählen, die wir uns selbst ausdenken. In diesem Fall war es anders: Die Beschreibung des Krankheitsbildes ›Frontotemporale Demenz‹ durch einen befreundeten Psychiater faszinierte und inspirierte mich gleichermaßen. Schon der Gedanke an Demenz löst in uns Mitleid für die Betroffenen aus. Und hinter diesem Mitleid versteckt sich die Angst, in ferner Zukunft selbst im »Land des Vergessens« zu versinken. Die besondere Form von Alzheimer, die Frontotemporale Demenz, beeinträchtigt zunächst nicht die intellektuellen, sondern die emotionalen und sozialen Fähigkeiten des Patienten, indem sie den Stirn- und Schläfenbereich (Fronto-Temporal-Lappen) des Hirns befällt.

Zu Beginn der Erkrankung verändern die Patienten ihre Persönlichkeit und ihren Umgang mit anderen Menschen. Sie werden taktlos und aggressiv und fallen durch gieriges, maßloses Essen auf. Die Hemmschwelle für (autoerotische) sexuelle Handlungen sinkt. Gleichzeitig gibt es Phasen der Gleichgültigkeit und Teilnahmslosigkeit. Erst im späteren Verlauf kommen die klassischen Symptome der Alzheimererkrankung wie Wortfindungsstörungen, Verständnisstörungen und Benennungsstörungen vor. Das führt oft zu Fehldiagnosen wie Schizophrenie, Depression oder Burn-out.

Die Erkrankten selbst erkennen ihre Erkrankung nicht und verweigern oft jegliche Diagnostik oder Therapie, deren Möglichkeiten sich, wie bei Alzheimer, auf ein Verlangsamen des Fortschreitens der Krankheit beschränken. Eine Heilung gibt es nicht.

Das warf die Frage auf: Was geschieht mit uns, wenn wir eine solche Diagnose erhalten? Was fühlen wir? Wie gehen wir damit um? Und vor allem – aus der Sicht einer Krimiautorin:

Was werden wir tun, wenn es noch offene Rechnungen zu begleichen gibt?

Damit war die Grundidee zum Buch geboren. Was folgte, war mehr als »die übliche Arbeit« am Krimi, bei der ich auf Recherche gehe, mich mit Fachleuten unterhalte und eine Menge Wissenswertes über das jeweilige Thema kennenlerne. Die Besuche in einem Wohnheim, Gespräche mit Pflegern und Angehörigen und die Beschäftigung mit einer Erkrankten berührten mich sehr. Zu sehen, dass vor allem bei Alzheimer noch tiefe Emotionen möglich sind, dass Liebe und Lebensfreude nicht gänzlich verloren gehen, nimmt nicht den Schrecken, gibt aber ein wenig Hoffnung auf ein lebenswertes Leben trotz der Demenzerkrankung. Dafür möchte ich mich herzlich bedanken.

Mein Dank gilt aber auch noch anderen, die zum Gelingen des Buches beigetragen haben:

Frank N. für seine Bereitschaft, sich mit einer völlig Fremden, die ihn einfach anrief und ihn über das Ballonfahren ausfragen wollte, auf einen Kaffee zu treffen. Für die vielen Informationen, das Insiderwissen und den

Hinweis auf den »NRW-Polizeiballon«, den es tatsächlich gegeben hat und den Christoph Todt im Buch nun fährt.

Dr. Jens N., den ich immer noch für den besten »blonden Hobbypsychologen« halte und der mich mit Fachliteratur und »ständiger Rufbereitschaft« unterstützt hat.

Dietmar T. für seine sehr lebhafte Darstellung des »Wie vertreibe ich einen Raubvogel vom Taubenhaus«, die ich so schnell nicht vergessen werde, und seine Tipps und Tricks zur Taubenzucht.

Meinen bewährten Testleserinnen Anke H., Barbara H. und Heike K. für ehrliche Kritik und wohltuende Motivation. Letztere vor allem während der Härtephasen in der Mitte und kurz vor Schluss der Schreibarbeit.

Frank H., der meine Texte vor dem digitalen Nirwana bewahrt hat.

Meinem Agenten Peter Molden, der mit mir an das Projekt geglaubt und ihm ein gutes Zuhause gesucht hat.

Meiner Lektorin Wiebke Bolliger, die sich auf die Ecken und Kanten der Geschichte eingelassen und sie mit mir gemeinsam fein geschliffen hat, sowie allen Mitarbeitern und Mitarbeiterinnen der Ullstein Buchverlage, die mit ihrer Arbeit dazu beitragen, dass die Geschichte auch im wortwörtlichen Sinne beim Leser ankommt.

Und zum Schluss wie immer meiner Familie: Euch allen – von Herzen!

Köln, im Sommer 2014

Raimon Weber

EIS BRICHT

Thriller

ISBN 978-3-548-28533-7

Henning Saalbach führt ein erfülltes Leben, er ist verheiratet und hat einen Sohn. Dann wird alles anders. Innerhalb von Sekunden zerstört ein Fremder sein Glück: Der Mann dringt in das Haus der Familie ein und tötet den sechsjährigen Marc. Seit diesem Tag ist nichts mehr, wie es war, und nur der Gedanke an Rache hält Henning am Leben. Es bleiben ihm zwölf Jahre, um sich vorzubereiten. Auf den Tag, an dem der Täter entlassen wird. Doch dann beginnt Henning zu zweifeln: Wer ist Feind, wer Freund? Wer der Täter, wer das Opfer? Und schon ist er mittendrin in einem perfiden Spiel.

Auch als ebook erhältlich e-book

www.ullstein-buchverlage.de

UB709